仮面同窓会

雫 井 脩 介

幻冬舎文庫

仮面同窓会

1

十年近く経《た》った今でも思い出す。

西に傾いた日に照らされてアスファルトが黄色く光っている。

白いウェアに身を包んだテニス部員たちが連なって軽快に走り抜けていく。

その向こうにあるグラウンドでは野球部員たちのかけ声と金属バットの打球音が、空を抜くようにしてリズムよく上がっている。

洋輔《ようすけ》ら四人が裸足で正座させられているのは、そんな放課後の運動部の様子が一望できる体育教官室の前だ。今、当時の光景を思い出してみると、部活をがんばっていた連中は明るい陽射しの中にいて、規律や努力といったその時代にプライオリティがあったものからは徹底して距離を置いていた自分たちは日陰に座らされている。実に象徴的だ。

竹刀《しない》を手に洋輔らの前に立ち、苦み走った顔で見下ろしているのは、保健体育の教師であり、生活指導を担当していた樫村貞茂《かしむらさだしげ》だ。五十をすぎていて角刈りの髪にも白いものが目立つが、鍛えた身体はごつく、陽に灼けた顔は物騒なほどいかつい。薄いブラウンのサングラスの奥にある目に温かみはまったくない。

どうして彼を前にして自分たちは並ばされているのか……そう考えたところで、何度も同じようなことがあったから、いちいち思い出しても仕方がない。ほとんど理由などないことすらあった。

例えば皆川《みながわ》希一《きいち》や大見《おおみ》和康《かずやす》がパチスロ店で遊んでいたのを住民に通報され、洋輔もそこにいたと疑われたまま、樫村の理不尽な仕打ちを受けることもあった。自分だけ違うと教師に訴えるのは、それが事実であってもどこか卑怯な気もして、洋輔は言われるままの罰を一緒に受けていた。

樫村から多少誤解されたままだとしても、あとになって希一たちから「洋輔は違うのにな」と笑いのネタにでもされれば、多少は救われた気になる。

もちろん、その一方で、樫村に対する嫌悪感は積み重なっていく。分かり合える余地などどこにもないのだ。相手は若い連中の尖《とが》った牙を丸めようと、やすりを振りかざすことしか考えていない。こちらは歯向かうか音《ね》を上げて逃げるかのどちらかだ。

洋輔は結局、音を上げ、高校生活の後半は樫村の標的にならないような生徒になり切った。丸くなったのではなく、丸くさせられたのだ。だから嫌悪感だけは残り続けている。それはほとんど憎悪と言ってもいいものかもしれない。

樫村が繰り出す指導という名の仕打ちは、極めて前時代的なものだった。今どき部活動でもやらないような長時間の正座や、それをしながらの反省文の朗読、あるいは見世物のように強いられる天突き体操だ。

「十五年前、この狐狸《こり》高が産声を上げたとき、俺はこの高校に赴任して、第一期の生徒たちが卒業するまでの三年間、教壇に立ちながら、狐狸高の基礎固めに力を注いだんだ。狐狸高の源に樫村ありだ」

　樫村は洋輔たちを並べては、どうでもいい昔話を自慢のように語ることが多かった。

「昔の狐狸高には、お前らみたいなたるんだ生徒は一人もおらんかったぞ。一人もだ。一期生は校舎の完成が間に合わずに、プレハブ小屋から高校生活を始めた。グラウンドも石ころだらけだったのを、みんなでせっせと石拾いして使えるようにしたんだ。狐狸高を県下に名を轟かすいい学校にしようと、みんながんばっとった。部活に勉強に若い情熱を燃やし、三年目には早々と県大会で好成績を挙げる部も出てきた。大学受験にしても、一期生からは国公立合わせて八十三人の現役合格者を出したんだ。名門校になりうる礎を、一期生とそれを率いる俺たち教師は作った。そんな努力をお前たちは台無しにし、ぶち壊そうとしとるんだぞ。恥ずかしいと思わんのか？」

　ぶち壊すも何も、洋輔たちが高校を受験した頃には、すでに狐狸山高校は別段何の特徴もない平凡な郊外校として、それほど進学先にこだわらない地元生徒が何となく選ぶ程度の学校でしかなくなっていた。それでも洋輔の年まではまだましなほうで、その一学年下ともなると、受験で定員割れを起こしてしまい、一気に粗悪な生徒が入ってきて、学校のレベルも下位ランクに落ちてしまったと聞く。

　ある意味それは、狐狸山高校に再赴任してきた樫村が、かつての栄光とやらを取り戻そうと時代錯誤な手法に頼ったことへの答えだったのではないか。洋輔が高校受験するときも、「狐狸高は校則が厳しい」「生活指導がうるさい」という噂は耳に届いていた。しかし、それがどういうことを意味するかまで考えることはなく、八真人《やまと》たちも行くのだしという何となくの気分で選んでしまった。内情をもっと正確に感じ取っていたら、あんな学校など選ばなかった。

「昔の狐狸高生はな、グラウンドに並ばせても、みんな背筋がぴっと伸びとった。夏休みには三日間、全体訓練というものがあってな、じりじりと太陽が照りつける中で、グラウンドに一、二年の生徒が並ぶんだ。一年目は一年生四百人、二年目からは一、二年生八百人。それを俺は指令台の上からマイク一つで統率する」

　その全体訓練の名物が天突き体操だったらしい。各クラス一斉に、前の人間から「よいしょー！」という声を発しながら、こぶしを突き上げて立ち上がるのだ。

「指令台からの眺めは壮観だぞ。勇ましいかけ声とともに波がうねる。『よいしょ』のウェーブだ」

その光景の何が壮観なのか、洋輔にはまるで分からない。八百人が珍奇な体操を無理やりやらされているわけだ。想像するだけでも寒々しい。それを指令台から眺めて悦に入っている樫村の姿まで想像すると、何とも言えず胸がむかむかしてくる。

樫村はかつて愛知の新設校にはびこっていた管理教育一派の残党なのだ。軍隊的な統率手法をもって生徒の身勝手な行動を押さえつけるその手口は、長くこのあたりの学校教育を席巻していたそうだが、時代が変わってさすがに受け入れられにくくなってきた。しかし、全校生徒に向けていたそんな手法を問題生徒向けに絞ることによって、残党はしぶとく生き残っているということだ。

洋輔は、樫村の十八番《おはこ》とも言える天突き体操が大嫌いだった。のちにこれが、刑務所で囚人に課される体操だと知って、そんなものをやらされていたのかと呆《あき》れ返った。自分の高校生活は囚人並みだったということだ。

生徒らを並ばせて説教する中、相手の反応が薄かったり、質問にしっかり答えないなどのふて腐れたような態度が見られたりしたとき、樫村はにやりと口角を吊り上げ、「声が出んか？」と切り出す。

「声が出んなら、出るようにしてやるぞ」

そんな言い方で、彼の大好きな天突き体操が始まる。正座は解かれ、洋輔らは屈みこんだ体勢で並ばされる。

「八真人、お前からだ。よいしょー！」

樫村が煽《あお》るようにして片岡《かたおか》八真人を促すが、八真人も進んでやりたがるわけはなく、すぐに従おうとはしない。

「渋っとると、終わらんぞ。そら、気合入れていけ。よいしょー！」

八真人は仕方なさそうに、両のこぶしを天に伸ばして立ち上がる。

「よいしょー！」

「もっと声張れ！」

八真人の声は十分大きいが、樫村はそれ以上の声を飛ばす。

そして、その手に持つ竹刀を八真人の隣に座った洋輔に向ける。「次！」

「よいしょー」

声を上げ、こぶしを突き上げながら立ち上がった瞬間、部活に向かう途中の女子生徒らの視線にさらされた。

「何だ、洋輔、その声は！」

樫村が呆れたように言いながら、洋輔の腹を竹刀でつつく。

恥ずかしさもあるが、洋輔の場合、もともと通る声ではなく、喉も強くない。そのため、洋輔自身は普段それほど悪目立ちする人間ではないにもかかわらず、天突き体操では樫村に毎回一言もらってしまうのだ。

そそくさと腰を下ろした洋輔を、樫村はひとしきりにらみつける。隣の和康が「よいしょー！」と肥満体を伸ばして声を上げたところで、サディスティックな目がようやく離れていく。

「お前も何だ、放牧された牛みたいな呑気な声出しやがって！『よいしょー！』だ。『よいしょー！』」

「よいっしょー！」

樫村の馬鹿でかい声が周りに響き、女子生徒らがくすくす笑いながら前を通りすぎていく。

希一がやけになったような声を上げながら立ち上がる。

「よいしょー！」樫村が呼応するように声を張る。

「よいしょー！」

「よいしょー！」

「よいしょー！」

「よいしょー！」

ひたすら「よいしょー！」と叫びながらこぶしを突き上げて立ち上がり、そして座る。その繰り返し。こんな体操を考えたやつは人間じゃない。

「よいしょー！」
「よいしょー！」
「よいしょー！」
「よいしょー！」

よいしょ。

洋輔は疲れた身体に鞭打つようにして立ち上がり、ほかの通勤帰りの者たちと一緒に電車を降りた。

今月の営業成績が思わしくなく、営業所の課長にねちねちと小言を言われた夜だった。いつまで新人気分のつもりだ、お前は言われたことしかできないのか。もっと自分で考えて仕事をしろ、ちゃんと数字を出せ、等々。

憂鬱な気分で帰路に着き、電車の座席が空いたので座ったところ、疲れが出てうとうととした。夢うつつをさまよいながら思い出したのは、高校時代のことだった。

あの頃は横並びを強いられ、目立つことをすれば出る杭《くい》を打つようにしかられたのに、社会に出ると、目立たないことは何もやっていないことだとされてしまう……皮肉と言えば皮肉だ。

いや、それは本当にただの皮肉なのか？

洋輔は改札へ下りる階段を重い足取りでとぼとぼと歩きながら考える。

努力が必要なのは分かっているが、その一方で、少々がんばったとしても何がどうなるわけでもないという諦念も持ってしまっている。二十六にして将来に大した希望も持てず、今の自分に何の期待もできない。

いつからそんな人間になってしまったのだろう。

それはやはり、あの高校時代からではないか。

学校はただ勉強をするだけの場所ではなく、心を育てる場所でもあったはずだ。

その育てられ方が明らかに間違っていた。

だからこんな人間が出来上がってしまったのではないか。

こんな歳になって、うまくいかない現状の言い訳を昔に求めたところでどうしようもないのは分かっている。

そんなことを考えるくらいなら、今の自分に手が届く範囲で、ささやかな満足や幸福を得ようとするほうがよほど現実的なのだろうが……そんなものも、どこにあるかは分からないのだ。

「あの、すみません」

狐狸山駅の駅舎を出て、駅前広場の歩道を歩いているところに、同じ通勤帰りらしいＯＬ風の女性が声をかけてきた。

「もうすぐ母が車で迎えに来てくれることになってるんですけど、向こうに変な男の人がいて心細くて……」

洋輔はその女性の困り果てたような顔に、高校時代、片思いをしていた子の面影を見つけてはっとする。


「よいしょー！」

「よいしょー！」

「よいしょー！」

「よいしょー！」

樫村ににらまれながら、こぶしを突き上げて立ち上がり、そして座る。苦行のような時間が延々と続く。

順番に叫ばされていると、「よいしょ」という短い言葉が得体の知れない呪文のように思えてきて、気持ちが悪くなってくる。

「よいしょー！」

「よいしょー！」

「よいしょー！」

「よいしょー！」

目の前を、バドミントンラケットを手にした女子らが歩いていく。ひそかに好意を抱いている竹中《たけなか》美郷《みさと》の姿をその中に見つけて、洋輔は落ち着かなくなる。

「よいしょー！」

八真人が勢いよくこぶしを突き上げる。美郷が何をやっているのかというようにこちらに目を向ける。

その視線を感じながら、赤面するような気分で洋輔は立ち上がる。

「よいしょー」

「洋輔、声が小さい！」

すかさず樫村の追い立てるような叱責が飛ぶ。

「ねえ」

ベッドの縁《へり》に背中を預けて、ぼんやり紙パックのジュースをストローですすっていた洋輔は、声を投げかけられて顔を上げる。

美郷のアーモンドのような形の目が洋輔に向けられていた。

「人が話してるのに、全然聞いてない」

彼女は咎《とが》めるように言い、いたずらっぽく口を尖らせる。

「いや、聞いとるよ」洋輔は乾いた笑みを作った。「ちょっと、高校時代のこと思い出してさ」

美郷から高校の同窓会があるらしいという話を聞いて無意識のうちに思い出したのは、やはり、樫村に何度もやらされた天突き体操だった。卒業して七年経った今でもあれが思い浮かぶなんて、ほとんどトラウマのレベルだな……洋輔はそんなことを一人で考える。

「変な顔してたよ」美郷が言う。

「そりゃ、高校時代なんて、いい思い出なんかないし」

「そう？」美郷は意外そうに言う。「洋輔くん、八真人くんたちと楽しくやってたように見えたけど」

「まあ、八真人たちとはそれなりにやっとったけどね」洋輔はそう言い、口をすぼめる。

「学校そのものは楽しくなかったし」

「そう言えば、洋輔くんたちは、カッシーによく呼び出されてたよね」美郷が洋輔のわだかまりに気づいたらしく、からかうような口調で言った。

「樫村な」洋輔は、ほかの生徒たちには一般的だった樫村のニックネームをあえて使わず、言い直した。「希一なんかが、あいつに目をつけられるようなことをやりたがるからな」

「でも洋輔くんは、皆川くんたちとはまたちょっと違ってた気がする。途中からは距離も置いてたんじゃない？」

「まあ、樫村に目をつけられ続けるのにうんざりしたのもあったしな」

「ふふふ、それ、カッシーの思う壺だね」

「しょうがないだろ」

それが生活指導の目論見《もくろみ》通りだとしても、鞭を打たれ続けることの馬鹿馬鹿しさからは逃げたいと思うのが、人間として当然の考え方ではないだろうか。

「私も狐狸高、言うほど好きだったわけじゃないけどね」美郷は洋輔の気分に自分を寄せるような言い方をした。「一年のときはよかったけど……」

「一年限定？」

「一年のときは真理《まり》がいたしね」

美郷が一年生の頃、日比野《ひびの》真理と仲がよかったのを思い出し、洋輔は「ああ」と口にする。

だった。

「うん」美郷は寂しそうにうなずく。

デリカシーに欠ける話を持ち出してしまったのかもしれないが、真理が自殺したという話を聞いたのは高校を卒業してからのことで、ほとんど風の便りとして耳に届いたものだった。それゆえ、事の次第を詳しく知っている人間に真偽を確かめたい思いが前に出たのだった。

「八真人にも訊きにくくてさ……自殺だったんだって？」

真理は天真爛漫《てんしんらんまん》な明るさがある子ではなく、あまり多くのクラスメートと打ち解けるような女子生徒ではなかったが、それでも否応《いやおう》なく目立ってしまうほどの美少女だった。顔が小さくて人形のようにスタイルもよく、美郷でさえ、彼女と並べば引けを取っているように見えた。

真理は二年の途中から内臓疾患で療養生活を送ることになり、学校にはほとんど出てこなかった。自然、留年となり、洋輔とは学年が変わってしまったので、彼女のその後の様子はちらりと噂に聞く程度のことしか分からない。

実は八真人が一年生の頃、真理と付き合っていたのだ。八真人は幼馴染みの希一に引きずられるようにして悪い遊びにも首を突っこみ、たびたび樫村に捉まってはいたが、根は生真面目で、優等生グループに入っていてもおかしくはない男である。あるいは、そういうタイプの男がやんちゃな真似もするということで、女の目で見ればいっそう魅力的に映ったのかもしれない。いずれにしろ、学年一の美少女は彼を選び、それは洋輔から見ても似合いのカップルのように思えた。

二人がどのような付き合い方をしていたのかまでは、洋輔は知らない。希一がたびたび無遠慮に、デートの中身や二人の関係がどこまで進んでいるのかを八真人本人に訊いていたが、そのたび八真人は照れがあるのか、話をごまかしてまともに答えようとはしなかった。何かを自慢げに語るようなタイプではないのだ。だから洋輔も、二人の仲について、いろいろ訊くことはしなかった。

高校卒業後、真理の死を噂で聞いたときには、八真人との電話の中でさすがに洋輔のほうからその話題を持ち出してみた。それで分かったのは、八真人と真理はすでに別れていたということだ。真理が療養生活を送っているときには時折見舞いに行っていたらしいが、彼女が学校生活に復帰してから二人の付き合いは終わりを迎えたようだった。療養という危機には手を取り合うことで乗り越えたものの、それがなくなったことで思わずお互いの手を離してしまったということなのだろうか……洋輔としてはそんな想像をするしかない。

だから、真理の死についても、八真人はその事情まで詳しくは知らないようだったし、その事実そのものに対しても、ショックには違いないだろうが、どこかで割り切ろうとしているように感じられた。そういう話であってもクールな態度に終始するのは八真人らしいとも言えた。

それに比べると、美郷のほうが真理の死を長く引きずっているように見える。彼女のことを口にしただけで、寂しさを表情に覗かせ、瞳の輝きを曇らせてしまう。

「いや、別に話したないことならいいよ。俺もそんな無理にでも知りたいことじゃないし」

「うん」美郷は薄い笑みを口もとに浮かべた。「私にもよく分からないこととかあるんだよね。親友だったのは確かだけど、あの子の中には、私にも打ち明けなかったこととかあったと思う」

「ちょっと世界が違うっていうか、いろいろ複雑なことを抱えとるような子だったもんな」

美郷は小さくうなずき、それから光を取り戻した瞳を洋輔に向けた。

「でも、洋輔くんもそういうとこあるよね」

「え？」

「複雑なこと抱えてる感じ」

「俺が？」

「悩みの深そうな哲学者みたいな顔見せることあるよ」

「そんなことないよ」

褒め言葉のように言われ、洋輔は素っ気なく返したものの、美郷はそれに首を振ってみせた。

「私、そういうタイプに惹《ひ》かれるのかも」

いたずらっぽく言われ、今度はどう返していいのかも分からなくなった。

高校を卒業してからまったく顔を合わせていなかった彼女と偶然再会したのはつい三週間ほど前のことだ。

洋輔は大学を卒業してから、システムキッチンメーカーの営業の仕事に就いている。営業所は名古屋にあり、狐狸山からは電車を乗り継いで四、五十分というところだ。実家へは狐狸山駅からさらにバスで二十分ほどかかるが、洋輔は実家を出てアパート住まいをしている。狐狸山駅からは七、八分も歩けばたどり着く。

その日、仕事を終えて狐狸山駅に着いたのは夜の十時をすぎた頃だった。電車から降りていくのも、ほとんどが勤め帰りのサラリーマンやOLである。みな無言でホームから階段を下り、改札を抜けて、駅を出ていく。

洋輔も何人かの流れに沿うような形で駅舎から駅前広場に出たのだが、その前方で、なぜだかそわそわとしながら立ち止まり、あげくは駅のほうに戻ろうとしている女性がいた。その彼女は洋輔の目の前まで戻ったところでまた駅前広場のほうを振り返り、困ったようなため息をついた。

洋輔は挙動が視界の隅に入っていたものの、営業所で課長に成績不振で説教されたことなどを引きずってぼんやりしており、何だろうと考えることもせず、その女性とすれ違って歩き続けていた。

そこに後ろから、「あの、すみません」とすがるように声をかけられ、洋輔はようやく我に返ったような気になった。

「もうすぐ母が車で迎えに来てくれることになってるんですけど、向こうに変な男の人がいて心細くて……勝手なお願いなんですけど、少しだけ——五、六分でいいんで——一緒にここにいてもらえませんか？」

突然そんなことを頼まれて戸惑ったのはもちろんだが、それとは別に、彼女がそう話しかけてきた数秒間のうちに、洋輔は目の前のＯＬ風の女性から、高校時代、ひそかに恋心を寄せていた同級生の面影を見出していた。化粧をすれば別人に生まれ変わる女もいるが、彼女はくりっとしたアーモンド形の目に高校時代の瑞々《みずみず》しさを今も残していた。

直感はほとんど確信に近いものだったが、彼女のほうはまったく洋輔に気づいていないようだった。洋輔としてもまさかという思いもあり、また、彼女の話が少々不穏な空気をまとっていたこともあって、とりあえず意識を向けたのは、彼女が言う「変な男の人」のことだった。

彼女がちらりと視線を向けた駅前広場には、一人の男がベンチに座っている姿があった。数年前に再開発された狐狸山駅前の広場は街路樹やオブジェが点在し、広々としていてきれいなのだが、夜は勤め帰りや学校帰りの人々が駅から吐き出されるだけの場所なので、そのがらんとした空間が無機質に取れるところもある。ときにはストリートファッションに身を包んだティーンエージャーが深夜までたむろし、スケボーやダンスに興じたりしていて、眉をひそめたくなることもある。

この夜はそういう若者たちの姿こそなかったが、その男一人の存在だけで十分に気味の悪い気配がかもし出されていた。少し距離があって、しかもその男のいるベンチには弱い明かりしか届いていないために表情までは判別できない。ただ、こちらのほうをじっと見ているようであるのは分かった。ひょろりとした男だった。

「いいですよ」

洋輔が男気を見せて請け合うと、彼女は心底ほっとしたように胸を押さえた。

「ありがとうございます。急いでるとこ、本当にすみません」

そう言って頭を下げる彼女を改めて見てから、洋輔は問いかけてみた。

「あの……もしかして、竹中さんじゃない？」

するると、彼女はきょとんと目を丸くし、洋輔をしげしげと見返した。

「憶えとらんかもしれんけど、俺、狐狸高で一緒だった新谷《しんたに》……」

「え……新谷洋輔くん⁉」

美郷は声を裏返して言い、洋輔をしげしげと見つめた。それから口に手を当て驚いたような顔をしてから、一転破顔し、一瞬にして緊張が解けたように洋輔の腕をたたく真似をした。

「本当だ。洋輔くんだ。何で気づかなかったんだろ……スーツ着てるから？」

高校時代は同じクラスでもほとんど喋ったことはなかったから、美郷にしてみれば忘れていても無理はない関係だったが、洋輔のことを思い出してくれた彼女の反応は、洋輔が期待する以上に友好的なものだった。

「いや、俺もまさかと思ったよ。こんなところで声をかけられて……」

「やだ、とにかく頼れそうな人に声かけようって思ったら……」

美郷はそんなことを言い、改めて安心したように大きく息をついた。そして再び、「変な男の人」のほうをちらりと見て、困惑顔を洋輔に向けた。

「あの人、ストーカーみたいなの。この前もここで声かけてきて……」

「ストーカー？　知っとるやつなの？」

「ううん、知らない人」

どこで目をつけられたか分からないが、ときどき駅前でこうして待ち伏せされているのだという。ただ、美郷のような女性であれば、そういう変な付きまといが現れるのも不思議ではないことだと言えた。

「一言、言ってやろうか？」

洋輔は元来そんな好戦的な性格ではなく、むしろ臆病なほうなのだが、美郷に頼られた手前、それに応《こた》えるようなことを言いたかった。

「やめて。何考えてるか分からんような不気味な人だから、逆上されるかも」彼女は顔を強《こわ》張《ば》らせて言った。「たぶん、こっちがおとなしくしてるうちは大丈夫だと思う」

「そうか……」

美郷の言葉を聞き、洋輔は格好つけのためだけに余計なことをする気をあっさりと引っこめた。

「洋輔くんは今、何やってるの？」

彼女はストーカーの存在を無理に意識から追い出そうというのか、洋輔の近況を尋ねてきた。

「システムキッチンの営業」

洋輔が社名を言うと、美郷は「あ、聞いたことある」と声のトーンを上げた。

「へえ、営業マンなんだ。どうりでスーツが板に付いてると思った」彼女はそう言って微笑《ほほえ》む。「仕事場は名古屋？」

「そう、矢場町。竹中さんは？」

「私は丸の内のほう。ウエディングドレスなんかの貸衣装屋さんでバイヤーやってるの」

高校時代の憧れの子は今、髪をほんのり栗色に染め、ヒールの似合うキャリアウーマン風のいい女になっていた。

「でも、どうして分かんなかったんだろ」美郷は先ほどのことを思い出したように、頭に手を当てて笑ってみせる。「私、本当にぼうっとしてるね」

「いや、仕方ないと思うわ。高校んときだって、そんな話したことなかったし、むしろ、俺のこと憶えとるほうが驚きで」

「憶えてるよ」美郷は見損なうなと言いたげに口をすぼめる。「一、二年のクラスが一緒だったんだから。ほら、洋輔くん、球技大会でボールを顔にぶつけて保健室に運ばれたじゃない」

美郷の記憶に自分の存在がそこまで細かく残っているとは思わなかった。ただ、出てきたものは、あまり思い出したくない類の情けないエピソードだったので、洋輔は複雑な思いで美郷と笑い合った。

　確か一年のときの秋の球技大会だったか。洋輔はハンドボールでなぜかキーパーを任され、相手チームのシュートを顔面で受け止める羽目になった。鼻が折れたかと思うような衝撃で運動着も鼻血で染まるほどだったのだが、そのとき保健室で手当てしてくれたのが、保健委員の美郷だった。洋輔が美郷のことを意識するようになったのも、そのときのことを境にしてだった。

「もうちょっといい話で俺のこと憶えとってくれよ」

「だって、あれは印象的だったもん」

　二人でひとしきり思い出し笑いをしていると、不意に美郷が身体を強張らせるようにして洋輔の腕を引いた。

　ベンチに座っていた男が、こちらに近づいてきていた。洋輔らをじっと見据えながら歩いてくる。同じ電車で駅に降り立った者たちは帰路に着き、駅前にはこの三人以外の人影はなくなっていた。

　年格好は洋輔らと同じくらいだろうか。野球帽を後ろ向きにかぶり、茶色に染めた髪を耳を覆うところまで伸ばしている。目は切れ長で鼻筋も通っており、普通に突っ立っていれば女性の目も自然と向きそうな整った顔立ちである。しかし、その目つきは鋭く、穏やかではない。ポケットに手を突っこみ、ガムを嚙みながらふらふらと歩いてくる様子を見ても、安易に近づいてはいけないタイプの人間だというのは明らかだ。

洋輔の肘《ひじ》をつかんだ美郷の手にも緊張しているような力がこもる。逃げるにはすでに距離が詰まりすぎている。自分はともかく、美郷は苦もなく捉まってしまうだろう。

とりあえずはじっとしているしかないと悟り、洋輔は近づいてくる男をにらみ返した。

男は洋輔たちの三、四メートル前まで来たところで歩を止め、無言のまま上体をゆらりゆらりと動かしながらこちらを眺めている。まるで獲物に襲いかかるタイミングを見定めている豹《ひょう》のような動きに思えた。こちらは立ちすくむ縞馬だ。格好つけて安請け合いしたにしては、恐ろしく危険な役目だったことに気づかないでもなかったが、それをとやかく言っても始まらない。

「来ないでよ」美郷が震える声で言う。

男の眉が小さく動く。彼女の言葉が変に男を刺激してしまうような気がして、洋輔は彼女を自分の背中のほうに引き寄せた。

男が目を細めて洋輔をにらみつける。暴力的なトラブルにはこれまで無縁でいた洋輔にとって、経験したことのないような不穏さが身体を包んでいた。足がすくみ、何か声を出そうにも、喉がふさがれたようになっていて、うめき声しか出てきそうにない。

「何だ、お前は？」男が洋輔に問う。

「お、お前こそ何だ？」洋輔はやっとの思いで声を絞り出した。

「俺か？　俺はその子の救世主だ」

意味不明な答えに洋輔は絶句する。予想以上に危ない男だ。刃物を持っていたら、いきなり刺してきてもおかしくないタイプだ。

「邪魔すんな」男は続ける。「俺はその子に用があるんだ」

「駄目だ。嫌がっとるんだから近づくな。警察を呼ぶぞ」

「ふっ、何もしとらんのに警察か」男はわざとそうするように失笑した。「自分では何もできんてことか。しょうもない野郎だな」

「な、何だと……？」

挑発に乗れば危ない目に遭うかもしれないという恐怖に、美郷の前で馬鹿にされたくはないという意地がぶつかる。

「男なら力で来いや」

その台詞《せりふ》は妙に堂に入っていて、男が喧嘩慣れしていることを物語っていた。単純に素手対素手であっても負けそうだ。その上、武器を隠し持たれていたら、勝ち目はない上、ひどい怪我《けが》を負うことになるかもしれない。そう考えると、血の気が引いてくる。身体の震えを必死に抑えようとしているが、後ろの美郷には気づかれているかもしれなかった。

しかし、逃げられる状況ではないし、そうできたとしても、それが最悪の選択肢だということくらいは分かっていた。

やるしかない。

男が一歩こちらに踏みこんだのを見て、洋輔はびくりと身体を動かした。いよいよかと覚悟する気持ちと裏腹に、あまりの緊張感に意識が薄れそうになる。

しかし、洋輔が反射的に構えたことに相手も反応し、男は逆に一歩退がっていた。

「じょ、冗談に決まっとるだろ……」

男は一転、警戒した顔つきになって、慎重な物腰を覗かせた。

「本気にすんな」

そう言って洋輔を疎ましげににらみ、不本意ながらもそうするしかないというように、洋輔たちから離れていく。何度か振り返ったが、やがて小走りになって駅前広場から姿を消した。

「よかった……」

美郷が後ろでほっとしたように言う。洋輔も同じ思いで、力が抜けそうだった。

「洋輔くん、ありがと」

ようやく気持ちが落ち着いたところで美郷を見ると、彼女は目を潤ませ、ほとんど泣きそうになっていた。

「本当にありがと」

抱えこんでいた恐怖感は洋輔以上のものだったのかもしれない……それが分かるような、安堵《あんど》に満ちた顔をしていた。

冷静になって思えば、美郷を守ろうと立ちはだかっている男を前にして、向こうも必要以上に緊張していたのだ。あの不気味な物腰もそれゆえの虚勢だったのだろう。だからこそ、こちらがびくりと動いただけで過剰に反応してくれた。

結果として、洋輔は何もしないまま美郷の期待に応えることとなった。それは確かにラッキーだったが、短い時間にかなりの神経をすり減らし、彼女に感謝されるだけの働きをしたような気にもなっていた。

「あ、お母さんの車だ」

ロータリーに入ってきた白い小型車を見て、美郷はまた一つ安堵したように言い、洋輔に何度目かの礼を言った。

それから彼女は車のほうに向かいかけて立ち止まり、少し恥ずかしそうな笑みを浮かべて、洋輔の携帯電話番号を尋ねてきたのだった。

その後の三週間は、そのまま順調に美郷との距離が縮まっていく日々となった。仕事のほうは相変わらず冴えなかったが、それでくよくよしているような暇はなくなっていた。仕事帰りに名古屋で待ち合わせをして一緒に食事をしたり、休日には美郷を洋輔の車の助手席に乗せてドライブを楽しんだりした。ストーカー男もあれ以来、駅前で待ち伏せていることがなくなったらしく、彼女はそれも洋輔のおかげだとして、敬意のこもった眼差しを向けてくる。そして今日はとうとう洋輔が住む部屋にも顔を出してくれた。高校時代は洋輔が勝手に思い詰めていただけで、ほとんどまともに話した記憶はない。そんな彼女とこうやって一緒の時間をすごしているというのは、信じられないことだった。

「で、洋輔くんは同窓会どうすんの？」

美郷は長いまつげをぱちぱちと瞬きで大きく動かしながら、洋輔の顔を覗きこむようにして尋ねる。

「うーん、どうしよっかな」

実家を離れてアパート暮らしをしている洋輔は、おそらく実家のほうに届いている同窓会の案内をまだ目にしていない。美郷にたった今、話を聞いたばかりで、まだぴんときていない。

「まあ、八真人なんかが出るんだったら、考えてもいいけど」

小さな頃からの遊び仲間の中でも、希一のやんちゃぶりにはときとして付いていけない気になることも多かったが、根が真面目な八真人とは相性もよく、洋輔は今でも時折連絡を取り合っている。

「八真人くんもきっと来るわよ」

根拠のないことを口にする美郷は、すでに同窓会に出る気満々のようだった。

「ワンピース買おうかな……洋輔くん、女の子の服はどんなのが好き？」

無邪気に問いかけられ、洋輔は軽くまごつく。

「いや、ワンピースとかいいと思うよ」

「ミニがいいと思う？　ロングのほうがいい？」

「いや、どっちでも……これから暑くなるから、ミニのほうが涼しげかもね」

「そう、じゃあ、ミニのワンピース、探してみようかな」

美郷が買ったばかりのそのワンピースを同窓会の場でお披露目するのなら、それは自分も行くべきだろうと思えてくる。行かずにおいては、彼女が同級生の男の誰に声をかけられるかも分からないし、今頃どうしているかと気を揉むだけにもなりかねない。

そんなことを考えていると、美郷は部屋の時計にちらりと目をやり、「あ、もうこんな時間」と呟いた。

「帰るの？」

「うーん、どうしよ」美郷は迷うように言った。「家出てくるとき、お母さんの具合があんまりよくなさそうだったから、早めに帰ったほうがいいかなって」

「そっか」

初めて美郷を自分の部屋に入れて少なからず緊張していた洋輔は、取りとめもない会話を交わしただけで彼女が帰っていくことに残念な気持ちも湧いたが、去りがたそうにしている彼女の様子を見ているだけで十分な気もした。

「じゃあ、帰るね」

そう言って立ち上がった美郷は、ふといたずらっぽい笑みを浮かべ、携帯電話に付けられたストラップを振ってみせた。

「同窓会の会場で目が合ったら、これで合図しようね」

「ああ、分かった」

洋輔はくすぐったい思いに駆られながら、自分の携帯電話を手にして、彼女と同じように振ってみせた。キタキツネの尻尾《しっぽ》をイメージしたらしいそのストラップは、美郷が北海道旅行の土産として買ってきたもので、洋輔もおそろいのものをもらったばかりだった。同窓会の場でそんな合図をすることを想像するだけで楽しくなってくる。最初、話を聞いたときはそれほど気が進まなかったが、やはり出るべきかなという気持ちに変わっていた。

「じゃあ、また」

玄関でパンプスに足を通した美郷は、振り返ってそう口にしたが、すぐに出ていこうとはせず、少し恥ずかしそうに逡巡する素振りを見せたあと、洋輔を見つめたまま、顔をそっと寄せてきた。

上がりかまちに突っ立っていた洋輔には、ためらう余裕もなかった。息がかかるところまで迫ってきた彼女の唇に吸い寄せられ、気づくと、自分の唇に柔らかな感触が乗った。

やがてそれが離れ、彼女の顔にいたずらっぽい笑みが戻った。

「じゃあね」

「……うん」

幸せな気分でうなずいた洋輔の様子に満足したように、彼女もうなずき返し、ドアに手をかける。

〈あぁ……〉

その声を聞きとがめ、美郷が、「えっ？」とまた振り返った。

「あぁ、あ……いや」

洋輔は焦り気味に耳を押さえながら、適当な声を出した。

「何でもない……最近ちょっと、耳の調子がおかしくて……あ、あぁ……」

そう言って顔をしかめてみせると、美郷は眉をひそめて「聞こえにくいの？」と心配してくれた。

「いや、声が少しこもる気がするだけ……大丈夫」

洋輔は笑みを引きつらせて言う。

「ならいいけど……じゃあ」

「うん、じゃあ……気をつけて」

美郷がアパートの前に停めた原付バイクに乗って帰っていくのを見届けると、洋輔は部屋に戻って再びベッドの前に座りこんだ。

〈まったく、簡単に帰しやがって……あそこまでいったら、あとは押し倒すだけだろ〉

兄のからかうような言い方だった。

洋輔は舌打ちし、「うるせえ」と小さく言い返す。兄はおかしそうに、〈くっくっ〉と笑っている。

「何、期待しとったんだ、変態。しゃしゃり出てくんな」

〈お前にはもったいないくらい可愛い子だから、いろいろ気になってな。黙って見とると、もどかしくて仕方ない。お前は余裕かまして優しい男ぶっとるようだが、そういうのは、女からすりゃ頼りなく見えちまうもんだぜ。もっとぐいぐい引っ張るように持っていかんとな〉

「うるせえ、寄生虫。お前のアドバイスなんて求めとらんわ」

〈俺が出てってお前の代わりに相手すりゃあ、一気に落としてやれるんだがな〉

兄の本気とも冗談ともつかない自信過剰な台詞に、洋輔は顔をしかめる。

「気持ち悪いこと言うな。お前に出てこられたら全部台無しだ。そんな真似させるかっての」

言うだけの相手にいちいち口答えするのも馬鹿馬鹿しいと思いながらも、挑発的な言葉がやけに神経を逆撫《さかな》でしてくるので、洋輔はつい言い返してしまう。

〈まあ、自信があるようだから、お手並み拝見といくか〉

兄はそう言って、愉快そうな笑い声を添えた。

何を偉そうに……洋輔は呆れた気分になり、今度こそは言い返すこともしなかった。

〈同窓会には出るんか？〉

「お前には関係ないだろ」洋輔は素っ気なく返す。

〈同窓会か……いいな。青春の日々の爪あとをそういう集まりで確かめられるわけだからな。

お前が羨《うらや》ましい……俺も出たいな〉

独り言のようでもあり、洋輔はただ聞き流しておいた。そんなに羨ましがられるようなものが自分の高校生活にあったわけでもない。

2

狐狸山ホテルの同窓会場を覗くと、今は社会に揉まれ、すっかり落ち着いてしまったはずの連中が、久しぶりの旧友との再会を喜び、昔に戻ったようなはしゃぎっぷりで談笑している光景がそこかしこにあった。

そんな雰囲気に触れているだけで、俺の気持ちも勝手に高ぶってくる。

ふと視線を感じて振り向くと、ホテルの通路を美郷が女友達と一緒に歩いてくるのが見えた。

ちらりと聞いていた通り、この同窓会のために買ったらしいミニのワンピースを着ていた。淡いブルーのそれからすらりとした白い脚が伸びていて、遠目にも華やかだった。

彼女は友達と話をしながらも俺にしっかり笑みを投げかけ、そして手にしていた携帯電話をストラップと一緒に軽く振ってみせた。

俺も携帯電話をポケットから出し、彼女と同じストラップを小さく振って応える。

さて、どんな同窓会になるか……。

率先して楽しみたいところだが、残念ながらそういうわけにもいかない。

俺自身はおとなしくしていないと、いろいろ当たり障りも出てきてしまう。

とにかく今日は、洋輔に活躍してもらう日だ。

俺は会場の料理を口にしながらも、大してそれに味覚を刺激されることもなく、ただ気持ちを閉じて、周りの喧騒とも心の距離を置くことにする。

〈八真人、来とったか〉

親しい人間を見つけてほっとしたような口調で洋輔が八真人に声をかけている。洋輔と八真人は小学生のときからの付き合いで、お互いの実家は、行き来するのに自転車で十五分とかからない。この二人に加えて希一と和康の四人が狐狸岡小学校から狐狸岡中学、そして狐狸山高校まで仲よく進んで、遊びでもよくつるんでいた仲間たちである。

〈仕事はどうだ?〉

〈いやあ、なかなか難しい。営業だから気を遣うことが多いわ〉

挨拶代わりのやり取りで遠慮なく愚痴をこぼせるくらい、洋輔は八真人に気を許している。

〈営業は大変だな。俺は内勤だし学生相手だから、割と気は楽だけど〉

〈いいな、八真人は〉

八真人は彼自身の進学先だった愛和大学の職員をやっている。高校時代は希一などと肩を並べて悪い遊びも厭《いと》わないところを見せていたが、どこまで好きでやっていたのかは分からない。就職先としては四人の中でも一番堅実な職場を選んでいるのは、ある意味、彼らしいとも言える。

〈ようよう、久しぶり〉

希一からそんな声がかかり、洋輔たちは互いの近況報告を途中で切った。

〈よう、希一〉

〈カズ、ちょっと痩せたんじゃないか?〉

和康も希一と一緒に来た。同窓会に出ることには気が進まない口ぶりだった洋輔も、旧友たちと久しぶりの再会を果たし、口調が軽やかになっている。

〈カズはこの前、派遣先から切られたらしくてよ、それがけっこう応えたらしいぞ〉希一がそんな話を笑い話のように披露する。

〈まあ、そういうことだて〉和康が自虐的に言う。〈痩せたのはいいけど、喜んどれんわ。今はとりあえず、コンビニでバイトしとる〉

〈マジか、そりゃ災難だったな〉洋輔が同情気味に言った。

〈まあ、景気もよくなってきとるみたいだから、そのうち別のとこが見つかるだろ〉八真人も洋輔に合わせるような言い方で和康を元気づけた。

和康は大学を出てからIT系の小さな会社に入ったが長く続かず、以来、バイトや派遣の仕事で食いつないでいる。派遣も工場の現場作業が主で、しかも不安定ときているから、高校時代のような贅肉をつけている余裕もなくなってくるのだろう。

〈せっかく痩せても、コンビニで売れ残り食っとりゃ、すぐ戻るぞ〉

そんな和康とは違い、希一は父親が営んでいる不動産屋で、若専務として大きな顔をして仕事ができる立場にいるから、高校時代のぎらついた物腰そのままだ。

〈洋輔はまだあのアパートにおるんか？〉その希一の口が洋輔に向けられた。〈そろそろそれなりのマンションに移ったらどうだ。俺がいいとこ紹介したるぞ。家賃も交渉したるし〉

〈いや、あれでも慣れるとけっこう住みやすいんだ。まだ当分はあそこでいいわ〉

〈お前は貧乏性だな。あそこは六畳の和室一間だろ？　今どき学生でもマンション暮らしが普通だぞ〉

〈俺は畳の部屋のほうが落ち着くんだ〉

洋輔が言い訳するようにそう返すと、八真人が〈まあ、それは分かるな〉と同意した。

〈ジジくせえこと言うな。女連れこむにしてもマンションのほうが格好つくだろうが〉希一が品のない笑い声を混ぜながら言う。

〈それはそうだろうけどな〉洋輔が仕方なさそうに応える。

〈お前、ちらっと噂で聞いたぞ。洋輔と竹中美郷が狐狸山ボウルに一緒にいたの見たってな〉

希一の話に、和康が〈何それ？〉と食いついた。

〈誰に聞いた？〉洋輔が少しうろたえ気味に言う。

〈洋輔の知らん連中だわ。あそこのゲーセンで遊んどったときに見たって〉

〈何だ、マジの話なんか？〉八真人も初めて耳にした話らしく、驚き気味の声を上げた。

〈いや、最近偶然、会社帰りに会ったんだわ。本当に一月ちょい前くらいの話でさ……〉

洋輔が仕方なさそうに、美郷と再会したときの話をしてみせた。大雑把な語りには旧友にそういう話をする気恥ずかしさが感じ取れるが、一方では多少なりとも彼らに自慢したいような気持ちも言葉尻に見え隠れしている。微笑ましいとでも言おうか……俺も聞いていてニヤニヤしたくなる。

〈そんなことが本当にあるんか……ドラマみたいな再会だな〉

和康の言い方は、心の底から羨ましがっているようだった。

〈おっ、竹中、あそこにおるがや〉希一が会場内に美郷を見つけて声を上げた。〈あっちに

行かんでいいんか？〉

〈いいわ、別に〉洋輔が苦笑混じりに答える。

〈いつでも会えるからいいってか〉希一が笑う。〈そんで、今はどうなっとるんだ？　もう部屋には連れこんだんか？〉

〈二、三回会っただけの話だわ〉

もう連れこんだくせに……俺はそんな口を挿《はさ》みたくなり、笑いを嚙み殺す。洋輔がなかなか自分の素顔を出そうとしないのは、相手が希一だからか。希一は、隙を見せていると、ぬっとこちらの懐に手を突っこんでくるような男である。洋輔ももちろん長い付き合いでそれは分かっているだろう。

〈そうか、でもよかったな。竹中と洋輔なら、性格的にもけっこう合うんじゃないか〉八真人が親友の幸せを喜ぶように言った。

〈いやでも、竹中は、ああ見えて意外と性格きついぞ〉希一がからかい口調で言う。〈部活んときでも、ほかの部員に『しっかりしろ』みたいな男言葉、ガンガン飛ばしとったの聞いたことあるしな〉

〈あの子は部長だったから、そういうことも言わなかんかったんだろ〉八真人がクールに応じた。〈中学んときは西狐狸中で生徒会の役員やっとったって話だし、責任感があるんだわ〉

〈生徒会？　俺は中学ではヤンキーとつるんどったって聞いたことあるぞ〉

八真人と希一の話が嚙み合わず、和康が〈真逆だがや〉と笑っている。

〈本人にどっちか訊いてこいよ〉

希一にそうそそのかされた洋輔は、〈そんな昔のこと、どっちだっていいわ〉と受け流した。

〈何だ、つまらん〉そう言い捨ててから、希一はまた声を上げた。〈おい、竹中がこっち見とるぞ〉

〈え？〉

〈携帯持って何かやっとるぞ。何だ？〉

〈ああ、何でもないいて〉

〈何でもないってことないだろ。電話しろって言っとるんじゃねえか？〉

〈いや、ただの合図だて〉

〈何の合図だ？　だったらお前も返せよ〉

〈いいわ、別に〉

せっかく美郷がストラップを振って合図してくれているのに、洋輔は甲斐がないな……俺は内心で苦笑する。

〈ちょっとトイレ行ってくるわ〉

いじられっ放しのこの場からひとまず逃げようとでもいうように、洋輔が言った。

〈何だ、外で竹中と落ち合う合図だったんか？〉希一が勘繰りを入れる。

〈違うて。ちょっと腹の調子が悪いから〉

〈このまま、二人で消えるなよ。ちゃんと戻ってこいよ〉

希一が冷やかすように言い、八真人と和康の軽い笑い声が混ざった。

希一相手だと洋輔はやはり分が悪いな……彼らのやり取りを聞きながら、俺はそんなことを思った。

＊

「洋輔くん」

会場を出て廊下をトイレに向かって歩いているところに、後ろから声がかかった。振り返ると、美郷が小走りであとを追ってきた。

「ごめんね、何か怒ってる？」

「え？　何が？」

「向こうで話してるときに、余計なことしたかもって」

洋輔が合図を返さなかったことで、彼女は気になったらしい。

「あ、いや、そんなんじゃないて。希一にちょっと冷やかされてさ」

洋輔が頭をかきながら言い訳すると、美郷はくすりと笑った。

「うん、冷やかされてるように見えた。だから、悪かったかなって思って」

「いや、嬉《うれ》しかった」

洋輔はそう言い、胸ポケットに仕舞ってあった携帯電話を手にして、ストラップごと彼女に振ってみせた。

美郷は満足したような笑みを見せ、それから少し眉を下げた。

「皆川くんは見る感じ、昔と変わってないね。私はあの人、ちょっと苦手」

「俺も実はちょっとそう」洋輔は肩をすくめて笑う。「でも、八真人が不思議にあいつと気が合うみたいで、一緒におると、いつの間にか四人組になっちまってるんだよな」

「あの二人、全然違うタイプなのにね」

「まあ、小学生んときからの付き合いだからな」

洋輔は自分で応えながら、ちゃんとした理由になっていない気もしたが、美郷はそれで納得したように、「なるほどね」と口にした。

会場の入口あたりから誰かが美郷を呼ぶ声がした。

「ごめんね、今日はゆっくり話す時間もなくて」

自殺した日比野真理と離れて、高校時代は途中からつまらなくなったと言っていた美郷だが、彼女自身は黙っていても友達の輪の中央に収まっているようなタイプだ。旧友からもひっきりなしに声がかかっているようだった。

「まあ、いつでも話はできるし」

洋輔が余裕を見せるように言うと、美郷はにこりと笑ってうなずいた。

しかし次の瞬間、彼女の視線が洋輔の背後に流れ、その笑みが幻だったように消えてしまった。

振り返ると、トイレから出てきた男と目が合った。

それが樫村だと気づき、洋輔は息を呑んだ。確か六十をすぎて定年を迎えているはずだ。老人の域に差しかかり、髪も白いものが増えていれば、顔も頬が少し削《そ》げ、深い皺《しわ》が目立っている。洋輔が高校を卒業してから七年ほど経っているが、当時のような頑強な印象は薄くなっている。

しかし、淡いブラウンのサングラスの奥にある目つきの鋭さは当時のままだった。

樫村は洋輔のことなどまったく憶えていないかのように無表情のまま視線を外し、横を通りすぎていった。

「カッシーもさすがに老けたねえ」

美郷が彼の背中を目で追いながら、そんなことを言った。

「あいつ、俺と目が合っても、『誰だこいつ？』みたいな顔しとったな……」

洋輔がぽつりと言うと、美郷は引きつり気味の笑みを見せた。

「何にも憶えてないような顔してたね……洋輔くんが大人っぽくなってたから、私みたいに一目じゃ分かんなかったのかも」

そこにどんな理由があったにしても、洋輔は何となく面白くなかった。こちらのことを憶えていて声をかけてきたら、それはそれでうっとうしいのだろうが、あの無表情の顔は気に食わなかった。

当時は何かと容赦ない懲罰を課しながらも、普段、校内で洋輔を見つけたときには、「洋輔、元気か？」「洋輔、真面目にやっとるか？」と、うんざりするほどまめに声をかけてきたものだ。そういう一声一声も含め、生活指導の教師というのは前時代的で融通が利かず、ずけずけ物を言う存在でありながら、それだけ彼らは彼らなりに気持ちを入れてやっているのだと勝手に理解し、理不尽なやり方も受け入れざるをえないと思わされることにつながっていた。

しかし、今、樫村とすれ違って気づいたのは、自分はこの歳になってもあの当時のことでトラウマとも言えるような引っかかりを残していることであり、一方の樫村は、自分の指導でかつての生徒の誰かが今もそんな思いを抱えていることなど、微塵《みじん》も考えてはいないということだった。自分が生徒を服従させようと好き勝手やっていたことなど、とっくに忘れているのかもしれない。あれは人を見ている顔ではなかった。何も見ていない顔だった。

考えているうちにも、洋輔は気分が悪くなってきた。

「洋輔くん、何か顔色悪いんじゃない？」

美郷が眉をひそめ、心配そうに洋輔の顔を覗きこんできた。

「いや、大丈夫……ちょっとトイレに行きたくて」

美郷と別れ、洋輔は冴えない足取りでトイレに入った。

向こうも忘れているのなら、こっちも忘れてしまえばいいのに。

しかし、自分の中には、薄汚れたまま一向に溶けない残雪のように、しぶとくそこに残り続けているものがある。

洋輔は便器に腰かけ、息苦しさに大きく息をついた。その息遣いがかすかに耳にこもる。

「あ、あぁ……」

意味もなく声を上げると、やはりそれも耳にこもり、いっそう気分が悪くなってきた。

＊

「みんな、ちゃんと食っとるか？」

希一ら三人はかつてのクラスメートたちの輪に混ざり、談笑しているところだった。

そこに俺は料理を山盛りに載せた皿や安そうなワインが入ったグラスをいくつか両手にして割って入った。希一がぎょっとして振り向き、俺を見ている。

「何だ希一、別にお前を取って食おうなんて言っとるんやないで、そんな顔すんなよ」

俺が笑って言うと、希一は、「いきなり後ろからでかい声出すからだ」と戸惑ったように返してきた。

「ははは、悪いな。こういうとこ来ると、何かテンション上がっちまってよ。いろいろ持ってきてやったから取れよ。八真人もカズもワイン飲《や》れよ」

俺は彼らにグラスや皿を押しつける。

「もう、酔っとるんか？」

希一がすがめるような目つきで俺を見る。

「こういうとこは、酔わなきゃ損、食わなきゃ損だろ。まあ、どう見ても経費けちって酒も料理も安っぽいけどな。それより希一、お前が相変わらず元気そうで嬉しいわ。羽振りもよさそうだしな」

「いや、別にそうでもないて」

「謙遜するなよ」俺は希一の肩を小突く。「皆川不動産っていやあ、狐狸山で名が通った老舗《しにせ》だ。まあ、今は大手に押されて昔ほどじゃないかもしれんけど、跡取りがこうして元気なんだから、親父さんも先が楽しみってもんだな。いや、俺も今度部屋借りるときはよろしく頼むわ。百平米くらいのマンション、月五万くらいでな」

「そんなのあるわけないだろ」希一が鼻白むように言う。

「ははは、冗談だって。本気にすんなよ」周りの空気がばらけ、希一ら三人以外の連中が次第に散り始めたあたりで、俺は少し声を落として希一に顔を寄せた。「そうだ、元気っていやあ、樫村が来とったぞ。入口のほうにおるわ。まあ、あいつも定年になってそれなりの歳だし、いいじいさんになっとるけど、人相の悪さは相変わらずだな。どうだ、一緒に挨拶に行くか？」

「何で行かないかんのだ」希一が顔をしかめて答える。

「冗談だわ。行くわけねえよな。俺もあいつの顔見ただけで気分悪くなってきてよ、昔の嫌なこと思い出したわ。俺たち、あいつによく呼び出されたよな。ねちねちやられて、うんざりだったわ。俺は卒業するとき、樫村にお礼参りしんかったことを後悔しとるんだ。あんだけやられたら、やり返すのが当然だったんじゃないかってな……なあ、八真人、どう思う？」

「そんな、中学生じゃあるまいし……俺らも遊びすぎとったし、やられても仕方ないとこがあったわ」

俺はニヤリとし、八真人の肩を揺すった。

「いいね、八真人は。そういうクールなとこ、いいよ。こっちが悪いんだから仕方ないってか。違うね。あいつはそう考えるこちらの弱みにつけこんどったんだ。人の弱みにつけこんで、無茶なことを命令して服従させる。指導じゃない。支配だ。そういうサディストの手口だ。そういう手口に屈服させられとったとは思わんか？」

八真人は俺の言葉をまともに受け取らないように、肩をすくめて冷ややかに聞き流そうとしている。むしろ、かたわらで話を聞いている希一や和康のほうが、それなりに響いた顔つきをしていた。

「カズだってそうだろ……あの屈辱の日々を忘れたわけじゃあるまいて。あれが教育か？違うね。俺たちのプライドをズタズタにすることだけが目的のやり方だ。やつの自己満足だ。それでお前はどうなった。やつに尻をたたかれ、鍛えられたなりのたくましい大人になったかよ？　いやいや、散々頭を押さえられたせいでやけに小さくまとまっちまって、こんなはずじゃなかったのになんて愚痴りたくなるような大人になっちまったんじゃねえか？」

　和康は小さくうなりながら顔をゆがめている。

「そんな、今さら樫村が全部悪いなんて思ったところで何も始まらんだろ」八真人が鼻から息を抜いて言う。

「その通り」俺は八真人に指を差してみせる。「あいつのせいにしたところで、どうにもならんて話だ。今の自分がどうなっとるかなんてのは結局、自己責任でしかないって論理だ。だけど、それがあいつの逃げ道でもあるわけだて。やつは俺たちがどうなろうと、こぶしの落としどころがないのをちゃんと分かってやがるんだ。そこにあいつのずるさがあるわけだ」

　八真人はことさら意識してそうするかのように、ゆっくりと首を振った。しかし一方で、希一はかつての屈辱がよみがえったかのように、その目に険を覗かせている。こういう目を見せ始めると、この男は善も悪もないところで頭が回り出すことは俺もよく知っている。

「まあ、どっちにしろ、だからどうしたって話なんだけどな」俺は一転、おどけるように言って、話を収めにかかった。「希一が挨拶なんて行きたくねえって言うから、こんな話になっちまった。過去は過去、今は今っていうのも、確かに一つの考え方だ。俺も何だかんだ言いながら、今はけっこうハッピーにやっとるからな。実際、樫村がどんな顔であそこにいようがどうだっていいことだ。おっと、飲みすぎてまた小便行きたくなったわ」
俺はそう言い、空のグラスを掲げてみせて、彼らに背を向けた。

*

トイレから会場に戻ると、八真人たちは先ほどの場所から動いてしまったようで、ざっと見渡しただけでは見つからなくなっていた。会場はそれなりに広く、出席者も当時の同級生四百人のうち、六、七割は集まっているようで、盛況な会となっていた。
洋輔は無理に彼らを探すのは早々とあきらめた。希一とまた顔を合わせても、楽しい時間がすごせる保証はない。会場を歩いていたところで、三年生のときのクラスメートだった祖父江兼一《ぶえけんいち》に声をかけられ、彼と近況報告や昔話に花を咲かせる時間を送った。

祖《そ》

兼一は美郷と同じ西狐狸中学の出身で、洋輔とは高三のとき、初めて一緒のクラスになった。狐狸山高校は近くの狐狸山中学の出身者がおよそ五割と圧倒的に多く、その連中が学校の空気を作っていた。洋輔はそれが何となく肌に合わず、また不思議と狐狸山中出身の人間で友達と呼べるほど仲よくなれた者もいなかった。

一方で西狐狸中や洋輔らの狐狸岡中出身者は学年のうちそれぞれ一、二割と少数派なのが親近感を生むのか、兼一とは妙な壁を感じることなく親しくなることができた。彼とはここ最近こそ音信が途絶えていたが、大学生の頃は何度か一緒に遊んだりもしたし、久しぶりに顔を合わせても屈託なく話ができる相手だと言えた。

「実はよ、うちも近々建て替えを考えとるんだわ……まあ、金を出すのは親父がほとんどだけどな」

洋輔がシステムキッチンメーカーの営業をやっていると聞くと、兼一はそんなふうに興味を示してきた。彼は大学を出てからこの地域に店舗網を持つ信用金庫に勤め、大学時代から付き合っている彼女と結婚することも決まっているのだという。それで実家を二世帯住宅に建て替える計画を進めていて、システムキッチンも二つ入れるつもりだから、洋輔のところにいい商品があるなら教えてほしいということらしかった。

洋輔は自分の友人に営業をかけるなどということは何となく決まりが悪くてできないと考えてしまうたちなので、彼の話は最初、何の期待もせずに聞いていた。ただ、仲のよかった同級生が階段を上るように着々と結婚や家などを決めていくのを、不思議な思いで眺めているような感覚だった。堅実とはこういう人生のことであり、自分のそれとは明らかに別なのだという気がした。

「だから本当、一回カタログ見せてくれよ」

彼がそう繰り返したことで、洋輔は彼が本気で洋輔の会社の商品を検討しようとしているのだと気づいた。

「二つ買うんなら、少しは値引きも考えてくれるだろ？」

兼一がいたずらっぽく言うのに、洋輔は「もちろん」とうなずく。

「そのへんは任せてくれ。カタログはそろえて送るわ」

そう言うと、彼は満足そうにうなずき返し、グラスのビールに口をつけた。

「洋輔は今日、このあとどうすんだ？」

「特に何も決めとらんけど……」

「三年のクラスの連中で集まって飲み会やるらしいわ。十人くらいは来るって。せっかくだから洋輔も顔出せば？　もしかしたら俺のほかにも家を建てる計画のやつがおるかもしれんしな」

「クラス会みたいな場で営業しても、煙たがられるだけだろ」

「何言っとるんだ」兼一は洋輔の言葉を笑い飛ばす。「そんなこと気にしとったら営業なんかできんぞ。だいたい、同窓会なんて絶好の機会に、名刺も持ってきとらん営業マンなんて洋輔くらいのもんだわ」

「そうかな」言われて、洋輔は頭をかく。「やっぱりもっと貪欲にやるべきか」

「まあ、それが洋輔らしいって言えば洋輔らしいんだけどな。そういうお前が勧めてくるキッチンなら間違いないだろって思えるわけだし」

フォローするように言われ、洋輔は少し救われる思いだった。ここのところ、仕事で褒められるようなことには縁がない。たとえ友達なりの甘さが入っていることであったとしても、自分のような営業マンもありなのだと評価してくれるような言葉は嬉しかった。

会場前方の壇上では、洋輔たちが高校生活を送っていた当時の校長らが並び、マイクを取って挨拶のスピーチを始めていた。

〈それでは続きまして、狐狸高の、当時の名物先生と言ってもいいのではないかと思います。生活指導でずいぶん可愛がってもらった人たちも多いのではないでしょうか。樫村貞茂先生、今日は当時とは違い、かつての教え子たちの成長に目を細めてここにいらっしゃっています。先生、一言お願いします〉

マイクを手にする樫村を見ながら、洋輔はやはり冷めた気持ちになる。トイレの前で出くわしたときのような無表情ではなく、司会者が口にしたような笑みを顔に貼りつけている。しかしそれは作り笑顔以外の何物でもないと洋輔には思えた。

出席者たちからぱらぱらと拍手が上がったが、洋輔はもちろん応じなかった。

〈どうも、お久しぶりです。いやあ、懐かしい顔、それもぐんと一人前の大人になった顔に再会できて嬉しい限りです。伝統ある狐狸山高校の創立二十五周年記念ということで、今月は土曜日曜に市内のあちこちで同窓会が開かれてますが、華やぎという意味ではおそらくここが一番ではないですかな。会場どこを見ても楽しそうに旧交を温めているわけで。

私は二年ほど前に定年で教職の世界からは離れましたがね、今思うと、君たちと一緒にすごした狐狸高での数年間が、教師としても集大成と言っていい充実した時期でしたよ。君たちの若いエネルギーを全身で受け止め、そして私も全力で君たちにぶつかっていった。君たちの青春の一ページの彩りに微力ながら手を貸すことができたとすれば、これはもう私の本望というものです。

学校を離れていると気持ちも歳相応にしおれてくるもんですが、今日君たちと会って、そんなことは言ってられないと元気をもらいましたよ。実はね、私は来年の狐狸山市民ハーフマラソンに出ようと思って、走り始めてるところなんです。君たちも一緒にどうですか？　興味がある人はあとで私のところに来てください。一緒に走りましょうよ。まだまだ君たちには負けんぞ。よいしょー！〉

意味不明のガッツポーズで樫村の暑苦しいスピーチが締められ、会場からは乾いた笑いと拍手がまばらに上がった。

兼一から何事か声をかけられ、それが頭に入ってこなかった洋輔は、「え？」と訊き返した。

見ると、兼一はくすくす笑っていた。

「洋輔、お前、何か怖い顔になっとるぞ」

言われて、洋輔は無理に頬を動かし、顔の緊張を解いた。

「いや……あれも相変わらずだなと思って」

「そういや洋輔、一、二年の頃は、よくカッシーの餌食《えじき》になっとったよな？　教官室の前であの『よいしょー』っていうやつやらされてさ、カッシーが『洋輔、声が小さい！』って……ははは、俺、三年でお前と一緒のクラスになったとき、あの『声が小さい！』って言われとったやつだって思ったもんな」

「変なこと思い出させんなて」

彼が話を持ち出す前から記憶にこびりついていることではあったが、洋輔はそう言って自分自身を取り繕った。

「カッシーも俺らが卒業してから変な噂が流れとったけど、あれは関係なかったんかな。全然変わらんな」

「噂？」

「知らんのか？」兼一はそう言って説明しかけたが、ふと考え直したように言い淀んでしまった。「でもまあ、洋輔は八真人とも親しいんだろ。下手《へた》に知らんほうがいいかもしれんな」

「何で八真人と親しいと、知らんほうがいいんだ？」

「いや、ただの噂だからだ。俺も同じ大学に進んだ後輩の女の子に聞いただけだからな。どれだけ信憑性《しんぴょうせい》があるのかも分からんし、昔の話だから、やっぱりやめとくわ」

思わせぶりに言われて引っかかりが残ってしまったが、昔から噂話にさとい割には口が軽くないのが兼一の持ち味でもあった。信金勤めにはそれが大いに生きていることだろう。その彼が言わないということなら、聞くことはできない。


「洋輔」

同窓会もお開きになる頃、八真人が近づいてきて声をかけてきた。希一と和康も後ろに控えている。

「お前、このあとどうすんの？」

「ああ……三年のときのクラスの連中で集まるらしくて、誘われとるんだけど」

どうやら彼らは彼らで、どこかの店に移ろうと考えているようだが、今日どちらの集まりに加わったほうが楽しい時間がすごせるかというと、気分としてはクラスの集まりのほうだと思えた。

八真人の後ろでじっと洋輔の顔を観察していた様子の希一が、ふと意地悪そうな笑みを浮かべた。

「竹中と約束しとるんじゃないのか？」

「そんなんじゃないて」

そう否定するものの、希一はそんな様子さえも意味ありげに見ているので、落ち着かない気分になる。

「向こうが終わって時間があったら行くわ」洋輔は多少の不義理を感じて、そんなふうに言い足した。「メールする」

「まあ無理すんな」八真人が気を回すようにして言った。「来れなきゃ来れんでいいからさ」

そんなやり取りで話は収まったのだが、希一がすっと洋輔に近づき、耳打ちするように話しかけてきた。

「お前、樫村の挨拶聞いとったか？」

「え……ああ」

「どう思った？」

洋輔は無言で希一を見る。

「八真人は、樫村なんてああいうやつなんだから、俺らがどうこう思ったところでしょうがないなんて言っとるけどな……やっぱり、そんなさらっと割り切れるもんでもないよな」

洋輔の中にわだかまりが残っているのを見透かしているような言い方であり、それゆえ簡単にうなずくこともできなかった。

希一は洋輔の曖昧な反応をさして気にしなかったように「ま、いいや」と言って、肩をぽんとたたいてきた。

希一と自分とは性格もまるで違うが、小学校のときから一緒に遊んできた間柄だけに、時折ふと、同じ感覚を共有していることに気づかされることがある。

そんなこともぼんやり思い、どこかすっきりしない気分のまま、三人とはいったん別れた。

間もなく散会が告げられ、洋輔はホテルを出た。エントランスで女の子数人と一緒にいた美郷と顔が合い、彼女はまた、携帯電話を振ってくれた。バドミントン部の友人たちとカラオケに行くのだという。帰りは気をつけるように声をかけると、例のストーカーが姿を見せなくなった安心感もあるようで、「大丈夫」と笑顔の返事が来た。

五月の長い日が暮れかけた頃、洋輔は兼一ら十人ほどと駅前通りにある居酒屋に移り、こぢんまりとしたクラス会を楽しんだ。三年次のクラスはみな大学受験を控えていたこともあり、当時から雰囲気は落ち着いていた。それはこの夜も同様だった。

「その式場を決めるのがまた一苦労でさ……」

「あそこの保育所は面倒見いいって聞くよ……」

一緒に飲んだ中には、すでに結婚した者もいれば、子どもが生まれた者もいた。兼一のような タイムリーに家を構えようとしている者はいなかったが、彼らの話を聞いているだけで、自分もがんばらなければと触発されることが多かった。

高校時代の話題でも、彼らはネガティブには語らない。本来はそうあるべきなのだろう。自分も仕事ではまだいろいろつまずくことも多いが、美郷と仲よくなり、将来が必ずしも悪いものではないと思えるようになってきた。明るい顔で新婚話をするクラスメートのような幸せが遠くないうち手にできるのではという気もしている。

〈洋輔、まだ終わらんのか？　早くこっち来いよ。話したいこともあるし〉

八時を回った頃、八真人から電話がかかってきた。同窓会場では「無理するな」と言っていたが、やはり洋輔が来るのを待っているらしい。クラス会も家庭を持っている連中がいるせいもあって、淡白に締められようとしているところだった。

洋輔は支払いを済ませると一足先に居酒屋を出た。八真人たちはこの近くのジンギスカン屋にいるということだった。

この時間ともなると、車通りはともかく、人の姿はあまり目につかなくなるのがいつもの駅前通りなのだが、今日はそこかしこに人が連れ立って歩いている光景が見られる。創立二十五周年記念として開かれた狐狸高の同窓会は、各年次ごとに開かれているので、二次会もあちこちで盛り上がっているのだろう。

八真人たちがいるというジンギスカン屋は駅前通りから一本入った裏路地にあった。「焼肉　ジンギスカン　ラーメン」という看板が出ている。初めて入る店だが、佇《たたず》まいは洋輔の生まれる遥か前からあったに違いないと思えるほど古びていた。

引き戸を開けると、中からテレビのバラエティ番組の賑やかな音が聞こえてきた。今どき珍しいブラウン管のテレビが店の隅に置かれている。

通りにはそれなりの人が歩いているというのに、店の中には客の姿がなかった。テーブル席ががらんとしていて、座敷の奥の一角からだけ煙が上がっている。その柱の陰から八真人がぬっと顔を出した。

「おう、来た来た」

店に入り、掘りごたつになっている座敷を覗くと、七輪や食べ散らかした皿などが載ったテーブルを挟んで八真人ら三人が座っていた。

やけに空気が淀んで感じられる。古ぼけて薄汚い店だからとか、煙が立ちこめているからとか、それだけではない重さがそこにはあった。

希一は奥の壁にもたれながら煙草と携帯電話をそれぞれの手に持ち、どこかに電話している様子だった。

「ビール頼めよ。じいさん耳が遠いから、大きな声じゃないと来んぞ」

携帯電話を押さえて希一が言うので、洋輔は厨房《ちゅうぼう》に声をかけた。彼の言う通り、何の反応もなく、カウンターの前まで歩いていって呼んだところで、ようやく腰の曲がった老人がとぼとぼと出てきた。

「いやいや、相場からしても全然高くないよ。あのねえ坂本さん、この物件、実を言うと、ほかからも二千五百で買いたいって話が来とるの。いや本当、本当。昨日見に来てさ、だから坂本さんはもう、二千六百出せるかどうかって問題なんだよ。うん、それは分かるけど、この先こういう物件がこの値段で出てくる保証はもうないからね。とにかく買うなら今だから。そう、二千六百で。明日までに返事聞かせてくださいよ……はい、じゃあ」

希一は電話を終えると煙草をふかし、「まったく」と吐き捨てるように呟いた。

その間に洋輔は店主からビールとグラスを受け取り、八真人に注いでもらった。老いた店主はビールを運び終えると、また厨房の奥に引っこんでいった。

「乾杯だ」

八真人が言い、希一と和康もグラスを取った。何か食べるかと希一に訊かれたが、居酒屋で十分腹を満たしたあとだったので、洋輔は遠慮しておいた。

「クラス会はどうだった？」和康は洋輔にそう問いながら、答えも聞かず、ぶつぶつと勝手に続けた。「洋輔はいいな……俺なんか、会社でばりばり働いとる連中の話聞いとると肩身が狭くなってくるから、そんな集まり、行きたくても行けんわ」

いきなりネガティブな言い方をされて、洋輔はどんよりとした気分になった。

「いや、俺もまあ、胸張って参加したわけじゃないわ……そういう連中の話聞いたら刺激になるかなって感じで」

洋輔は仕方なく、和康に合わせてそう言っておいた。

テレビの音が白々と店内に響いている。洋輔もよく観る番組だが、こういうところで観ると、なぜだか内容が頭に入ってこない。

「洋輔」

希一が煙草の火を揉み消し、おもむろに身を乗り出してきた。かすかに口もとに笑みを浮かべ、彼は低い声で言う。

「樫村、やろうぜ」

「え……？」

意味は分からないものの、何かただ事ではない提案をされているのは感じ取れ、洋輔は顔を強張らせる。

そんな洋輔を、希一は凍ったような笑みを浮かべたままじっと見ている。

「お前だってそういう気持ちはあるんだろ。やっちまおうぜ」

「やっちまうって……何を？」

洋輔の反応を楽しむように、希一の笑みが大きくなる。

「何も殺すとかそういうことじゃねえから安心しろよ。ただ、高校時代の借りを返そうぜってことだ」

安心しろと言われても、希一の口ぶりからはまったく安心できない。

「今日のあいつの相変わらずの様子を見てよ、俺はやっぱり思ったんだよ。俺たち、あいつにいいようにやられて、その清算がちっともついとらんのじゃないかってな」

たやすく同調してはいけない話を聞いている意識はある。しかし、洋輔の戸惑いには、自分の気持ちの一部分がこの話に呼応していることも含まれていた。希一もおそらくそれを承知で話している。同窓会の帰りに耳打ちしてきたときから、彼はそうだった。

ちらりと八真人に目をやると、無表情の顔に行き当たった。期待するような困惑はそこに浮いておらず、洋輔はさらに戸惑う。

「よく考えたほうがいいんじゃないか」洋輔は声を絞り出して言った。「今さらそんなことして、どうなるわけでもないんだし」

「何だその、えらい上から目線の余裕かました言い方は」

不意に和康からとげのある反応が返ってきて、洋輔はぎょっとした。

「いや……別にそういうつもりで言ったわけじゃないて」

「分かっとるて」和康が言う。「自分が卑屈な人間になっとるから、洋輔の言葉もそんなふうに聞こえるってことは、俺自身が一番よく分かっとるわ。仕事切られたり、派遣先に馬鹿にされたりするたびにそうなってくんだから、仕方ないがや」

その口調からも、彼が相当酔っ払っていることは分かる。

「でも、もとはと言えば、あの学校が俺を駄目にしたんだ。あの学校っていうか、樫村っていうか……考えとるうちに、そうだって分かってきたわ」

「それが自分への言い訳だって分かっとっても、そう思わん限り、やってけんことだってあるわな」希一が和康の言葉に理解を示すように言った。「実際、樫村が俺らにやっとったことなんてのは、教育でも何でもなかったからな」

「俺は褒められて伸びるタイプなんだ」和康はアルコールで紅潮した顔をゆがませて言った。「そんな馬鹿な言い方、自分でもしたかないけどよ……でも、中学んときは伊藤とか割といい先生に『やればできる』的なこと言われて、勉強だってがんばれとったんだ」

「そうだよな」希一が和康の意を汲んで言う。「俺だって最初から、パチスロやゲーセンで高校時代をつぶそうと思っとったわけじゃない。樫村みたいな、一見生徒のことを思ってやっとるような顔して、自分本位に生徒を縛るだけのやり方が、本能的に許せんくて反発しとっただけだ」

「それはまあ、俺にも分かるけどさ」洋輔は努めて冷静な声を出した。「でも、やっぱり、今さらだろ」

「分かるんなら、今さらなんて言わんはずだけどな」希一は目を細めて洋輔を見る。「これから先も、カズは何か気分が腐ることがあるたびに、あの学校のせいで、樫村のせいでって思い続けるんだぜ。いや、これはカズだけの話じゃない。俺たちみんな少なからずそうだ」

決めつけるように言う希一に対し、洋輔は反論の口が動かない。

「洋輔が俺らと同じように、いや、もしかしたら俺ら以上に、樫村を毛嫌いしとるのは知っとるでよ」

洋輔の心の底を覗いてきたかのように、希一の言葉にはためらいがなかった。

「天突きでずいぶんやられたもんな。今日の樫村の挨拶……何が『よいしょー！』だよって思いながら、一番先に思い出したのが、『洋輔、声が小さい！』っていうやつだわ。カズがあれうまかったたな」

希一に振られ、和康が「洋輔、声が小さい！」と、樫村の声真似をした。

「はっはっは、それそれ」

希一が手をたたいて笑う。特徴をよく捉えているので、八真人も失笑している。

「洋輔、声が小さい！」

和康が調子に乗って繰り返し、希一たちの笑い声が大きくなる。

「はっはっは、でら受ける！」

「何がおかしいんだ」

声真似も笑い声も気に障り、洋輔はぶつぶつとこぼす。

「洋輔、声が小さい！」

「もうええわ！」

洋輔は半ば本気になって和康を止めた。

希一がまだげらげらと笑っている。

「これやると、洋輔、マジで怒るもんな。昔と変わらんわ」

希一はひとしきり笑ったあと、その意地悪そうな笑みをとどめたまま続けた。

「だからよ、こういうのを清算するんだ。あの頃の借りを返しときゃあ、これから先はカズだっていちいち樫村のせいにすることもなくなる。自己責任だと割り切っていけるし、その分がんばれるって言っとる。俺もその通りだと思うわ」

「八真人も……賛成しとるんか？」

わずかな逃げ道を求めるようにして、洋輔は八真人に目を向けた。

「だからこそ、洋輔を呼んだんだ」

八真人が簡単にそう言ったことに洋輔は内心驚いていた。彼は高校時代、希一に誘われるまま樫村ににらまれるようなこともやっていたが、それは例えば学校をサボってゲームセンターに入り浸ったり、髪にメッシュを入れたりということがほとんどで、喧嘩などの暴力行為はむしろ嫌っていたように思えたし、その点に関しては、洋輔は八真人と近い価値観を共有しているつもりだった。多少やんちゃな真似をするにしても、八真人が一緒にいれば無茶なことにはならないだろうという安心感があったものだ。

その感覚で言うなら、今回の話などは八真人がやんわりいさめ役に回るのが妥当なのだ。

いや……。

洋輔は希一の思わせぶりな言い方に呑まれて、肝心なことを訊き忘れているのに気づいた。

樫村に何をしようとしているのか……ということだ。

それを訊くことは、半分彼らの企みに乗ったも同然と取られかねない気もするが……。

そんなためらいが湧いたものの、やはり訊かずにはいられなかった。

「何するつもりなんだ？」

「お前は何がしたいんだ？」希一が逆に問い返してきた。

「え？」

「お前がやりたいことだわ」希一は口もとを吊り上げて洋輔を見据える。「それをやろうぜ」

「何がしたいって、俺は別に……」洋輔は口ごもる。

「とりあえず拉致《らち》る」希一がぼそりと言った。

その時点で立派な犯罪だな……八真人が賛成しているだけに、もっと遊びっぽいいたずらでお茶を濁す話かもしれないという気もしていた洋輔は、のっけからの過激な計画にぞっとする。

「車に押しこんで東名沿いにある大島工業に連れてく。あそこは廃業してだいぶ経つけど、土地の買い手も見つからずにそのままになっとる。周りは東名と川と田んぼに囲まれて人も寄りつかんとこだし、多少声出したところで人の耳なんか気にしんでいいからな」

「そんなとこに連れてってどうすんだ？」

「だから、それでどうしたいんかお前に訊いとるんだがや」

「拉致なんかしたら警察沙汰になるぞ」

「人に見つからんようにやりゃあいい」希一は何でもないことのように言った。「やつはもう教師を辞めて、ランニングが趣味なだけのただのじいさんだ。チャンスはいくらでもある」

「たとえ人の目につかんようにできたとしても、樫村があとから通報したら同じだろ。もう教師と生徒の関係じゃないんだから、高校時代の仕返しだなんて言ったところで通用はしんぞ」

「そこはまあ、心配すんな」希一は勝算のあるようなことを言った。「もちろん、俺らの正体はばれんようにやる。そういうのも、ちょっとしたゲームみたいで、逆に面白いだろ。それに、こっちはあいつの弱みも握っとるんだ。それをささやいてやれば、あいつもうかつには動けん」

「弱みって……？」

洋輔はそう訊いてみたものの、希一は答える代わりにビールを舐《な》めるだけだった。ただ、ほかの二人からもそれを問う声が上がらないところを見ると、樫村の弱みとやらが存在することは事実らしかった。

そうなら本当に、樫村への仕返しは成立するのかもしれない。

洋輔は妙に喉のあたりがもぞもぞとうずき始め、希一に釣られるようにビールをあおった。

ごくりと喉が大きな音を立てた。

三人と別れてアパートに帰ってきたあとも、洋輔は身体の芯《しん》が火照《ほて》るような興奮がなかなか収まらなかった。

シャワーを浴びてベッドに寝転ぶ。今日久しぶりに再会した同級生たちの声が頭の中でこだまする。希一の低い声がそれらを次第に追い払っていく。

不意に携帯電話が鳴った。八真人からだ。

〈さっきはびっくりしたか？〉

「当たり前だ。あんな話とは思わんかった」洋輔は率直に言った。

〈悪い悪い〉彼はさらりと謝った。〈でも、面白い話だと思ってな〉

「本気で言っとるんか？」

〈俺が樫村のこと好きだったと思うか？〉

逆に問われ、洋輔は小さくうなる。

高校時代、樫村からどんな懲罰を受けても、八真人はそれほど顔には出さなかったから、彼の中に溜まっていたものまで推し測ることはできない。しかし、彼が相応のプライドを持っているなら、屈辱的とも言える樫村のやり方には、洋輔以上に強い恨みを持っていてもおかしくはない。

〈でも、それだけじゃないて〉八真人は言う。〈希一とカズだけじゃ、どんだけ暴走するか分からん。ほっといたら、本当に警察沙汰になりかねんし、エスカレートして取り返しのつかんことになる可能性だってないとは言えん。あいつらに合わせながら、暴走しんようにブレーキをかけるのが俺らの役目だと思っとるんだ〉

八真人らしい言葉を聞いて、洋輔は少し安心する。しかし一方で、別の疑問も湧いてくる。

「けど、何で八真人はそこまであいつらの面倒を見てやろうとするんだ？　俺だったら、勝手にやれってほっとくぞ」

〈まあそれは、小学生のときからの腐れ縁だからってことに尽きるな〉

「いくら腐れ縁だからってな……」洋輔は鼻から息を抜く。「昔から八真人は希一に弱いんだ。八真人が止めんから、あいつも調子に乗るんだろ」

〈そんなつもりはないけどな〉八真人は苦笑混じりに言う。〈けどやっぱり、あいつの話はどこか本音の部分を突いてきたりするから、うなずかされちまうのかもしれん。洋輔だって、今日の話は、くすぐられるもんを感じたんじゃないか？〉

「それは否定しんけど」洋輔は正直に言う。「ただ、樫村に仕返ししてすっきりしたところで、警察に捕まるようなことになったら元も子もないだろ」

〈問題はそれだ。だから、渋々付き合うよりは、ちゃんとした計画になるように口を出した

ほうがいいと思う。希一だってそんな馬鹿じゃないし、すぐにボロが出るようなことにはならんはずだ〉

「樫村の弱みを握っとるなんて言っとったけど、八真人もそれ知っとんのか？」

〈いや、俺も詳しくは知らんけど……〉彼は歯切れ悪く答える。〈まあ、それは希一に任せとけばいいだろ〉

洋輔には持ちえない希一への信頼を八真人は持っているようでもあった。

〈今日の話は、俺たちが残してきた宿題みたいなもんだ。さくっと片づけて、気持ちよく前に進もうって考えればいいんじゃないかな〉

八真人は最後にそんな言葉で洋輔との電話を終わらせた。

洋輔は携帯電話に付けたストラップのファーをもてあそびながら、天井を見つめる。

困惑と好奇心が入り混じっている。面倒なことに巻きこんでほしくないという思いがある一方で、これは自分の宿命ではないかというような考えも湧いている。やるならば、不安や迷いを吹っ切ってやるべきだが……。

「ああ……」

ため息混じりのうなり声が口をついて出る。それがかすかに耳にこもり、洋輔は小さく顔をしかめた。

「ああ……」

最近、どうも耳の調子がおかしい。声がこもるだけでなく、鼓膜が内側に引っ張られているような違和感があるし、がさがさと鳴ってうるさいときもある。首を動かすと耳の下が痛むこともあったが、どうやらそれも耳の不調から来ているらしいと分かってきた。

〈樫村に仕返しか……楽しそうな計画だな〉

一度病院で診てもらうかとぼんやり考えているところに、ずっとおとなしくしていた兄がしゃしゃり出てきた。

〈何をやるつもりなんだ……え？〉

「お前には関係ないわ」洋輔は冷たく返す。

〈関係ないことはない〉兄は厚かましくもそう言った。〈可愛い弟がいじめられた相手なんだからな。俺が出てって半殺しにしてやりたいくらいだ〉

「馬鹿言え……こっちはややこしいことにならんように、どうしたらいいのか考えとるんだ。俺が警察に捕まったら、お前だって困るだろ」

〈まあ、それはそうだけどな〉彼は言う。〈でも、希一は勝算ありそうなんだろ。樫村の弱みを握っとるんなら〉

「それも、どこまで本当か分からん」

〈素直に信じとけばいいと思うぞ。それより何をやるかだ〉

「分かっとる」

なるべく暴力沙汰を避けて、なおかつ樫村へのそれぞれの恨みをすっきり晴らすようなやり方があるだろうか。

〈目には目をだ〉兄が言う。〈樫村から受けた罰で、一番屈辱的だったのは何だ？〉

「天突き……か」

洋輔はそう呟き、それは名案かもしれないと思った。

3

翌週の土曜日の夜、洋輔たちは再びジンギスカン屋に集まった。この日も店には洋輔たち以外の客は一組もいなかった。

「樫村に天突きをやらせる？」

洋輔のアイデアを聞いた希一は、ジンギスカン鍋にくすんだ色の羊肉を載せながら、眉を動かしてみせた。

「ああ。希一が言っとった会社の倉庫かどっかにあいつを運んで、目隠ししたまま、気が済むまでやらせるんだ」

　その光景を想像したのか、希一は愉快そうに吹き出した。

「そりゃいいわ。いきなり誰かに拉致されて、何をされるんかと思いきや、天突きか」

　八真人や和康も笑っている。こういう馬鹿馬鹿しさを持てはやすのは、子どもの頃からこの連中にあったノリであり、それでそれぞれの鬱屈した思いが晴れるのであれば、アイデアとしても悪くないということだ。

「『樫村、声が小さい！』ってやるんか」和康が樫村の真似をしておどけた。

「それは駄目だ」洋輔は釘を刺しておく。「そんなことやったら、俺らの正体がばれちまう」

「それを言ったら、天突きやらせる時点で、誰の仕業か分かっちまわんか？」八真人が笑いながらもそんな気を回してみせた。

「大丈夫だろ」希一がそれを一蹴する。「あいつに天突きやらされたやつなんて、俺らのほかにいくらでもおるんだ。体育の授業でも、あいつが顧問やっとった陸上部の練習でも、たるんどるやつがいると見や、すぐ天突きだからな。そこらじゅうで恨み買っとるわ」

「俺らのことなんかも、どうせ憶えとらんだろ」と和康。「『声が小さい！』とか言っても、何のことか分からんわ」

「そうだとしても、隙を見せるようなことは避けたほうがいいて」洋輔が言う。

「やるなら、計画的にやらんとな」八真人もそう同意してみせた。「それはそうと、あいつの住所とか、分かるんか？」

「俺が知っとるで心配ない」

家業が家業だけに、狐狸山一帯は隅々まで把握してるのだと希一は豪語した。

「あいつはマラソンの練習で毎日走っとるらしいからな。そのルートも調べて、さくっと拉致ったる」

希一はそう口にすると、焦げ目の付いた羊肉を頬張ってから、ほくそ笑むように頬を緩めた。

それから洋輔たち四人は、一週間と置かず、二度、三度とジンギスカン屋に集まって、樫村の拉致計画を練り上げていった。

仕事のかたわら比較的自由に動ける希一が自ら樫村の行動調査を買って出て、彼のランニングルートを詳細に報告し始めたあたりから計画にも臨場感が湧き、初めは罪悪感に気が引けていた洋輔も知らず知らずのうちに、のめりこむようになっていた。

希一によれば、樫村の住まいは狐狸山市の西部に位置する丘陵地帯の住宅地にあり、教員の仕事を定年退職した今は、ゴルフや釣り、地元のスポーツサークルの指導などの趣味で悠々自適の毎日を送っているらしい。

ランニングは毎日、夕方六時頃から一時間ほどかけ、ストレッチに始まり、住宅街から田園地帯の十キロ近くを走り、クールダウンして終わるのがルーティンになっている。希一は最初、自分の車で樫村の行動を追跡していたようだが、最後には自転車を持ち出して、走行ルートを細かく探ったという。

「拉致るんなら、ここだな」

希一は広げた住宅地図に指を載せる。

「西狐狸川の堤防下だ。ここを百メートルくらい走ると堤防に上がる石段がある。堤防道はときたま犬の散歩で歩いとる人なんかがおるけど、土手の茂みが高いから、上から下は死角になっとるんだ。後ろは中西パンの工場裏だから人通りはない。昔は不法投棄の車がいつまでも野ざらしになっとったようなとこだし、少しくらい車を停めといても、怪しまれる心配はないってことだ。ランニングのルートで言えば後半だ。樫村もだいぶ疲れとるだろ」

「すげえな」

「よく調べたな」

洋輔たちから呆れ混じりの笑いとともに感嘆の声が上がると、希一はますます気をよくしたように続けた。

「ここから大島工業までざっと車で二十分ってとこだ。ルートはなるべく裏道を使ったほうがいいだろうな」

「車は誰のを使うんだ？」

そんな疑問が八真人の口から洩れた。

「問題はそれだ」希一が応じる。「俺のはクーペだからな。こういうので使うにはちょっと無理がある」

「俺のも軽だから論外だな」和康が言う。

「そうすると、俺か洋輔のになるんか……」

八真人がそう呟くのに、希一が首を振った。

「いや、八真人のもやめたほうがいい。外車はやっぱり目立ちやすいからな」

八真人の車はボルボで、洋輔の車は今は廃番となっている三菱のミニバンである。目立たないことを優先するなら、当然、洋輔の車になってしまう。

「洋輔、いいんか？」八真人が少し申し訳なさそうに訊く。

「いいよ」

もはや、何かの役目が与えられることに対して、尻込みしていられない空気が出来上がりつつあった。自ら汗をかこうとする者がほかの者から一目置かれ、不安は高揚感へと変わっていく。運転手役を買って出ることで、洋輔はそれをはっきり感じ取っていた。

「よし、洋輔の車なら、ハッチを開けて後ろに押しこめばええ」

やるのなら、徹底的に成功を目指さなければならない。

「禁止事項を決めとこうぜ」

洋輔は考えていたことを口にした。

「例えば？」

「樫村の前でお互いの名前を呼ぶのは禁止だ」

「そりゃそうだ」八真人がうなずく。

「カズあたりがぽろっと言いそうだから、ルールにしとかんとな」

希一にからかわれ、和康が「俺はそんなへマしん」と口を尖らせた。

「あと、殴る蹴るも禁止にしとこうぜ」

洋輔が言うと、和康があからさまにがっかりした顔をした。

「何でだ？　一発もいかんのか？」

「何でもありだったら際限なくなるし、何が起こるか分からんくなる」

八真人は軽くうなずいてくれたが、ほかの二人は不服そうだった。

「いや、別に俺はいいけど」希一が挑戦的な笑みを覗かせて言う。「一発も殴らずに、あいつに天突きやらせることができるかどうかだ」

「それは……何とかなるだろ」

洋輔が根拠なく言うのに対し、希一は首を振った。

「仮にも樫村だぞ。歳食って体力は多少落ちとるだろうけど、根性は昔のままだ。命令しただけで簡単に従うわけがない」

想像してみるものの、希一の言うことはもっともだった。

「けど、そこをどうするか考えるのが面白いんじゃないか？」八真人が言った。「樫村は目隠しして、手や足も縛るんだろ？　何をされるか分からんていう恐怖が向こうにはある。ちょっとしたことでも、けっこうダメージを与えられると思うぞ」

そう言われると何かできそうな気がしてくる。希一や和康も考えこむ素振りを見せた。

「水とかならいいかもしれんな」

洋輔は高校時代を思い出して言った。夏の暑いとき、体操着に着替えさせられて延々三十分以上、天突き体操をやらされたことがあった。暑さにやられて声が出なくなると、樫村は教官室前の洗い場からホースを引っ張ってきて、四人に水を浴びせてきた。最初は「ほら、生き返るだろう」とシャワーのように水を上から飛ばす感じだったのが、また声が出なくなると、今度は顔に向かってまともに水をぶつけてきた。今から思えば教育問題にならないのが不思議なくらいだったことをしておきながら、樫村はニヤニヤしてそれを楽しんでいた。

「水責めは、俺らもずいぶんやられたからな」

和康も当時を思い出したように、頬をゆがめてうなずいた。

「あと、電気ショックとかどうだ」希一が言った。「いたずらグッズで、ビリビリペンとかあるだろ。ああいうのでも目隠しされとると、けっこう効くと思うぞ」

「そりゃいいな」

ビリビリペンで悶絶する樫村の姿を想像し、洋輔たちは笑い合った。

「いきなり耳もとで爆竹鳴らすのなんてどうだ？」和康も悪ノリして言う。

「爆竹はさすがに、付近に響くだろ」

「じゃあ風船だ。耳もとで割ってやる」

「もっと地味なやつでも面白いぞ。耳もとでガサゴソ虫が動いとるような音を立てたりするだけでも」

「さすが八真人、逆に陰険だな」

「いっそ、虫をシャツん中に入れてやるってのはどうだ？」

「ははは、相当パニクるぞ、それ」

それぞれ勝手なことを言い合い、話は盛り上がっていく。中学や高校時代にちょっとしたいたずらを誰かに仕掛けようとしていたときと感覚は同じだった。一歩間違えれば警察の厄介になる危険性があるということは十分分かっている。しかし、こうやって昔のノリでみんなと話していると、そんな警戒心はあっさりと薄れていく。

「動画に撮って、あとで観てえな」

ついには、和康がそんなことまで言い出した。

「それは駄目だ。証拠を残して捕まる馬鹿の典型的パターンだ」

希一がはねつけ、洋輔も同調した。

「カズの好きにさせとったら、ネットにでもアップしかねんからな。禁止事項その三だな」

「ちぇっ」和康は少し拗《す》ねてみせたものの、顔は笑ったままだった。「でも楽しみだな。早く決行してえな」

楽しみか……和康だけでなく、自分の中にもいつの間にかそんな気持ちがあるのに気づき、洋輔はおかしくなる。

＊

〈洋輔くん、最近どうしてるの？　同窓会以来、顔見てないから気になっちゃって〉

〈うん、俺もそれ思っとったとこ〉

語尾を鼻にかけたような甘い口調で電話の向こうの美郷に気遣われ、洋輔の声も丸くなっている。

〈けっこう仕事が忙しかったりしてさ〉洋輔は言い訳するように言う。

〈そうなんだ……たまには気分転換に遊ぼうよ。またボウリングとかどう？　今度、休みいつ？〉

〈ボウリング行きたいけどな……今度の休みはまた八真人たちと会うことになっとるんだて〉

女より友人を取るとは、洋輔もやるな……俺は内心でニヤつきながら彼の言葉を聞く。

〈同窓会から、八真人くんたちと遊ぶのが復活しちゃったみたいね〉

美郷は少し嫉妬めいた気持ちを、わざとではあろうが、いたずらっぽい口調に覗かせている。

〈悪い悪い。今だけだわ。来月になったら時間ができると思うから、どっか行こか。車で遠出してもいいし〉

樫村を拉致した車でドライブデートするわけか……洋輔も案外図太いところがある。

〈うん、分かった。楽しみにしてるからね〉

待つ女のしおらしさを見せて美郷が言い、洋輔もそれに満足したようだった。

電話が切れると、洋輔の口から大きな息が洩れた。

あの計画をやり遂げれば、過去と決別した自分による新しい日々が待っているはず……そんな思いを胸に秘めた吐息だったことが、手に取るように伝わってきた。

だいぶ乗ってきたな。

洋輔への期待がふくらみ、俺もますます楽しくなってきた。

＊

美郷とのデートを泣く泣く断った週の土曜日、洋輔は自分の運転する車で八真人や希一らと名古屋に出て、襲撃計画に使う小道具を調達して回った。雑貨店では軍手やガムテープ、ＬＥＤランタンなどを計画通りに買い求め、パーティーグッズを扱う店ではビリビリペンやハリセン、水鉄砲やお面などをわいわい言いながらかごに入れた。

いずれにしても、悪事を働くというような後ろ暗い空気は、四人の中には漂っていなかった。これが警察沙汰になれば、こういった足取りなどは証拠になったりもするのだろうが、そんな面倒なことにはならないだろうとの楽観が不思議なくらいに洋輔たちを支配していた。

「今度の計画の名前、思いついたわ」帰りの車の中でお面をつけておどけていた和康が言う。

「仮面舞踏会ならぬ、『仮面同窓会』ってどうだ」

「そりゃあ、いい」希一が気に入ったように手をたたいた。「カズはうまいこと考えるなぁ」

「この前の同窓会の延長みたいなもんだからな」八真人も応じる。「好評につき、第二弾、開催決定だ」

「ただし、参加者の正体は不明ってわけか」洋輔も乗って笑う。

そんなやり取りをしながら狐狸山に戻ると、希一の案内で拉致現場の予定にしている西狐狸川の堤防下に車を回した。中西パンの工場裏手は希一が言っていた通り人気《ひとけ》がなく、五分ほどそこに停まっていたが、付近の光景には何の変化もなかった。

ただ、車を停めてじっとしていると、やはり、描いていた計画に現実味が湧き、だんだんと緊張感に包まれていく。四人の口数は自然と少なくなっていった。

「樫村が来るまで待つんか？」

和康が緊張に耐えられなくなったように言い、希一が首を振った。

「あいつがここを通るまで、まだ一時間はかかる。お楽しみは当日に取っとけばいいわ」

彼の返事が合図のようになって、洋輔はゆっくりと車を出した。

五月の陽がかげり始める中を、再び希一の案内で大島工業の跡地まで向かった。

「このへんに停めとけ。まだ明るいから、真ん前には停めんほうがいい」

希一に言われて車を停めたのは、東名高速の土手沿いに張られたフェンスの脇だった。大島工業のトタン塀から雑草地を挟んで二十メートルほど離れていて、入口はさらに二十メートルほど奥にある。頭上で高速を行き来する車の音が響いているため静かではないが、人影はどこにもない。

「よし、下見だ」

車から出て、大島工業の跡地に向かう。

門に扉はなく、チェーンで立ち入りが封じられているだけだ。それをまたいで敷地に入る。目の前には二階建ての社屋があり、手前から左手に向かって駐車場が広がっている。反対の右手にはトラックが行き来できそうながらんとした空間が奥に向かって伸びている。社屋の上から灰色の建物の屋根が覗いているところを見ると、奥に工場や倉庫などがあるらしい。社屋のガラスは土ぼこりにまみれて、中が見通せない。

希一を先頭にして、社屋の脇を通り抜け、奥へと歩いていく。ボイラーなどが敷設されている工場と、簡素な造りの倉庫が並んで建っている。

希一が軍手をして、倉庫の入口ゲートに手をかけた。

「くそ、開かんな」

洋輔らも手伝ってみたが、ゲートは鍵がかかっているようで、まったく動かない。ゲートの横にあるドアも同様だった。

「前来たときは開いたんだけどな」

「希一んとこで鍵を持っとるんじゃないんか」和康が訊く。

「そんな単純な物件じゃないんだて。債権者が入り組んどって、競売にもかけようがないらしくてな、勝手にうちに話を持ちこんだ業者も結局は手を引いた。俺はそのときに一回見に来ただけだ」

「開かんかったら、どうするんだ？」

「待て」

和康を制した希一が、倉庫と工場の間をさらに奥へと歩いていく。

「ここなんかどうだ？」

工場の裏に回りこんだところに、資材置き場だろうか、トタン屋根が付いた二十坪ほどのスペースがあった。周りはトタン塀が迫っている。塀はそこかしこで破れているが、その向こうに見えるのは近くの川から引いた用水路と、畦道《あぜみち》に雑草が茂った休耕田、そして雑木林だ。

「声が洩れんかな？」八真人がそんなことを気にした。

「どこに？」希一が人を食った顔をして問いかける。

倉庫など建物の中と比べてしまえば不安は残るが、人の耳から遠い場所であることは確かだ。ここと同条件の場所をほかで探すのは難しいだろう。

「試しに、ちょっと叫んでみるか」そう言って、希一が口に手を立て、腹から振り絞ったような声を出した。「おーい！　誰かーぁ⁉」

トタン屋根と塀に反響してかなり耳に響いたが、その分、逆に、外にはそれほど抜けていかなかったようでもあった。

耳を澄ましても、何も聞こえてこない。

「やっほー！」

和康も触発されたように大声を出した。

「八真人もいっとけ」

希一が煽り、八真人も口に手を立てる。

「樫村、やったるぞ！」

「おー！」八真人らしからぬ台詞に、みんなで手をたたいてはやし立てた。

「よし、洋輔、トリいけ！」

希一に促され、洋輔も息を大きく吸いこんで声を出した。

「樫村、待っとれよ！」

「洋輔、声が小さい！」

すかさず、和康から樫村の物真似が飛び出し、希一らが大笑いする。

「言うと思ったわ」

そう拗ねてみせる洋輔を見て、彼らはまだ笑っていた。


現場の下見を終えたあと、襲撃の実行日を再来週の土曜日と決めた。洋輔の営業所の定休日は水曜日で、そのほか月に三日は休みを取れるが、土日にばかりそれを取ると上司にあまりいい顔をされない。そのため、土日に動くとするなら一週空けてもらう必要があった。平日は大学勤めの八真人が合わない。梅雨に入りそうだが、樫村がランニングに出る限り、少雨決行だ。

そして六月に入り、計画実行の週を迎えた。前日の金曜夜、四人は決起集会と称して、ジンギスカン屋に集まった。実行日を翌日に控えて気持ちを盛り上げ直すための希一の提案だった。

下見から二週間が経ち、多少間延びした感はあったが、厭戦気分を口に出す者はおらず、それぞれから翌日への高揚が感じ取れた。

「さて、また明日、打ち上げで来るか」

「この店も俺たちが来んとつぶれるだろうな」

腹いっぱい食べ終えたあと、それぞれ軽口を言いながら相変わらず客のいない店を出た。

下見の日と同じく、酒を飲まなかった洋輔が車で三人を送っていくことになった。

「じゃあ明日」

「おう」

希一と和康を降ろし、最後に八真人の家に向かう。

「怖ないか？」

静かになった車内で、助手席の八真人がぽつりと訊いてきた。

「どうだろうな」洋輔は小さく笑う。「怖さもあるかもしれんけど、今はもう、やったれっていう気持ちのほうが強いかな」

「そうか」八真人がくすりと鼻を鳴らした。「洋輔を変に巻きこんじまったかなって思いもあったけど、そんなに気にすることもないかな」

「正直言うと、やっぱり俺も、心のどこかで高校時代のことがずっと引っかかっとったんだ。樫村に頭を押さえつけられて、途中から飼い慣らされたような人間になった気がしとった。まあ、希一に煽られたってのもあるけど、半分以上はそのけりをつけようっていう自分の意識で前向きにやっとる感覚はあるて」

　洋輔が樫村への偽らざる思いを吐露すると、八真人は十分分かっているとばかりに隣でこくりと首を動かした。

「まあでも、今さらこんなやばい真似することになるとは思わんかったけどな」

「俺もだ」八真人が応じる。「けど、洋輔がおるから、計画もそこそこまともな形になった」

「まともか？」洋輔は笑う。

「まともだ。希一とカズに任せとったら、どうなったか分からんぞ」

「まあ、そうだな」洋輔はそんな相槌《あいづち》を打ってから、沈黙を挿んで続けた。「悪ふざけのどうしようもない計画かもしれんけど、気持ち的にはまともっていうか、マジなとこがあるのは確かだし。さっきも言った通り、俺はけりをつけたいんだ。もしかしたら、高校時代だけじゃなく、今までの自分の生き方に対してそう思っとるのかもしれん。自分でもよく分からんけど、これを乗り切れば、新しい人生が始まるような気がしとるんだ」

「似たような感覚は俺にもある」八真人が静かに言う。「たぶん、今の俺たちはこういうことをやれるぎりぎりのとこなんだと思う。やらずにこのまま二十代をすごせば、気持ちは丸くなっても、こじれたまんまのものを抱えこんじまってるようなことになるんじゃないかな。希一もこんなことをやるのは、おそらく最後だろ。まあ、そうであってほしいっていうか

「……たぶんそうだ」

「そうかもな」洋輔はうなずく。

「希一たちには言っとらんけどな」八真人は少し口ごもってから続けた。「俺も大学の同僚の子と、一年くらい前から付き合っとるんだ」

「そうか」

八真人ならそういう相手がいてもおかしくはないと思っていたので、驚きはしなかった。

「そのうち、結婚を考えるようになったら、狐狸山を出て、大学のそばに住もうかと思っとる。こっちからだと車でも、朝夕の渋滞に嵌《は》まると一時間以上かかるからな」

八真人は八真人で、狐狸山での生活に区切りをつけるきっかけにしようとしているらしかった。

「何で希一たちには言わんのだ？」気持ちは分かると思いながら、洋輔はいたずらっぽく訊いてみた。

「希一は付き合っとった彼女にふられたばっかだし、他人のそういうのを妬《ねた》むとこがあるからな」

洋輔は希一が誰と付き合っていて、いつふられたのかも知らない。妬む性格だというのも、それほどぴんとはこなかった。しかし、八真人は昔から希一と一緒にいる時間が洋輔より長いし、それだけ希一のことを分かっているはずだ。

　ふと思いついて、深く考えることもなく訊いてみた。

「日比野のときも妬まれたんか？」

　ちらりと八真人に目をやると、少し戸惑ったような顔がこちらに向いていた。

「まあ、それっぽいことは感じたかな」

「それは、希一も彼女のことが好きだったからじゃないんか？」

　半分は冗談でそう言ったのだが、八真人の反応はさらに戸惑いが増していた。

「あいつが真理のこと好きだったの、知っとったんか？」

「いや……」洋輔は少し驚いた。「本当にそうだったんか？」

　八真人は気まずそうに黙りこみ、しばらくしてから、「昔の話だ」と呟いた。

「そうか……」洋輔も何となく気まずくなり、取り繕い気味に言った。「いや、俺と美郷のことも、希一はからかってきたけど、妬んどるような感じじゃなかったから、もしかしてと思ったんだ」

「まあ確かに、あいつは竹中のことは別に何とも思っとらんようだから、そういう妬みはないのかもな」八真人が口調を和らげて言う。「ぶっちゃけ、あの頃、竹中に気があったのは俺のほうだし」

「えっ？」

洋輔が思わず助手席に目を向けると、八真人は鼻をくすりと鳴らしてみせた。

「いや、今は別に何とも思っとらんよ」

そう言われても、何と言い返していいのか分からない。

「誰にも言ったことないけどな、正直言うと、そうだったんだ。高一のとき、竹中に話があるって呼び出されてな、行ってみたら、竹中と仲がよかった真理が俺と付き合いたいって言っとるってな話だったわけだ。俺としては全然違うこと期待しとったから、いろいろ複雑だったけど、まあ、そういう役を引き受けた竹中がこの先、俺と付き合うことにはならんだろうと思ってな……真理と付き合い始めたのも、そういう成り行きだったんだ」

「そうか……全然知らんかった」

そうとしか言えなかった洋輔に対し、八真人はもう一つ言い足した。

「それに、洋輔が竹中に気があるっていうのも感じとったしな」

洋輔が反応に困って口ごもると、八真人は軽やかに笑ってみせた。

学年一の美少女と付き合っていた八真人が、当時、そんな複雑な感情を持っていたとは思わなかった。洋輔としては妬みすら湧かない羨望《せんぼう》のカップルに思えていたのだ。

しかし、当時の八真人の心境が、今打ち明けたようなものであったとするなら、いつの間にか別れてしまっていたのも無理はなかったと思えるし、もしかしたら、真理が自殺したことも、彼の心にはそれほど深い影を落としてはいないのかもしれない。それを直接訊くのはさすがにできないが、昔、彼女の死がふと話題に出たときの、彼の意外にさばさばした様子を思い出すと、そういうことだったのではないかと考えたくなる。

昔を思い返して甘酸っぱい気分になっているうちに、八真人の家に着いた。

「サンキュー」八真人は車のドアに手をかけてから、少しだけ顔を洋輔のほうに向けた。「最後の祭り……やる以上は楽しもうぜ。そんで明後日《あさって》からは、俺も洋輔も新しい生活が始まるってことだ」

「そうだな」

洋輔が応えると、八真人は横顔で笑い、軽く手を上げて車から降りていった。

翌日、土曜日は、朝からどんよりした梅雨空が広がる一日だった。天気予報でも夜には本降りの雨となる確率が高いと出ていた。

耳の調子が相変わらずおかしいので、洋輔は午前中、市民病院に行った。長々と待たされたあと、聴覚検査などをしてもらい、診察の結果、鼓膜が動きやすいということで、痛い思いをしながら鼓膜にテープを貼られた。それでしばらく様子を見てくれということだった。

それから遅い昼食をとり、夕方四時をすぎたところで三人を車で拾って、自分のアパートに帰ってきた。その頃にはぱらぱらとした雨が降り始めていた。

部屋ではローテーブルを押入れ側にどけて、四人で車座になり、これから使うお面やビリビリペンなどをもてあそびながら、時が来るのを待った。

「問題は樫村が走るかどうかだな」

シリコンでできた老人のお面をつけた希一が言う。遠目に見たとき、お面はとりあえず人の顔に見えるので、目出し帽などを使うよりは目立ちにくいとの理由で、四人それぞれ、適当なお面を買っている。

雨の日に樫村が走るかどうかは確かめていない。希一があとを尾《つ》けた日は、いずれも晴れていたという。ただ、多少の雨なら外での体育授業を強行していた男のことだけに、今日もやはり走るのではないかと思え、気を抜くことはできなかった。

「お、やんできたんじゃね？」

希一の声に窓の外を見ると、先ほどより少し、空が明るくなっていた。時計を見ると、五時を十分ほどすぎていた。

「あいつ、やんどるうちに走ろうってことにならんか？」

八真人がそんなことを口にし、希一が思案顔になった。希一の調べでは、樫村が拉致予定の現場を通るのは六時四十分から四十五分頃である。あまり早く行きすぎて人目についてもいけないので、ここを出るのはせいぜい六時頃だと予定していた。

希一はしばらく携帯電話で天気予報を確認し、それからまた考えこんでいたが、やがて顔を上げた。

「行くか。あいつの性格だから、そんなに時間を変えたりはしんと思うけど、これからまた本降りになるから、少しは早めに走るかも分からん」

「よし」

予定より早く行くことになり、にわかに気が急《せ》いてきた。フード付きの薄いウインドブレーカーを羽織り、持ち物をそのポケットにねじこんでアパートを出る。アパート前の駐車場に停めたミニバンに乗りこみ、エンジンをかけた。

「いいぞ」

助手席に腰を落ち着けた希一が合図し、洋輔は車を出した。

道中、四人はほとんど無言だった。さすがに緊張するなというほうが無理だった。今度の計画の中でも、一番危険で、成功の見通しが利かないのが、最初の拉致なのだ。言わば最大の難関が計画の初《しょ》っ端《ぱな》にあるわけで、それを考えると無意識のうちにも身体が強張ってくる。

中西パンの工場裏に着いたのは、五時四十分頃だった。車を工場の敷地フェンスに寄せつつ、助手席側からも楽に出入りできるくらいの位置で停車した。前後に人影はない。洋輔は車から降りて、ナンバープレートにスモークカバーを付けた。万が一、拉致に失敗して撤収することになったとき、樫村や通行人らにナンバーを認めにくくさせるためだ。希一に手に入れておいてもらった。

それから車に戻り、ふうと深呼吸した。

希一は後ろから来るはずの樫村を捉えるために、ルームミラーの角度を変えて凝視している。和康は喉が渇くのか、ペットボトルの水をしきりに舐めている。八真人は軍手を嵌めた手で拉致に使うガムテープを持ち、軽く身体をシートに沈めたまま身動きしないでいる。

拉致の役割と手順は決まっている。希一と和康が両脇から樫村の腕を取り、洋輔が足に組みつく。八真人が口、目、腕、足の順にガムテープを使って樫村の動きを封じ、最後にみんなで抱えて車のラゲッジに押しこむという段取りだ。

四人対一人。相手は六十すぎの現役を引退した男だ。しかし、そうだとしても洋輔には、楽に拉致を成功させられるイメージは湧かせられなかった。それはやはり、高校時代のどんと構えた樫村の印象がなかなか捨て切れないからである。

力勝負に出たとき、四人の中で彼に対抗できるのは希一くらいか。希一は中学から柔道をやっていて、高校では間もなく飽きたと言って部活に出なくなったが、一応、黒帯を持っている。それだけでなく、体育祭の騎馬戦で乱闘のもとになったりするなど、喧嘩好きの一面もある。

だが、洋輔を含めたそのほかの三人は、そういう争いごととは遠いところで生きてきた。

和康は希一と同じ柔道部出身だが、体重の割には非力で白帯のままだったというし、八真人は運動神経こそ悪くないものの、格闘技の類には触れてきていないから、こういうことで頼りになるとも思えない。洋輔もそれは似たようなものだ。小学生の頃、遊びで相撲を取ったりすることがあったが、洋輔と和康と八真人はどっこいどっこいの力だった。今でもそれほど変わらないだろう。反対に、樫村と相撲を取ったとしたら、今でも投げ飛ばされるのではないかという気がする。

「そう言えばよ」和康が車内の沈黙を破って口を開いた。「殴る蹴る禁止っていうけど、向こうが殴ってきたらどうすんだ？」

そこまで考えてはいなかったが、言われてみると、十分ありうることだと思えた。

「そんときは、やったりゃあいいわ」

希一が当然のことのように言う。洋輔も口は挿まなかった。お礼参りをしに来て、殴られるのを我慢するのでは本末転倒になるだけだ。

ドアミラーに、パン工場の角を曲がってきた人影が映った。

「小学生か……一応、伏せとけ」

希一の指示で、洋輔らは身を沈めた。しばらくして、希一が身体をもとに戻したので、洋輔もそれにならった。三人組の小学生が自転車を押しながら堤防の土手を上っていくのが見える。ドアミラーにはもう人影がない。洋輔は無意識に深い息をついていた。

携帯電話で時間を確認すると、六時を回っていた。少し前まで明るさが戻っていた空が、雨雲と夕暮れを伴って、また暗みを帯びてきていた。

フロントガラスに雨粒がぽつりぽつりと当たる。その感覚が次第に短くなり、雨がルーフをたたく音も聞こえるようになる。

「今日もし、樫村が走らんかったり、もう走ったあとだったりってことなら、どうすんだ？」和康が焦れたように、後ろから訊いてくる。

「日を変えるだけだて」希一が言下に答えた。

「ならいいけど」と和康。「でも、そしたら、今日はいっそ中止でもいいんじゃないか？」

「いや、こういうのは雨が降っとるほうが、都合がいい。今日はある意味、絶好の日だ」

人の目などを意識するなら、悪天候のほうがやりやすいのは確かだ。どのみち日を変えてでもやるのであれば、今日やってしまったほうがいい。

ちらりと後ろを向くと、八真人の青白く強張った顔に当たった。思えば、車に乗ってから彼はほとんど声を発していない。昨日、帰りの車内で洋輔を気遣ってみせた八真人だが、もしかしたら、今は彼のほうが緊張しているのではないかと思えてきた。

八真人はいつも落ち着いて見えるが、何かが起こったときの心臓は必ずしも強くはない……洋輔にはそんな印象が強い。

洋輔の次兄・雅之《まさゆき》が十四年前の夏の日、遥川に落ちて死んだときも……。

洋輔、大変だ！　雅くんが落ちた！

希一に大声で呼ばれ、走って彼らのもとに駆けつけたとき、洋輔がまず目にしてその後も長く脳裏を離れなかったのは、八真人の真っ青な顔と紫色の唇だった。今思えば、洋輔たちはただの小学六年生であり、人の血を見て冷静でいられるような度胸などなくてもおかしくはなかったのだが、八真人は同級生の洋輔からすればとてもしっかりした男だったので、そんな彼が生気をなくしていることにまず恐れをなした。彼がそうなるような光景が川の下に広がっているのだと思うと、それを直視するのが本当に怖かった。

遥川は狐狸山市の山間部にある遥池から水を引く農業用水で、住宅地に近いところでは護岸されているが、少し足を伸ばせば、鬱蒼《うっそう》とした雑草や木々に両岸を覆われた里川的な上流部に行き着く。洋輔はその日、二つ上の兄と、八真人らいつもの三人、そして近所の下級生二人と一緒に遥川に自転車で遊びに来ていた。兄は中学生になってから、洋輔らの遊びに付き合うことはほとんどなくなっていたのだが、あの日は部活も休みだったらしく、かつてのガキ大将よろしく洋輔たちを引き連れていたときのように、遊びの輪に加わっていた。

事故があったとき、洋輔は、川とは土手を隔てて反対側にある水田脇の小さな用水路に下りていたのだ。用水路にザリガニがいたので、木の枝などで仕掛けを作って、釣り上げようとしていたのだ。小二か小三の下級生たちがかたわらにいた。和康も一緒だった。最初はみんないたのだが、いつの間にか兄と八真人と希一が川のほうに行ってしまっていたのだ。

希一の呼び声を聞いて、洋輔は土手に上がった。希一や八真人が兄と遊んでいたのは、そこから数十メートル上流側にあった堰堤《えんてい》のそばだった。

雅くんが落ちた！

そんな言葉が耳に届いて、洋輔は走った。堰堤の上流側が堰《せ》き止められた水をたっぷり湛《たた》えて子どもの足などつかないような深さになっていることは、そのあたりに自転車を置いたときに見ていた。しかし、兄は泳ぎが苦手でなく、簡単に溺れるような人間ではないという頭もあった。

兄は洋輔とは違って性格的にも気が強く、兄弟の中では一番やんちゃで活発な子どもだった。同級生が固まるような場では強気の希一も、二つ上の雅之には頭が上がらない。洋輔も、十歳上の長兄・稔彦《としひこ》とは歳が開きすぎていたこともあって一緒に遊ぶことはほとんどなかったが、雅之とは小さな頃からしょっちゅう一緒に行動していた。幼い洋輔を守るのは彼の役目であるようなところもあったので、気持ちでは頼っていたし、兄なら何でもできると信じていたようなところもあった。

　しかし、堰堤の前まで走っていき、八真人の凍ったような青白い顔を見たとき、洋輔は今まで自分がぬくぬくとすごしていた世界が崩れていくような光景がその向こうにあるのだと感覚的に悟った。

　希一が指差していたのは、堰堤の上流側ではなく下流側だった。堰《せき》には左右に放水門があり、そこから下流側に水が流れ出ている。上流側のようななみなみとした水量はないが、それでも三、四十センチほどの深さの瀬になっていて、ところどころにごつごつした岩が突き出ているような具合だった。

　兄はその浅瀬に、浮いているのか沈んでいるのか分からないような状態で仰向けに倒れていた。顔は水の中に没していたから沈んでいたのかもしれない。ただ、シャツの生地が水の乱反射を切るようにして水面に覗いていたので、水底まで沈んでいた様子ではなかった。ズボンがずり下がり、身体全体が堰堤下の複雑な流れにもてあそばれるようにしてゆらゆらと揺れていた。

悲鳴を上げるようにして兄を呼んだが、まったく反応はない。

雅くん、あそこでションベンしようとして、よろけて落ちてまった……。

希一の言葉を聞きながら、洋輔はただ、頭の中が真っ白になっていた。兄は足場の狭い堰堤の上から小便をしようとして足を踏み外したらしい。馬鹿なことをと一瞬だけ思い、それもすぐに消えていく。落ちたときに岩に頭をぶつけたらしく、浅瀬でも起き上がることすらできないようだった。鼻から血が水に溶け出していた。

堰堤の上からはどれくらいの落差だったろうか。二階から地面を見るくらいの距離感はあった。小六の洋輔にとって簡単に下りられる高さではなかった。

付いてきた下級生が二人とも泣き出したが、構っている余裕は誰にもなかった。八真人も和康もうろたえているだけの中、唯一、頭が動いている様子だったのが希一だった。

誰か呼ばなきゃ。

人を呼びに行っとったら、どんだけ時間かかるか分からんぞ。

洋輔と希一でそんなやり取りをし、結局、二人でどこか川に下りられる場所を探すことにした。

おい、お前ら、誰か救急車呼んでくれる人、探しに行け！

希一が八真人と和康にそう言い残し、土手を下流側へと走っていった。洋輔も追いかけ、二百メートルほど先でようやく川に下りられそうな足場があるところを見つけた。そこから川をジャブジャブと上った。浅瀬とはいえ、腰まで浸かるような場所もあり、川底の石はよく滑った。堰堤まで戻ってくるのに、二十分近くかかった気がする。

　希一と一緒に兄の腕を抱え、数メートル離れた砂地の小さな中州に引っ張り上げた。白い顔を見る限り、その身体にもう命が残っているようには思えず、洋輔は力が抜けてそこに膝をついた。

　ふと堰堤の上を見ると、和康はどこかに人を呼びに行ったようだったが、八真人は先ほどと変わらない顔をして、身動きできないように立ち尽くしていた。

　いまだに八真人は当時のことを振り返って、洋輔のことを気遣ったりする。それは実に彼らしい、落ち着いていて細やかな神経を行き届かせているような振る舞いだ。

　けれどそれは、あのときの八真人自身が受けた心の傷の裏返しでもあるように思える。冷静に見えて、実はナイーブなのだと、洋輔はいつからか自然に彼のことをそう思うようになっている。

　もちろん、洋輔自身も、あの事故では心に大きな傷を負った。「洋輔のことは俺が守ったるでな」というのが口癖だった大きな存在があっけなくこの世から消えてしまったのだ。家の中も灯が消えたようになった。やがて親は、洋輔に雅之の分も期待をかけてきたが、そんなものは重荷にしかならなかった。

昔を思い出すと、やはり苦いものしか残らないな……そう思い、小さく首を振る。


「おい……」

希一の小さく張り詰めた声が耳に届き、洋輔は瞬時に緊張を取り戻した。

「来たぞ」

洋輔もドアミラーを見ていたはずだったが、考え事をしているうちにサイドガラスが曇り始めており、その上、ミラーも雨でぼやけてしまっている。仕方なく後ろを向いて確認しようとしたが、同じようにリアのスモークガラス越しに後ろをうかがっている和康の頭が邪魔でよく見えない。

「樫村か？」

訊いても、誰も答えない。

ドアミラーにじっと目を凝らすと、黒っぽい人影が徐々に近づいてくるのだけは分かった。手早く携帯電話で時刻を確認すると、六時二十五分だった。想定していた時間よりは少し早いが……。

「あいつだ！」

ルームミラーをにらみつけるようにしていた希一が、不意に確信した声を上げた。そして、慌しくマスクをかぶる。洋輔たちもそれにならった。

「行くぞ！」

希一の声を合図に、四人がそれぞれドアを開けた。外に出ると、ウインドブレーカーのフードをかぶったランナーが、すぐそばまで来ていた。希一の断定に時間がかかったように、一目だけでは判断しづらいが、覗いている顔をよく見れば、樫村に間違いなかった。

洋輔たちはドアを開けたままにして、樫村に迫る。

樫村は近づいてくる洋輔たちをただの障害物としか認識しなかったように、ほんのわずか土手側に進路を寄せて、そのまま走り抜けようとした。

そこに希一が何も言わず、樫村の腕を引っ張って、足を止めさせた。

「うっ……！」

ただならぬことが起きているとようやく気づいたように、樫村が声を出した。

ほとんど同時に、洋輔は彼の足もとに屈んで、ハーフパンツから覗いた浅黒い筋肉質の足に組みついた。樫村がよろめいて横倒しになる。顔を上げると、和康も異様なうなり声を上げながら、樫村の腕を背中側にひねろうとしていた。

「やめろ！　何だ、お前ら！」

野太い声で一喝されようと、仮面の男たちは力を緩めようとはしない。しかし、樫村も手足に抵抗する力が入り始め、洋輔は振り払われそうになる。ランニングシューズに手をかけるが、それが脱げてしまい、仕方なく靴下をつかんで必死にしがみつく。

「おい、いい加減に……あうう……」

八真人がガムテープを伸ばして樫村の口をふさぎ、彼の言葉は聞き取れなくなった。

さらに八真人は彼の目をふさぎ、希一と和康が制している腕にもテープを巻きつけていく。雨に身体が濡れているため、なかなかうまく巻けないようだったが、何重にも巻いているうちに樫村の両腕は後ろに回ったまま動かなくなった。

八真人はさらに樫村の足にもテープを巻き始めた。洋輔は何とか腕を引っこめて、一緒に巻かれるのをかわした。

手足を縛られて樫村の動きは鈍くなったが、反対にうなり声は大きくなった。口からではなく、息の通る鼻から出しているようだ。

「行くぞ」

希一がささやくような声で三人に合図した。

八真人が車に駆け寄って、ハッチを開ける。洋輔が下半身、希一と和康が上半身を持つような形で樫村を抱え上げ、途中から八真人も加わった。

四人で樫村をラゲッジに押しこむ。足がうまく入らず、曲げたり押したりを繰り返し、ようやくラゲッジスペース内に樫村の身体が収まった。

ハッチを閉め、四人それぞれが首を巡らし、あたりをうかがった。道の前後にも土手の上にも人影はない。汗とも雨ともつかないものが身体中を濡らし、首筋にしたたっている。誰もが興奮を隠せないように荒い息を吐いていた。

「カバー取っとけ」

希一は洋輔にそう指示しながら、道端に転がっている樫村のランニングシューズを拾った。洋輔は言われた通り、ナンバープレートのカバーを外す。偶然にでもパトカーと出くわして目をつけられたらかなわない。

ほかに落とし物がないのを確かめて、車の中に戻った。ドアを開けっ放しにしておいたせいでシートも端のほうが濡れてしまっていたが、そんなことにはもう構っていられなかった。

ドアを閉めると、樫村のうなり声が車内にこもった。乗りこんだ者たちの発する熱気がみるみるガラスを曇らせていく。四人は移動バージョンの変装として、それぞれお面を外し、マスクをかけた。

「うるせえぞ！」

希一がマスクに手を当て、鼻声を作って樫村を一喝した。

エンジンをかけ、エアコンを入れて窓の曇りを取る。六時三十五分。現実とは思えないような十分間だった。

外は夕闇が濃くなり、雨はフロントガラスをたたくような降り方になっていた。

「よし、行こうぜ」希一はそう言って、後部座席に目を向けた。「後ろ、起き上がらんように見とけよ」

「おう」和康と八真人もくぐもった声で返事をする。

洋輔は車をゆっくりと発進させた。アクセルを踏む足がやけに震えている。二度、三度と意識的に深呼吸して気持ちを落ち着けた。

工場と民家が混在するあたりを抜けて、市街地をかすめ、民家もまばらになる郊外に向かって車を走らせる。樫村の低いうなり声と一定間隔を刻むワイパーの作動音が四人の沈黙を埋める。

雨の夕方ということもあり、市街地付近では車の流れが滞りがちだったが、左右に雑木林や田園が目立つようになると、それもばらけていった。やがて東名高速が見え、側道に車を乗り入れた。その道はほとんど車通りがなく、洋輔の車のヘッドライトが夕闇を裂き、雨筋を白く映し出すだけの時間が続いた。

下見で通った高速下の小さなトンネルが見え、洋輔はハンドルを切る。短いトンネルをくぐると、大島工業のトタン塀とくすんだ建物が目の前にあった。

チェーンが張られた出入り門の前で車を切り返し、門に車のお尻を向ける形で停車した。すぐにエンジンを切る。

トンネル脇の街灯と高速道路から洩れる明かりで門のあたりはほのかに明るいが、大島工業の跡地は夕闇の中だ。

「よし」

四人は車を出て、ラゲッジから樫村を抱え出した。

「暴れんなよ。手が滑って頭から落ちても知らんぞ」

四人で運べばそれほど苦労はいらないかと思っていたが、樫村の雨に濡れた身体はどうにもつかみどころがなく、かなり手を焼くことになった。十数メートルごとに身体を地面に置いて腕や足を抱え直し、ずぶ濡れになりながら運ばなければならなかった。

ほとんど苦痛しか感じないような思いをしながら樫村を抱え続け、ようやく工場の奥にある資材置き場までたどり着いた。トタン屋根に雨が打ちつけ、騒々しい音が上がっている。

八真人を見張りに残して、洋輔ら三人は荷物を取ってくるために車に戻った。

「はあ、何だよ、これ」

「無茶苦茶だな」

車に乗りこんだ三人は、思い思いにタオルなどで頭や顔を拭き、思わぬ惨状を愚痴った。

「もう樫村置いて帰るか」

希一が冗談口調でそんなことを言い、洋輔は思わず笑ってしまう。極度の緊張を強いられる、計画の山場と言ってもいい部分を乗り切り、気持ちにも若干の余裕が出てきた。

「こんだけてこずらせたんだから、目いっぱいいじめてやらんとな」

希一は慌しく煙草を吸うと、空き缶にそれを放りこんだ。

＊

〈ようし、お楽しみはこれからだ〉

樫村が無様に寝転がっている工場裏に三人が戻ってきたところで、希一がパーティーの開催を告げるように言った。最初は樫村に悟られないように鼻声を作ったりしていたのだが、それも面倒になってきたのか、マスク越しながら希一の声の特徴はかなり出てしまっている。

〈おい、樫村、寝とったら何にも楽しめんだろ。立てよ〉

希一が言うが、樫村はうなっているだけだ。

〈立たせろや〉

八真人と和康が樫村を抱え起こし、希一が口を封じていたテープだけを引っぺがした。手足を縛られ目隠しされた樫村は、妙にゆがんだ格好で彼らの輪の中に立ち、懐中電灯やランタンで照らされている。

〈何だぁ、お、お前らは……！〉

樫村の第一声が、震えている上に訛《なま》っているようにも聞こえ、すぐに希一が吹き出し、続けてほかの三人も堰を切ったように笑い出した。俺もおかしくて、黙って聞いているのが苦しいほどだった。

〈樫村、びびるなて〉和康が小馬鹿にしたように笑い飛ばす。

〈お前ら誰だ？　何するつもりだ？〉

いきなりこんな目に遭ってしまうと、パニックになっているせいもあるのか、相手の見当もつかないようだ。教員時代は好き勝手に生徒を指導して、恨まれる憶えも一つや二つではないという自覚もあるのかもしれない。

〈何してほしいんだ？〉

希一が嫌らしく尋ねる。こういうときの希一はまさに水を得た魚だ。

〈俺を放せ！〉樫村が若干力を取り戻した声で言う。〈どこに連れてきたか知らんが帰せ！〉

〈それは聞けんな。せっかく苦労してここまで連れてきたんだから、楽しませてもらわん

と〉

〈誰か！　誰かいませんか⁉　助けてください！〉

突然、樫村が大声で叫び、俺は笑い転げそうになった。「はーい」と手を挙げたいところだ。

四人も声を上げて笑っている。

〈この雨の音を聞けよ。お前がいくら叫んだところで、そんな声はどこにも届けせんわ〉

〈お前ら、俺の教え子か？　まだ若いな。狐狸高のOBか？　西高のOBか？　こんなことをやってどうなるか分かっとるんか？　馬鹿なことはあぶぶぶっ……〉

話している途中で、希一がバケツからひしゃくで水を汲み、それを勢いよく彼の顔にぶちまけたので、樫村はむせ返ったあげく、もだえるように身体をよじらせた。

〈ぎゃははは！〉

四人は手をたたいて笑っている。俺も笑いをこらえるのに必死だ。

〈雨が横から降ってきた！〉

〈樫村悪い、最後まで聞こえんかった。もう一回、言ってくれ〉

〈お前ら、こんなことして、ぶわっ……〉

再び希一が水をぶっかけ、四人でどっと笑う。

ああ、面白《おもしれ》え。

俺も参加してえ……。

＊

四人で順番に樫村に水をぶっかけて笑っているうちに、洋輔の気持ちにもすっかり火がついてきた。普段は自分の中にあるのかどうかさえ分からなかった嗜虐《しぎゃく》趣味が次第に頭をもたげ、高校時代の恨みをこうして晴らすのが心底楽しいと思えるようになってきた。

「じゃあ、そろそろやってもらおうか」希一が上機嫌に口を開いた。「なあ樫村、例のやつやれよ」

「何だ、それは？」

「お前は口の利き方も知らんのかぁ」

和康がハリセンで樫村の頭をはたき、彼の口真似をした。三人にどっと受けると、和康はますます調子に乗ってマスクを外し、「笑いごとと違うぞー！」と口真似を連発した。

「先生、こいつが言うこと聞かないんですよ」

洋輔が樫村の頬をつついて言ってやった。

「またお前か、樫村！」

樫村そっくりの口ぶりに、やはりみんなで笑ってしまう。

「まったくお前は何回言ったら分かるんだぁ？　ちゃんと反省しとるんか、え？」

洋輔らが笑う中、樫村は何も答えない。

「声が出んか？　出んなら出るようにしたるぞ。天突きやるぞ、天突き。ほら、よいしょー！」

「ほら、樫村、やれって言っとるだろ！」

「まずしゃがめ！」

「そら、よいしょーだ」

洋輔と八真人で樫村の肩を押してしゃがませ、今度は抱え上げて無理に立たせる。

「ちゃんとやれよ。声出せ！」

何度か強引にしゃがませたり立たせたりを繰り返したが、樫村は声を出そうとしない。

「ちゃんと真面目にやらんと終わらんぞー」

和康が樫村の口真似をするのにも、笑う者はいなくなった。

「お前が生徒に散々やらせてきたことだろ」

「さっさとやれよ」

耳もとで煽っても、樫村は動かず、「お前ら、こんなこと遊びじゃ済まされんぞ」と低い声で言い返してきた。

「サソリ出すか」希一がビリビリペンを持って言う。「言われた通りにやらんと、サソリ持ってきたから、お前、刺されるぞ」

樫村はそんな脅しなど信じないとでもいうように、何も応えず、突っ立っている。

そんな樫村の首筋に、希一がビリビリペンを当てた。

「うっ」

樫村が短いうめき声を発し、予想以上の大きな反応で身をよじらせた。

「うわ、いきなり刺したぞ」

洋輔たちはまた愉快になり、大声で笑い合った。

「うわ、二匹目が足に付いた」

八真人が樫村のすねを手でごそごそ刺激すると、樫村は飛び上がって縛られたままの足を振ろうとし、バランスを崩して腰から倒れこんだ。

「うははは っ、馬鹿、サソリがどんどん上ってくるぞ！」

「や、やめろ！」

四人で樫村の身体に指を這わせ、ビリビリペンを膝や手や首などの肌に当てる。樫村は悲鳴を上げながら半狂乱になって、コンクリートの地面の上で身もだえしてみせた。

「よし、サソリはいったん回収だ。みんな捕まえろ。おい、樫村、いつまで寝とるんだ」

希一が言い、洋輔らが樫村の脇を抱えて再び立たせた。

「どうだ、天突き、やる気になったか？」

パニックに陥っていた樫村はかなりのダメージを精神的に受けたらしく、しばらく息を切らせているだけで、希一の問いかけに答えようともしなかった。

「何だよ、そのだんまりは？　またサソリを出してほしいんか？」

「や、やめろ」

樫村は激しく首を震わせ、ほとんど降参するように言った。

「だったら、とっととやれや！」希一が苛立った声で煽り立てた。

「て、天突きはこぶしを天に突き上げての天突きだ」樫村が言う。「これじゃあ、手が上がらん」

「何だよ、そのどうでもいいこだわりは」希一は失笑混じりに言い、それから少し考えるような間を置いてから、小さく舌打ちした。「まあいい……尺取虫みたいなしょぼい天突き見ても盛り上がらんからな。腕だけ外してやれや」

希一の指示を受け、八真人がカッターナイフを出して樫村の後ろに回った。

「動くなよ」

そう言って、樫村の両手を縛っていたガムテープを切り離した。

目隠しをしているので変に暴れることはないだろうが、洋輔は少し神経を張り、樫村との距離を取った。

「よし、お前の望み通りにしてやったぞ」

「はよやれ」

希一や和康に急かされ、樫村はやおらしゃがみこむと、「よいしょー！」と言いながらこぶしを突き上げて立ち上がった。

「もっと続けろよ！　いいって言うまでやれ！」

一回やっただけで棒立ちになった樫村に、洋輔は容赦なく言い立てた。

「よいしょー！」「よいしょー！」「よいしょー！」

洋輔の命令に従って、樫村が天突き体操を再開する。少なからず溜飲が下がる思いだった。

「よいしょー！」「よいしょー！」「よいしょー！」

しかし、改めて見ると、何て間抜けな体操なんだろうか……目の前で繰り広げられているシュールな光景に、洋輔は希一らと顔を見合わせて笑う。高校時代はこんなことを指導の名のもとに何度も何度もやらされていたわけだ。馬鹿馬鹿しいにもほどがある。

しばらくは四人で嘲笑《ちょうしょう》しながら樫村の情けない様子を眺めていたが、それもすぐに飽きが来た。動きが単調なだけに、当然だとも言える。高校時代の意趣返しを果たしたなどという感慨も、それほど長くは続かなかった。

しかし、「もういい」と打ち切るには早すぎる気もした。ほかの三人も思いは似たようなものらしく、和康などは手持ち無沙汰な素振りを見せ、ビリビリペンをまたポケットから取り出した。

「よいしょー！」

ひたすら天突きを続ける樫村に近づき、足にそれを当てた。

「よいしょー、うっ！」

樫村が痛がってよろけると、四人は笑いを取り戻した。

「サソリが脱走した！」

「馬鹿、捕まえろ！」

「樫村、誰がやめていいって言った？　続けろよ！」

「よいしょ、うっ！」

和康にもう一度ビリビリペンを膝に当てられた樫村は、うめき声を上げながら天に突き上げた手で膝を払った。

「おい、勝手なことするな！」

樫村の手が顔をかすめ、和康がはっとしたように声を上げた。

「サソリは捕まえたから続けろ」

樫村はしばらく荒い呼吸を鎮めるように突っ立っていたが、希一の声を受けて、「よいしょー！」と天突きを再開した。

その隙をうかがうようにして、また和康が樫村に近づいていく。

「よいしょー！」

樫村が立ち上がったタイミングで、和康はビリビリペンを彼のふとももに当てた。

次の瞬間、樫村は足を押さえようとせず、あたりを払うかのごとく手を振り回した。それに当たった和康は、なぎ倒されるように尻餅《しりもち》をついた。

それが偶然そうなったわけではないことが、続く樫村の動きで分かった。彼は片手を左右に振り続けて四人を寄せつけないようにし、もう一方の手で目隠しになっているガムテープを剝《は》がしにかかった。

「てめえ！」

希一が声を上げながら樫村に突っかかっていく。しかし、その声の出どころで立ち位置が分かったのか、樫村の手が希一の首に伸び、そこにかなりの力も入っていたらしく、希一はのど輪を食らったようになって後ろに倒れこんだ。

　樫村は両手でガムテープを剝がし始めた。ウインドブレーカーのフードにも貼りついているため、簡単には取れないようだ。

「取らせるな！」

　立ち上がった希一と呼吸を合わせるようにして、洋輔は樫村の腕に組みついた。八真人も後ろに回りこんで、樫村を羽交い絞めにしようとする。バランスを崩した樫村が横倒しになる。その勢いも手伝い、樫村が手をかけていたガムテープが一部剝がれ、片目が外に覗いた。

　洋輔と目が合った。

　ものすごい目力でにらまれ、洋輔は一瞬怯《ひる》み、押さえつける力が抜けた。

「ちゃんと押さえろ！」

　希一に怒鳴られ、我に返る。暴れる腕を押さえているうちに、八真人がまた新しいガムテープを樫村の目と口に貼りつけた。

「うつ伏せにしろ！　腕も縛れ！」

　樫村を地面に這いつくばるように押さえつけ、背中に回した腕に八真人がガムテープを巻いていく。

「猛獣か、こいつは」

ようやく制圧し、うなり声を上げるだけになった樫村を見下ろしながら、希一が呆れたように乾いた笑い声を立てた。

しっかり顔を見られた感覚があったが、どうだっただろうか。ランタンや懐中電灯の明かりだけの薄暗い中だし、こちらはマスクもしている。同窓会のときに目が合っても誰だったか憶えていないような顔をしていたくらいだから、心配するようなことはないのかもしれない……洋輔が息を落ち着けながらそんなことを気にしていると、和康が樫村の脇にしゃがみこんだ。

「おい樫村、てめえ、俺を殴りやがったな」怒気を含んだ声で和康は言った。「罰としてサソリを出してやるからな」

和康は樫村のシャツをまくり、ビリビリペンをその脇腹に当てた。しかし樫村は、わずかに身体を動かしただけで、先ほどまでのような反応を見せなくなった。

何度かやってから、和康は面白くなさそうに小さく舌打ちして立ち上がった。そしておもむろに、樫村の脇腹を蹴った。これには樫村も大きなうめき声を上げた。

「おい、やめとけ」

洋輔の制する声も耳に入らないように、「なめとったらあかんぞ」と言い捨てながら、彼は二度三度と樫村の脇腹や腰を蹴り続ける。

「おい、カズ、やめろって」

止まらない暴行を見かねて洋輔が思わずそう口にすると、和康は足を止め、はっと見開いた目を向けてきた。

しまったという思いは洋輔にもあったが、今さらごまかしようはなく、顔をしかめることしかできなかった。

「そのへんにしとけ」

何もなかったような落ち着いた口調で希一が言った。和康は希一に言われなくても、もはや力が出なくなってしまったらしく、呆然と突っ立っている。

「よう」希一が樫村の頭の脇にしゃがんで話しかける。「お前と遊ぶのもそろそろ飽きてきたで、ここまでにしとくわ。俺らは単にお前と遊んだだけだから、分かっとるだろうな。このことで変な動きしたら、こっちも考えるぞ。お前の秘密もちゃんと知っとるでな、ハレンチ教師」

希一はそう言い終えると静かに立ち上がり、「行くぞ」と小さく三人に告げて雨の中へと歩き出した。祭りは尻すぼみの冴えない空気を残して、唐突に終わった。

洋輔らはランタンやバケツなどの荷物を手にして、小走りに希一のあとを追う。

「樫村、置いてくんか？」

計画では再び車に乗せて、拉致した場所に戻すことになっていた。

「またずぶ濡れになって車まで運ぶなんてたくさんだわ。あんだけ元気がありゃあ、自分でテープほどいて、歩いて帰ってくだろ」

「あいつに名前聞かれた」和康が後ろから思い詰めたような声を出した。「洋輔が俺の名前、呼びやがってよ」

「悪い、カズ」洋輔は顔をしかめて謝った。

「悪いじゃねえわ。お前がお互いの名前は絶対呼ぶなって言っとったくせによ。俺が捕まったら、お前も一緒に捕まれよ」

「カズなんて呼び名、そのへんにいっぱいあるんだから、気にしんでいいわ」

希一にそう言われても、和康は気持ちが収まらないらしく、ため息をつきながら、「はあ、どうすんだ……俺、もう終わりだわ」とぶつぶつ言っている。

「大丈夫だ。あいつに警察駆けこむような根性あらへんわ」

希一はあくまでも樫村が警察に駆けこむことは考えていないようだったが、洋輔も心の中では落ち着かなくなっていた。

「俺、ちょっと戻って、樫村にもう一回、釘刺してくるわ」

門の外に出て、車のドアロックをリモコンで解除したところで三人に言う。

「もういいんじゃないか？」

八真人が気遣うように言ってくれたが、洋輔は首を振った。

「ちょっと車で待っとってくれ」

和康の名前を呼んでしまったこともそうだが、自分自身、樫村と至近距離でまともに目が合ったことも気になっていた。希一が最後に一言釘を刺してはいたものの、「ハレンチ教師」という言葉の意味するところが洋輔には分からなかったし、それがどれくらい樫村に効き目があったかの手応えもつかめていなかった。

車に荷物を入れて懐中電灯一つ手に残し、走りながら工場裏に戻った。蒸し暑さの中、雨に打たれると、汗が外から湧いてきているような不快感に包まれる。暗闇の向こうで、樫村がもぞもぞと動いているのがうっすら見えた。懐中電灯をかざすと、彼は縛られた腕を一生懸命ほどこうとしているようだった。

洋輔の足音に気づいたのか、樫村は動きを止めた。

「樫村」

洋輔は彼のかたわらに膝をついて話しかけた。

「今日のは、昔のお前の、生徒のプライドを無視したやり方の報いだ。お前はこれくらいの恨みを買うような真似をしとったってことだ。ただ、俺らは今日ので全部水に流すつもりだからな。明日からはお前と関わり合うつもりはないし、これ以上は何もない。だからお前も、そのつもりで今日のことは忘れろ。分かったな？」

樫村は喉の奥から、うーうーと声を上げている。それが何やら口答えしているようにも思え、洋輔は口のテープを取って何を言っているか聞こうとまでは思わなかった。

これで大丈夫だろうか？

よく分からない。

どちらにしろ、釘を刺すにしても、洋輔に言えるのはこれくらいのことだった。まさか今日の狼藉《ろうぜき》を詫びるわけにはいかないし、そうする気持ちもない。

一応、扱いには気を遣った。最後、和康が暴走しそうになったが、あれだって全力で蹴ってはいなかっただろうし、それで怪我をした様子もない。

大丈夫だ。

半信半疑のまま、洋輔は無理にでもそう思おうとした。

立ち上がり、樫村の身体を懐中電灯で照らす。ここに連れてきたときよりも腕の縛りは緩い。そのうちほどけるだろう。

帰るか……。

何となくまだ、すっきりとは去りがたいような気分は残っているが……。

樫村のほうを振り返りつつも、洋輔はためらいを振り切ろうと歩き始める。

しかし、二、三歩で立ち止まった。

薄気味悪い気配を五感のどこかが感じ取り、瞬間、肌が粟立《あわだ》っていた。

誰かが見ているような……。

懐中電灯を周囲に向けるが、目につくものと言えば、きらきらと反射する雨粒くらいだ。

気のせいか……。

もともと不気味な場所だとは思っていたが、意識してしまうと、その感覚が一気に強まってくる。

気分も悪くなってきた。

車に戻ろう。

洋輔はためらっていたのも忘れ、雨の中に飛び出した。

水たまりの水をはねながら走る。何かが追ってくるような錯覚にとらわれ、反射的に振り返る。コンクリートの割れ目に足を引っかけ、転びそうになる。軽いパニックに陥り、意味不明の声が自分の口から洩れていた。

ようやく門を出て、車の運転席のドアに取りついた。大きく深呼吸してから車に乗りこんだが、荒い息遣いはまったく収まっていなかった。

「どうした？」後ろから八真人が問う。

「いや……大丈夫だ」洋輔は答える。

「ちゃんと釘刺してきたか？」と和康。

「ああ」

「心配すんな」希一がどうでもいいことのように言った。「さっさと行こうぜ」

「ああ……ああ」

洋輔は二度三度とうなずき、エンジンをかけた。フロントガラスの上を雨が滝のように流れている。ワイパーが作動し、右に左にそれを振り払っていく。

車を発進させ、高速道をくぐる短いトンネルへと入る。束の間、怖いほどの静けさに包まれ、トンネルを出ると再びボンネットやルーフをたたく雨音が響き始めた。

右折して側道に入ったところで、路肩に停められている白いクーペがライトに浮かび上がってきて、慌ててブレーキを踏んだ。

「落ち着いて行けよ」

後ろから八真人に声をかけられながら切り返す。その車の横を抜ける瞬間、その車内に女の人影が見えたような気がして、なぜこんなところにと、洋輔は背筋が寒くなった。

ドアミラーに目を向けるが、雨滴と闇にぼやけて、もう何も見えない。

これも気のせいか……？

自分の五感がどうにも狂ってきている感覚がある。

額を流れているのは、髪の毛を濡らした雨か、それとも冷や汗か。

早く帰ろう。

洋輔はえずくような衝動を抑え、アクセルを強く踏みこんだ。

4

「仮面同窓会計画」を終えた翌日の日曜日、洋輔は七時半に起きて会社に出勤した。

昨晩はいつ眠りについたのかも思い出せなかった。それなりには眠ったはずなのに身体が重くて仕方がない。筋肉痛もあるようだし、あれだけの雨に打たれたせいで風邪を引きかけている感覚もあった。

外は、昨晩の雨など夢の中のことだったように晴れ渡っていた。名古屋に買い物に出るような家族連れやカップルに混じって電車を乗り継ぎ、出勤した。日曜日の今日はショールームの接客担当になっていた。住宅市場はこのところ好況とも言える動きを見せており、ショールームを訪れる客も途切れることがなかった。上司に覇気がないだの押しが足りないだの小言を言われるような暇もないうち、一日がすぎていった。

七時に仕事が終わり、洋輔は疲れた身体を引きずるようにして、帰りの電車に乗った。

今日はまた四人で例のジンギスカン屋に集まり、打ち上げをやることになっている。本当は昨日、計画実行のあとそのまま打ち上げになだれこむことを希一は考えていたらしいが、帰りの車内はほぼ無言で、そんな雰囲気ではなくなっていた。洋輔はそれぞれの家に淡々と彼らを送って回った。

今日の打ち上げも、出るのに気が進むわけではない。ただ、計画はこれで区切りがつく。それを早く実感したいという思いはあった。次の休みこそは美郷と会って、ゆっくりデートがしたい。

電車が狐狸山に近づいた頃、八真人からメールの着信があった。帰ってきたら電話が欲しいというメッセージだ。洋輔はそれを見て、にわかに気分が浮き足立ってきた。

仕事をしている間はほぼ忘れかけていたが、樫村がその後、どう動いたかということが、やはり気になっていた。ただ、彼があのあと警察に駆けこみ、すでに犯人グループを洋輔たちだと見当づけていて、それを警察にも伝えているとするなら、この携帯電話に実家やあるいは八真人たちの誰かから連絡が来るような事態になっているはずであり、それがないからには、そういう動きにはなっていないのだと安心できる。その理屈通りに安心しかけていただけに、八真人からのメッセージは、洋輔を一気に不安にさせるものだったのだ。

狐狸山駅に着き、駅舎を出たところで、洋輔は八真人に電話した。

〈洋輔、今どこなんだ?〉

電話に出た八真人は、洋輔の居場所を訊いてきた。

「仕事から帰ってきて、駅に着いたとこだ」

〈じゃあ、樫村のことはまだ知らんな?〉

「樫村がどうしたんだ?」

洋輔は訊いたが、八真人はそれに答えず、〈これから希一たちとお前んとこに行っていいか?〉と問いかけてきた。

「俺んとこに?」洋輔は戸惑った。「今日は打ち上げやるんじゃないのか?」

〈そういう流れじゃなくなっとるんだ〉

「何だ?」洋輔は神経が妙にざわつくのを感じながら訊く。「樫村、どうしたんだ?」

やはり、警察に駆けこまれてしまったか……洋輔の頭に浮かんだのはそのことだった。

しかし、八真人の答えは違っていた。

〈樫村、死んだらしいぞ〉

洋輔は自分の足でないような感覚のまま、とりあえず歩いてアパートまで帰った。何も手につかない状態だったが、ほとんど無意識のうちに着替え、昨日の雨で濡れた服など溜まっていた洗濯物と一緒に洗濯機を回した。そしてこの前と同じように、ローテーブルを押入れのほうに寄せて八真人らが来たときのためのスペースを作った。

しばらくしてから、三人が訪ねてきた。八真人の表情は硬く、和康は青ざめているようでさえあった。昨晩は余裕を見せていた希一ですら眉間《みけん》に皺を刻んでいる。

「死んだって、本当か？」

彼らが畳の上にあぐらをかくのを待って、洋輔は問い質した。

「本当だ」希一が短く答える。

「夕方のローカルニュースでやっとった」和康も裏づけるように言った。

まったく信じられない気分だった。昨晩の樫村に死などという兆候はこれっぽっちも見えなかったのに。

「まさかガムテープが取れずに窒息したとか」洋輔は考えつくままに言う。「でも、鼻はふさいどらんかったしな」

三人はどこか洋輔を観察するような目で見ていた。それからそれぞれ視線を交わし合い、八真人が口を開いた。

「それが、ちょっと変なんだ」

「変？」

「ああ……樫村が死体で見つかったのは、昨日の廃工場じゃないらしい。静池だとよ」

「え……？」

静池は大島工業から一、二キロ東へ行ったところにある溜め池だ。遥池よりはずっと小さいが、洋輔が子どもの頃は土手からブラックバスが釣れるということで、何度か釣りに行ったことがある。ただ、樫村の家がある地区と大島工業を結ぶルートからは外れているし、昨日も近くは通っていない。

「じゃああいつ……帰りの道に迷って、静池のほうに行っちまって、足を滑らせて落ちたってことか？」

あの雨の夜であれば、そういうこともないとは言えない……というか、それ以外に考えられない。

しかし、希一と和康はうなずこうともせず、ただ洋輔を見ている。

「俺もそうじゃないかって思うんだが」八真人だけがようやく、そう口にした。

無理もないが、これまでとは違う空気が四人の中に漂っていた。洋輔はまだ、樫村が死んだという現実感が湧かないだけに、その空気の冷ややかさにも違和感を持ってしまうが、希一たちは事の重大さをひしひしと感じているのだろう。

「警察は事件の可能性が高いと見とるらしい」希一が渋面のまま洋輔を見て言う。「事故と見られる状態じゃないってことか……まさかガムテープを付けたままだとか？」

洋輔は思いついて口にするが、誰も答えられない。

「ランニングに出とった樫村が、どうして静池で死んだんかってことも、警察には引っかかってくるだろうしな」

八真人の言葉を聞きながら、洋輔は狐狸山の地図を本棚から引っ張り出した。

樫村の家から静池までは直線距離で九キロというところだ。往復で約二十キロ。樫村の日々のランニング距離はせいぜい十キロというところだったようだし、コースも決まっていた。

「でも、樫村はハーフマラソンを目指しとったんだからな。二十キロくらいを練習で走ろうとしとったとしても、おかしくはないって見方もできなくは……」

洋輔は自分で言いながら、しかしそれは難しいかもしれないという気もした。昨日の雨の中で二十キロ走ろうとしていたと考える者は少ないだろう。

「洋輔」希一が呼ぶ。「昨日、俺らを送ってったあと、お前はそのまま帰ったんか？」

話の流れを切るような問いかけに戸惑いながら、洋輔はうなずく。

「もちろん」

希一と和康がちらりとお互いの顔を見合わせたような素振りを見て、洋輔は自分が何か疑惑を持たれているらしいと気づいた。

「もしかして、俺があそこに舞い戻って樫村をって思っとるんか？」

「別にそんなことは言っとらんだろ」

そう言う希一の大真面目な顔が本音を物語っていた。

「冗談じゃないて」洋輔は感情的になって首を振る。「何で俺があんなとこに戻って樫村を殺さんといかん？」

「洋輔、帰るときに一回、樫村んとこに戻ったよな？」和康の声は、責めるような口調とは裏腹に震えていた。「あのとき、何したんだ？」

「あんときはだから、樫村に釘を刺したんだて。俺たちもこれで終わりにするつもりだから、今日のことは忘れろって」

「カズは、そっから戻ってきた洋輔の様子が何かおかしかったって言っとるんだが」希一が言う。「俺もそれは昨日、思ったんだ」

「あれは」洋輔が口ごもる。「どうしてだか、一人であそこに戻って、急に怖くなってきたんだ。暗い場所だったし、樫村はうなりながらもぞもぞ動いとるだけだし、それに……」

「それに？」

「何となく、誰かに見られとるような気がしてきて」

「あそこで？」八真人が訝《いぶか》しむように訊く。

「ああ」洋輔は不意にそのときの感覚を思い出し、背筋を強張らせながらうなずいた。

「あんなとこ、雨の夜に誰もおるわけないだろ」と希一。「暴走族だって寄りつかんわ」

「でもほら」洋輔はなおも言う。「帰りに東名の下くぐって右折したところに車が停まっとっただろ。そこにも女の人影があった気がした」

しかし、彼らの中にそれを憶えている者はいないようだった。

「だいたい、高速の反対側に停まっとる車に誰かがおったところで、あの工場裏の声なんて聞こえんはずだぞ。あの雨の中なら、門の前におっても聞こえるかどうかってところだ」

「それはまあ、そうなんだろうけど……」

昨日、あのとき、全身で感じ取った気味の悪さを、今はどうにもうまく表現できないことに、洋輔はもどかしさを覚えた。

「樫村は何か言ったんか？」

洋輔の話を脇へ置くようにして、希一が問いかける。

「何かって？」

「俺たちの正体を当てたんじゃないんか？」

「いや、口のテープは取っとらんから。俺が一方的に話しただけだ」

希一は洋輔の答えを渋い顔で受け、考えこむ素振りを見せた。

「洋輔は関係ないと思うぞ」八真人が希一の顔をちらりと見て言う。

希一は一つ息を吐き、小さくうなずいてみせたが、納得したような表情ではなかった。和康も、明らかに疑いを残しているような目で洋輔を見ている。

「まあいい」希一が言った。「それはともかくとして、問題はこれからだ」

「警察が俺らのことに気づくかどうかだな」八真人が困惑顔で言う。

樫村の口から、四人の名前が告げられる心配はなくなった。しかし、警察がもし、事件として樫村の死を考えているとするなら、何かを手がかりにして、四人の行いが彼らの知るところになる可能性は十分ある。まかり間違えば、そこから樫村の死に直接関わっていると疑われてしまうことだって考えられる。

「テープが手足に残っとったら、やばいぞ」和康が弱り顔を作って言う。「誰かに拉致られたってことは丸分かりだし」

「樫村が自力であそこから出たんならっていうか、ほかの人間が昨日のあそこに偶然来るとは思えんから、樫村が自力で出るしかないんだけど、そうだったとしたらテープは取っとるだろ」

八真人の冷静な言い方に対して、和康は苛立ち気味に応じる。

「じゃあ、何で警察は事件と見とるんだ？」

「それは分からんけど」

「もう一回、大島工業に行ってみたほうがいいんじゃないか？　テープが落ちとるかどうか確かめるために」

「冗談だろ」

和康の提案を聞いたとたん、洋輔は背筋が寒くなり、思わず拒否の声を上げた。

「何がだ？」

「いや、だって、それこそそこに警察が張っとったらどうするんだ？」

本当は昨日の薄気味悪さが感覚に残っているための洋輔の反応だったのだが、三人に理解してもらえる気もしなかったので、それっぽい理由を口にしておいた。

「いや、静池で死体が見つかっとるんだったら、警察も大島工業で何かあったなんてことは、すぐには突き止めれんだろ」希一が慎重な口ぶりで言う。「それよりかは、テープがあそこに捨ててあるなら、早めに回収しといたほうがいい」

「それもそうだな」八真人が同意した。「ほかにも昨日、持ち帰り忘れたもんがあるかもしれんし」

「マジかよ。俺は行かんぞ」

「警察が来とるかどうか、確かめながら行けばいいだろ」

「いや、俺はやめとく」

洋輔が頑《かたく》なに断ると、希一はかすかに片頬をゆがめてから、「じゃあ、俺たちだけで行こうぜ」と言った。

このアパートまでは八真人が二人を乗せてきたらしく、八真人の車で昨日の現場を見てくるらしい。

「洋輔は先にジンギスカン屋に行っとけ。打ち上げやっとる場合じゃないが、昨日を境にあそこへ行かんくなるのも不自然だ」

希一がそう言い残し、三人は洋輔のアパートを出ていった。

とんでもないことになったな……。

畳の上に一人座り、洋輔は深々とため息をついた。

やはり、こんな計画に乗ったのが馬鹿だった。

〈ふふふ……こんな面白い展開になるとはな〉

愉快そうな兄の声に、洋輔は舌打ちする。

「何が面白いんだ？」

　苛立ち気味に返すと、兄は楽しげに笑ってみせた。

〈あの希一が柄にもなく、戸惑っとる。それだけでも面白いじゃないか〉

「誰だって戸惑うに決まっとるだろ。そんなつもりもないのに、勝手に死なれたんだ」

〈いやいや、希一の戸惑いはそれがすべてじゃないぞ〉

「は……？」

〈あれは、お前に対しての戸惑いだ〉

　何が言いたいのか洋輔には分からない。

〈お前が昨日の現場に行きたくないって言っても、希一はあっさりそれを受け入れた。いつもなら、どうだったかな〉

　確かに、いつもの希一であれば、あれこれ理由をつけてでも、洋輔を引っ張っていくところだったかもしれないが……。

〈あれはお前を警戒しとる〉

「何で俺が警戒されないかん？」

〈それはカズと同じだ。つまり、お前が樫村を殺《や》ったんじゃないかと疑っとるってことだ〉

「馬鹿な……俺は雨の中、三人を送って、そのままここに帰ってきただけだぞ」

〈自覚はないんか？〉

「自覚も何も、やっとらんのだから、あるわけないだろ」

〈お前はずいぶん樫村に恨みを抱いとったじゃないか。殺しても殺し足りんくらいにな〉

「そこまでのもんじゃない」

〈昨日のお前はちょっとおかしかった〉

「そりゃ、雨ん中、人を拉致して、昔の仕返ししてきたんだから、平常心でおれるわけがないだろ。しかも、顔を見られて、カズの名前も呼んじまって、余計な神経すり減らさなきゃいかんようになった。一人で釘を刺しに戻ったら、急に怖くなってきて、何だか訳が分からん気分になっちまったんだ」

〈訳が分からん気分になって……どうしたんだ？〉

「どうしたもこうしたもない。帰ってきただけだ。疲れ切っちまったんだよ」

〈そして、その結果、樫村は死んじまったと……まったく脈絡がない話だな〉

兄は洋輔をからかうように言って笑う。

「知るかて。樫村は自分で歩いてって、勝手に落ちたんだろ」

〈そうじゃなかったら？〉

「なかったら何だ？」

〈いや、面白いと思ってな〉

「馬鹿馬鹿しい」

兄との会話を切り上げた洋輔は、ざっとシャワーを浴びて髪の毛を乾かすと、Tシャツとハーフパンツに薄いパーカーを羽織った格好で駅前に出た。携帯電話で時間を見ると、十時に近かった。

ジンギスカン屋ももう終わりではないだろうか……そう思いつつ行ってみると、店の明かりはついていた。ただ、中を覗いてみても、やはり客は一人もいなかった。

「すいません」

カウンター越しに何回か呼んで、ようやく老店主が店の奥から姿を見せた。

「ラーメンとビール」

いつもの座敷に腰を下ろすと、店主がビールを持ってきた。

「ここって何時まで？」

「あとラーメンだったね」

聞こえなかったらしい。メニューを開いても営業時間は載っていない。

まあいい、ラーメンを食べているうちに三人が来なかったら、さっさと帰るか……そう思いつつ、洋輔はビールを口にする。

警察が洋輔らにまで迫ってくることがあるだろうか。

樫村を拉致した行為自体には尻尾を出していない自覚がある。防犯カメラがあるような場所ではないし、目撃者もいないはず。大島工業へも裏通りを選んで慎重に運んだ。

現場にも何か証拠めいたものを残した憶えはない。唯一の気がかりは、やはり、樫村に四人の素性を悟らせてしまったのではないかということだけだ。

同窓会で顔を合わせてもまったくぴんときていなかった男のことだから、目隠しさせてマスク越しに四人がそれぞれ好き勝手喋りかけるだけのあの状況では、誰が誰だか分からず混乱するだけだったと考えていいのではないか。

しかし、途中で樫村の目隠しが外れ、洋輔は彼と目が合った。「カズ」とも口にしてしまった。目が合ってもマスクはしていたし、薄暗い中だったから、それですぐに彼が洋輔の人相を認識できたかどうかは分からない。高校時代、樫村は確か、和康のことはそのまま「和康」と呼んでいたから、「カズ」という呼び名だけで和康を連想するかどうかも分からない。ただ、樫村が家に帰って昔の名簿やアルバムなどを開いたとしたら、おそらくこいつらだと気づくくらいのヒントは与えてしまっている。

問題はあの現場ですでに気づいていて、あのあと警察か、あるいは自宅に電話をして、それを誰かに伝えた可能性があるかどうかだが……しかし、そうであれば、誰かが迎えに来るのが自然の流れであり、静池に落ちて死ぬようなことにはなっていないだろう。

拉致されたことを誰にも連絡していないなら、警察が洋輔たちの存在に気づく危険性もそれほど高いとは言えない。

大丈夫だ……洋輔は無理にでもそう思おうとした。

ただ、引っかかるのは、警察が事件性ありとして見ているということだ。

ふらふらと静池方向に歩いていって、誰かの車にはね飛ばされたというようなことなら分かる。

事件と言っても、ありうるのはそれくらいだろう。

誰かに連れていかれて池に落とされたなどという見方をするから、洋輔が怪しいなどというトンチンカンな考えが出てくるのだ。

もし、本当に樫村がそんな殺され方をしているなら、それは四人の中の誰かがやったということになるが……。

自分ではないから、あの三人の誰か……。

ふと、その可能性をリアルに意識してしまい、洋輔はぶるりと身体を震わせた。

馬鹿な……。

老店主のラーメンはなかなか出来上がらず、二十分近くかかって、ようやくメンマとネギだけが入ったしょうゆラーメンが運ばれてきた。

そしてそこに、三人が戻ってきた。

「じいさん、うちらもビールとラーメン」

希一が注文し、座敷に腰を下ろす。

「どうだった?」

老店主が追加のビールとグラスを置いてカウンターに消えると、洋輔は訊いた。

「やべえぞ、やべえ」

希一は意味深に言い、ビールをグラスに注ぐ。

「やべえって?」

運転手の八真人が希一にビールを断ってから、浮かない顔をして洋輔を見た。

「テープが落ちとらん」

「え?」

「樫村がガムテープを剝がして、そこに捨てたっていう形跡がどこにもないんだ」

ないとはどういうことだ?

和康はやはり青ざめた顔をしている。

希一は上目遣いに人を観察するような視線を向けてくる。

洋輔は再び背筋に寒さを覚え、ぶるりと身震いした。

　翌日も起きたとたん、洋輔は身体の重さを意識した。ろくに眠れていないので、体調が回復しないのも当然と言えば当然だった。

〈新聞だ。早く新聞を見ろ。寝ぼけとる場合じゃないぞ〉

　ベッドから這い出たところで兄からうきうきとした声がかかり、眠気が飛んだ。重い身体を動かしてドアの新聞受けに放りこまれた新聞を取り、ベッドに戻って社会面を開いた。

「元高校教諭　溜め池で謎の水死　狐狸山」

　トップ記事で出ている。地元紙だからなのか分からないが、予想以上の大きな扱いだ。洋輔は血の気が引くような思いでそれを見た。

「ランニングに出たまま行方不明」「手足に粘着テープ」「複数犯の犯行か」

　静池の水際に浮かんでいるところを日曜日の朝、発見されたというのは、希一たちから聞いた話と同じだったが、新しい情報は何より、手足を粘着テープで縛られた状態だったということだ。

　そんなことがあるのだろうか。

〈誰がやったんだろうな〉

「知るか」

心からこの不測の事態を楽しんでいるような兄の声をさえぎり、洋輔は新聞を閉じた。


カッシーのニュース見た？　めっちゃ怖くなっちゃった。朝から震えが止まらないよ～V∧

通勤途中の電車の中、美郷からメールが届いた。

知っている人間が新聞やテレビで大きく取り上げられるような事件に巻きこまれて死ぬことなどそうそうないから、怖くなってしまう気持ちは分かる。しかしそれは、洋輔が今感じている怖さとは次元が違うものであるとも言えた。

こういうとき、樫村の死に何ら関係ない人間はどう返すのか……なまじ関わりがあるだけに、洋輔はいちいちそれを考えなければならなかった。自分もびっくりしたことに加え、彼女を気遣うような文面を作ってメールを返信した。

美郷は今回の事件に心底ショックを受けてしまったらしく、メールのやり取りは昼にも断続的に続き、結局、仕事が終わったあと、夕食がてら名古屋で会うことになった。

「ごめんねー、無理言って時間取らせちゃって」

夜、久屋大通に面したイタリアンの予約席で待っていると、美郷が約束の時間より少し遅れて現れた。心配したよりは声の調子も表情も暗くはなく、洋輔は安心した。それを彼女に言うと、「洋輔くんの顔見れたから、私もほっとしたんだよ」との返事がいたずらっぽい笑みを添えて返ってきた。

「でも、本当にびっくりした。この前、同窓会で元気な顔を見たばっかりだったのにね」

料理を頼み、グラスワインで乾杯すると、彼女はしみじみとそう言った。

「誰か、俺のほかにも昔のクラスメートとかとメールしたりした？」

「うん、この前の同窓会で会った子たち何人かとメールしたんだけど、面白いの」

「何が？」

「いや、面白いって言っちゃいけないんだけど」美郷はそう言って、はしたないとばかりに口を押さえた。「人によって反応が違うから……『怖い』とか『ショックで泣きそう』とか言ってくる子もいるかと思えば、『カッシーじゃなきゃショックかもしれないけど』とか『恨み買いそうなタイプだからね』とか、冷めたこと返してくる子もけっこういたりして」

洋輔としては、後者の意見のほうがよく分かる。やはりそう感じる子が女子にも多いのだなと気づかされる。

「そういう声を聞いてるうちに、単純に怖いとかショックとか言ってるのも違うのかなって……そりゃ私だって特にカッシーが好きだったわけでもないし、厳しい先生でうっとうしいなって思いも人並みにあったし、ましてや卒業してから七年経ってるわけだし、そういう中で、変にキャーキャー言うだけなのは、それが素直な感情だったとしても、ちょっとずれてるのかなって気がしてきて、私も今日一日で今回のこと、どう捉えたらいいのか分かんなくなっちゃったの」

「いや、でもそれは、美郷の感受性がそれだけ強いってことだし、ショック受けたりするのは別におかしくないと思うわ」

洋輔がそう言うと、美郷は柔らかい笑みを顔に浮かべて、「ありがと」と口にした。

それから彼女はまた顔を曇らせ、ほんの少し身を乗り出した。

「でもカッシーが殺されたのってさぁ、どう思う？　私、狐狸高のＯＢが絡んでる気がするんだけど……それも考えると怖くって」

「ど、どうして狐狸高のＯＢが絡んどるって思うの？」洋輔は口ごもりながら訊く。

「だって、カッシーはランニングに出てて襲われたんでしょ。粘着テープで縛られてたらしいし、見ず知らずの人間がやることじゃないじゃん。ああいう先生だったから、恨みもけっこう買ってたと思うし」

「でも、樫村は狐狸高だけにいたわけじゃないだろ」

「そうだけど、この前の同窓会が何かのきっかけになってるような気がするのよ。だってほら、カッシー、ハーフマラソンに出るから練習してるって言ってたじゃん。興味のある人は一緒に走ろうみたいなこと一人で盛り上がって言って、みんな、しらーってしてたけど」

美郷はそう言って、くすりと笑う。洋輔も反射的に口もとを緩めたが、若干強張っている自覚があった。

「だからさぁ、もしかしたら、OBの誰かの仕業だっていう可能性もあるんじゃないかって思ったの」

美郷の喋り方はやや早口で、表情も微笑んだり眉をひそめたりと、めまぐるしく変わる。身近で起こった大きな事件に、感情が躁鬱的に大きくかき乱されているらしいことは分かるのだが、洋輔はそれに付いていけていなかった。

「どうだろうな」洋輔は軽く首をひねって言う。「いくら樫村に恨みがあったとしても、今になって殺そうなんて思うやつがいるとは思えんけどな」

「普通ならそうなんだと思うけど、世の中にはほら、何年も前の学校時代の恨みをこじらせて、母校に乱入して殺傷事件を起こしたり、学校に対して犯行予告したりするような人間もいるわけじゃない。自分の生活が思うようになってないとさぁ、あの頃のあの学校のせいでとか、あの先生のせいでとか、そういう考え方になっちゃう人もいると思うんだよねえ。高校時代って多感な時期だったわけだし。私の中にだって、こういう犯罪のレベルとは違うにしても、そういう感覚のいくらかはある気もするんだけど……洋輔くんにはまったく分かんないことかな？」

「いや、分からんことはないけど……」

分からないことはないどころか、美郷以上に分かっている自覚はある。しかしそれを軽々しく口にしていいかどうかは分からず、どうしても奥歯に物が挟まったような言い方になってしまう。

「そうだよね……洋輔くん、カッシーのこと嫌いだったみたいなこと言ってたし」

「まあね」洋輔はことさら素っ気なく言ってみた。「だからって、殺すなんてことは、まったく理解できんけどな」

ある意味それは本音と言ってもよく、だからこそ極めて自然に口にできた気はしたのだが、ふと気づくと、こちらをじっと観察するように見ている美郷の視線に当たって、妙にどぎまぎした。

「ふーん」その美郷がふっと口もとを和らげる。「じゃあ、とりあえず、洋輔くんは犯人じゃないってことだね」

「あ、当たり前だろ……」洋輔は危うくワインをこぼしそうになっていた。「何言っとるんだ」

美郷が白い歯を覗かせたまま、小さく首をすくめる。

「もちろん洋輔くん一人じゃ、そんなことやるわけないって分かるけど、最近はほら、八真人くんたちとよくつるんでたみたいじゃない。八真人くんだけならともかく、皆川くんも一緒でしょ。で、大見くんも……それって、カッシーによく呼び出されてたメンバーじゃん。だからもしかしたら、皆川くんあたりがよからぬことを考えて……なんていうふうに、ちょっと心配したんだよね」

運ばれてきたイタリアンサラダをフォークでつつきながら話す美郷の口調は明らかに冗談を口にしているものであり、洋輔としては無理にでも失笑してみせるしかなかった。

「考えすぎだわ。みんなで集まっても、ジンギスカン屋で昔話なんかをだべっとるだけだし。希一にしたって、今じゃあ皆川不動産の若専務なんだぜ。俺らとおるときでも携帯使って客と取引の話をしとるくらいで、そんな昔みたいにふらふらした感じじゃないわ」

「皆川くんの仕事ぶり想像すると、どうしても悪徳不動産屋っぽい姿を思い浮かべちゃうけどね」美郷はいたずらっぽく笑う。「皆川くんには言わないでよ」

現実もその言い方に近いだけに、洋輔は合わせて笑っておいた。

「そっか」美郷は笑いを収めて小さく息をついた。「じゃあ、洋輔くんのアリバイとか証明してあげる必要もないね」

「え？」

「もしかしたら、私が洋輔くんと一緒にいたことにしたほうがいい状況なのかも……なんてことまで思ってたから」

どうやら笑いごとではなく、かなりの深刻さでもって、自分と樫村の死との関係を美郷は気にかけていたのだと洋輔は気づいた。

「そんな心配いらんて」

「そうだよね。でも、洋輔くんが困るようなことになったら嫌だなって思ったから」

四人での集まりを優先しすぎて、同窓会以来、美郷と会おうとしなかったのがまずかったのかもしれない。

「考えすぎだ」洋輔は作り笑いで一蹴した。「そんな変なこと、誰にも言うなよ」

言ってしまってから、かなり不自然な言葉だったと気づいたが、どうにもならない。何か引っかかった様子がないかどうか顔色をうかがっていると、美郷は口を開いた。

「洋輔くんって、皆川くんとはそんなに気が合うの？」

「え？」

「けっこうタイプは違うのに、高校時代からずっと仲はよさそうだから」

「前にもちょっと言ったと思うけど、正直、気が合うとかそういう相手ではないわ。小学生のときからの付き合いだから、何となく、こっちの考えとることが、言わんでも伝わっとるようなことはあったりするけど」

「それが腐れ縁ってやつなんだ？」

「そうかな……俺と希一っていうより、八真人と希一が仲いいんだよ。俺はまあ、八真人とは昔から気が合うから」

「八真人くんと皆川くんも、けっこうタイプが違うと思うけど、どうして合うんだろうね？」

「うん、まあ、不思議と言えば不思議だけど……カズがあのとぼけたキャラで空気を中和させとるからかな」

理由を探しても大した答えなどあるはずもなく、洋輔は適当にこじつけてみるしかなかった。

「私、皆川くんみたいなタイプは苦手なんだよね。目つき悪いし、何考えてるか分かんないようなとこあるから」美郷は言いにくそうに言って、微苦笑を浮かべた。

同窓会のときにもちらりと聞いたその言葉は、洋輔への親近感の裏返しとも取れるので、特に悪い気はしない。そう思う一方で、彼女が言いたいことは、希一のような人間とあまり仲よくしてほしくないというあたりであることも分かってきた。

「まあ、癖はあるけど、そんな悪いやつでもないよ。それに俺もここ数年は全然会っとらんかったし、今のが落ち着けば、そのうちまた会わんようになると思う」

「今のって？」

「今のその、同窓会の流れで遊んどることだよ」

洋輔は慌てて言い足した。

久しぶりのデートとも言える美郷とのイタリアンディナーだったが、心から楽しいと思うことはできず、洋輔は会話の端々でボロを出さないように気をつけていなければならなかった。

「じゃあ、また今度、ゆっくり会おうね」

「そうだな」

狐狸山の駅を出て彼女と別れたところで、洋輔はようやく一息ついた。

美郷とはもちろんゆっくりデートをしたいが、今はそれを優先して考えられるほど落ち着いた気分ではない。

何より、彼女を前にすると、土曜日の蛮行がばれないように取り繕うだけで精一杯だ。洋輔は明らかに疑われていた。半分は冗談だとしても、残りの半分には本気が混ざっていた。洋輔の仲間に希一がいるからだ。希一ならば、そういうことをやるかもしれないと思われている。

その程度の疑いならまだ構わないが、何かの拍子にこちらがボロを出してしまうと、取り返しがつかないことになりかねない。美郷との仲が壊れるだけでなく、洋輔たちの行いが表に出てしまう。

しばらくは美郷と会うのも控えたほうがいいか……洋輔はそんなことをぼんやりと思う。

それにしても……。

頭の整理がつかないことだらけだった。

樫村がテープで縛られたまま死んでいたというのは、どういうことだろうか。

朝からそのことばかり考えているものの、まったく分からない。

百歩譲って、大島工業の廃工場裏で死んでいたというなら分かる。

しかし、樫村はそこから移動しているのだ。

樫村が自分の足で移動するとなれば、少なくとも足のテープと目隠しは外さなければならない。そこまで外せるのだったら、腕のテープももちろん外しているだろう。

だが、樫村は縛られたまま見つかった。

誰かが運んだとしか考えられない。

おそらく、洋輔たちが去ってから、どれだけ手間取ろうと、一時間ももがいていれば、腕のテープは外れただろう。

その前に誰かが、あの現場に来たのだ。

あんな雨の夜の、つぶれた会社の工場裏に……。

そんな人間がいるだろうか？

洋輔ら四人のほかに。

5

その週の木曜の夕方、洋輔は名古屋の営業所を早めに出て狐狸山に戻ると、高三のときのクラスメートである祖父江兼一の自宅を訪れた。

兼一は新築する二世帯住宅に入れるシステムキッチンを探していたので、洋輔は同窓会のあとでパンフレットを一式、彼のところに送ってあった。この日は兼一の両親に加えて彼の婚約者もそろうということで、具体的にどんなキッチンを希望しているのか商談の取っかかりとして話を聞くことになっていた。

取り壊しの前で借家に荷物を移している最中らしく、彼の自宅の中はかなりすっきりとしていた。

兼一の父親は大手重機メーカーの名古屋工場に勤めていたが、先頃定年退職し、今は子会社の技術顧問に収まっているという。その父の退職金が今度の新築の元手になっているらしかった。

兼一の婚約者は、彼の両親と一緒であることも多少影響しているのか穏やかな物腰を見せながらも、どこか芯がしっかりした賢さを感じさせた。明るくよく喋る母親も合わせて四人がリビングに集っている光景は、幸せな家族の典型のようにも見えた。

「私は今の台所が使い慣れてるからね、この形がいいのよね。ただ、コンロはやっぱり三つあったほうがいいわね。それで、流しもできたら大きめで」

「私は子どもができたときとかを考えると、やっぱりリビングのほうを見ながら料理や片づけができたほうがいいんで……」

女性二人の意見を聞いていくと、一階の両親が使うキッチンはL字型、二階の兼一夫婦が使うキッチンはアイランド型のものが適しているようだった。

「このシリーズなんて、よさそうな気がするのよね」

母親がパンフレットを見て惹かれたらしいのは、高級ラインに入っているL字型キッチンで、価格表には百万円近い値段が記されているものだった。

「そりゃ、そのクラスだったら、いいに決まっとるて」兼一がそう言って笑う。

「でも、これから二十年、三十年使ってくことを考えたら、こんなとこで二十万、三十万けちってても駄目よ」母は年の功を見せて言い返している。「それにきっと、新谷くんががんばってくれるわよねえ？」

「もちろん、親友のおうちの買い物ですし、精一杯、勉強させていただきます」

洋輔が愛想を交えて応えると、兼一の母は満足そうににんまりとしてみせた。

「だから、あなたたちも遠慮してても しょうがないわよ……ねえ、お父さん？」

兼一の父もうなずかせると、彼女は決断を迫るように息子たちを見た。

「こんなキッチンが来るんなら、私ももっと料理の勉強しなきゃ」

兼一の婚約者もちゃっかりと話に乗り、購入希望の商品も固まったようだった。

同じシリーズのキッチンがショールームに出ているので、一度そろって見に来てもらうことにもなった。

「では、見積もりはそのときにお出ししますんで」

友人の家が相手であるだけに、普段ではなかなかないほどとんとん拍子に商談が進んだ。

洗面台もショールームで見たいという声もあり、うまくまとまれば、冴えない数字が続いていた洋輔の成績もしばらくは一息つけるものになりそうだった。

仕事の話が終わると、兼一の母親が寿司の出前を取ったらしく、洋輔もお相伴にあずかる形となった。それも食べ終わり、そろそろ暇《いとま》をしようかと腰を上げると、兼一が声をかけてきた。

「もう、今日は仕事いいんだろ？　ちょっとお茶でもしに行こまい」

「いいけど」

彼は婚約者が帰るのを先に見送り、それから洋輔の車に乗りこんできた。

「やっぱり、女の立場からすると、キッチンなんてもんは妥協できんのだろうな」兼一は洋輔に苦笑を向けて言う。「俺なんかは、どれもそんな変わらんだろって思っちまうけど」

「上級グレードを見ちゃうと、どうしてもそうなりがちだわな」

「まあ、それで家の中が平和になるんなら構わんけど……洋輔もそこそこいい仕事になっただろ」

「いや、本当、ありがたい。感謝するよ」

喫茶店チェーンの〔ヨネダ珈琲〕に入り、二人でアイスコーヒーを頼んだ頃には、キッチンの話にも区切りがついていた。アイスコーヒーにストローを差しながら兼一が切り出してきたのは、果たして例の事件のことだった。

「しかし、あれ、びっくりしたよな、カッシーのニュース」

「ああ……あれな」

「だって俺ら、この間、同窓会で見たばっかだぜ」

「そうだよな」

あのとき、スピーチする樫村の姿を知らず知らずにらみつけるように見ていた洋輔に、兼一は「お前、何か怖い顔になっとるぞ」と声をかけてきた。それを思い出し、何か言われはしないかと一瞬身構えたが、その気配はなかった。

「うちの職場に狐狸高の二個上の先輩がおってよ、父親が市議やっとって本人も将来的には選挙に出る気満々みたいな感じで、とにかく街の噂が好きなもんだから、今度のカッシーのこともその人と話が盛り上がっとるんだわ」

「ふうん……その先輩は何て言っとんの？」

「まあ、俺もそう思うんだけどさ、つまり、狐狸高のＯＢが関わっとるんじゃないかっつうことだ」

やはり普通に考えれば、そういう推理が成り立つということか……警察もそういう見立てで動いていると思うと、背筋が冷えてくる。

ＯＢを中心に警察が聞きこみをすれば、当時の問題生徒として、希一あたりの名前は挙がってくるかもしれない。そうすれば事件の前後で洋輔たち四人が頻繁に集まっていたことも明らかになる可能性がある。

アリバイはすでに、日曜日のジンギスカン屋で申し合わせている。土曜日は夕方、四人で集まって、カラオケ屋に行こうとしたが、駐車場を見ると満車になっていたので、あきらめて洋輔のアパートに戻り、適当にご飯を食べながらだべって、八時すぎに洋輔が三人をそれぞれの家に送っていったということになっている。

カラオケ屋は大島工業にも近いので、アリバイに出すスポットとしては危うい気がするのだが、車での走行は街の防犯カメラやＮシステムなど、どこに記録されているか分からないので、車では遊びに出ていないなどと白を切ったほうが墓穴を掘ってしまうおそれがある。幸い、そのカラオケ屋は静池とは大島工業を挟んで反対方向であるし、希一は実際、そこの会員になっていて、よく遊びに行くという。「仮面同窓会計画」を実行した当日も、希一は大島工業に向かう途中、カラオケ屋の前を通ったところで駐車場の混み具合などを見て憶えていたらしい。

四人でどこかの店に行ったなどというアリバイを作れればそれに越したことはないのだが、相手もあることなのでなかなか難しい。無理に作り上げるより、四人が同じことを言って、証言がぶれないことが大切なのだという希一の意見はもっともだと言えた。

「まあ、あのカッシー相手だったら、狐狸高のＯＢにも、やりそうなのはいっぱいおるだろうけどな」

兼一の口調は、どこかこの事件を楽しんでいるようでもあった。洋輔も、まったくこの事件に関係がない立場ならば、彼のような調子で話ができるのだろうが、そうではないだけに自分を装わなければという妙な力みから離れられないでいる。

「でも、わざわざ殺そうとするやつまでおるかな？」

美郷にも投げかけた疑問が洋輔の口をついて出る。それは本心からの問いかけでもある。

「それはどうか知らんけど、手足を縛って静池に投げこむなんてことは、一人じゃできんだろ。そうするとだな、二人以上の何人かの仕業として、最初はどういう狙いがあったか分からんけど、殺すつもりはなかったのに、その場でいろいろエスカレートして、最終的には、こいつ殺っちまおうぜみたいなノリになってまったってことも考えられるんじゃないか」

兼一の読みは、いちいち洋輔たちがしでかした行動を見切っているようでもあり、決して聞き心地のいいものではなかった。

洋輔が何も言い返さなかったのをどう取ったのか、兼一は言葉を付け足した。

「あるいは、二、三発殴って終わりくらいのつもりでいたのが、カッシーに正体ばれて、警察に駆けこまれんように殺っちまったとかな」

彼の見方を聞きながら、洋輔の神経はざわざわと波立っていた。客観的に考えて、樫村を殺害する動機は、洋輔たち四人の中に成立していたのだ。

あのとき、洋輔は和康の名前を呼んでしまった。

和康は大いに狼狽《ろうばい》していた。洋輔もしまったと思ったものだ。

希一は大した問題ではないという態度を取っていたが、冷静に考えれば、樫村があの言葉を手がかりにして襲撃犯を特定するのは難しくないと分かるはずである。

犯人が誰だったのか、樫村には知られてしまったかもしれない……それが四人の共通認識だったと言ってもいいのだ。

洋輔たちには動機がある。

だからこそ、希一などは、洋輔を怪しむような素振りを露骨に見せたりもしてきたのだ。

しかし、洋輔からすれば、そういう希一こそ怪しいと思える。

もちろん、和康も怪しい。

樫村が手足を縛られた状態で死んでいた以上、犯人は四人の中にいると考えざるをえない。

樫村に正体を知られたと考えた二人が、洋輔の送りで帰宅したあと、連絡を取り合い、またすぐ現場に舞い戻ったのではないか。

もしそうであれば、二人で申し合わせて洋輔や八真人に隠し、それればかりか、故意に洋輔を疑惑の対象に仕立てるような動きを見せていることになる。

いざ、警察に疑いを向けられ、逃れようがなくなったときの身代わりを前もって用意しようとしているとしか思えない。

しかし彼らは、そんな目論見で動いているという尻尾は、洋輔に見せていない。今のところは、お互いに呼吸を合わせて、警察の捜査の網にかからないようにすることだけに神経を向けるという格好になっている。

手を取り合いながら、裏切りのカードをポケットに忍ばせているわけだ。取り合っていた手が離れたとき、そのカードは切られることになる。

こちらとしても、それに気をつけなければならない。

「そう言えば、カッシーの通夜、明日やるらしいぞ」

事件の可能性が高い以上、警察立会いの解剖などもなされて、通夜の日取りもずれこんでいたのだろう。

「俺、ちょっと時間があったら行ってみようかなって思っとるんだけど、洋輔はどう?」

「は?」洋輔は眉をひそめた。「マジで行く気なんか?」

「どんな様子か知りたいがや」兼一は平然として言う。「狐狸高のOBなら行ってもおかしないだろ。香典で千円か二千円包んできゃいいんだし」

どんな様子か知りたい気持ちはある。しかし、その葬祭場に警察の目が光っていないとも限らない。そういう場に出ることで自分の存在を目立たせてしまうことだってあるだろう。別に通夜や葬儀に出ないからといって不義理を責められるような間柄ではないし、うかつには動かないほうがいい。

「まあ、様子を知りたい気はするけど、俺はちょっと時間的に無理かな」

「そうか……まあ、俺も時間があればってことだしな」

洋輔が適当にかわすと、兼一も無理には勧めてこなかった。


〈洋輔くん、明日、夜は空いてる？〉

アパートに帰って風呂に入ったあと、ぼんやりテレビを観ているところに、美郷から電話がかかってきた。

「え……何で？」

先日、一緒に食事をしたばかりでもあり、また、デートの約束ならメールのやり取りで済ますのがいつもの彼女だったので、洋輔はふと引っかかって訊き返した。

〈明日、カッシーのお通夜があるって聞いたんだけど〉

「それに行くってこと？」

〈興味ない？　同窓会に来てた子たちに訊いてみたら、行く気になってる子、けっこういたよ〉

「うーん……わざわざ行きたいとは思わんかな。仕事もあるし」

〈そっか、そうだよね。まあ、仕事を早く切り上げてまでっていうのも何だしね。どんな様子か気にはなるけど……〉

狐狸山高校のＯＢで樫村を知っている連中は、今度の事件に相当な関心を寄せているらしい。通夜に行く気になっている者でも、純粋に樫村の死を悲しんで、生前の恩が忘れられないからという理由でそうしようと思っているのはごく少数だろう。それ以外の者にとっては、明日の夜はある種の祭りと同じだ。

美郷との電話を切ったのち、八真人からもかかってきた。

〈明日、樫村の通夜があるらしい〉

「何だよ、八真人までその話か」洋輔はうんざりして言う。「まさか行く気じゃないだろうな？」

〈いや、でも、行ってどんな様子か見たほうがいいって考えもあるぞ〉

「やめとけて。そんなのに顔出しても、警察が張っとったら、目をつけられるだけだぞ」

〈興味半分で行くやつも多いって話だ。逆に行かんほうが怪しまれるって考え方もある〉

「馬鹿な……まさか希一たちも行くつもりになっとるんか？」

〈行くかもしれんとは話しとるな〉八真人は言う。〈行けば、警察の捜査がどこまで進んどるかっていう話が、誰かから聞けるかも分からんからな〉

確かに、警察の動きは気になるが、それを知ったところでどうなるものでもない。

「あんまり目立ったことはしんほうがいいと思うぞ」洋輔は言った。「ここだけの話、希一の言うことには気をつけたほうがいい」

〈希一……何でだ？〉

「考えてもみろて。樫村は手足を縛られたまんま、静池に沈められとったんだろ。大島工業のあそこから運ばれたってことだ。そんなことするやつが、俺ら以外におるか？」

八真人は低くうなっただけで何も言わない。しかし、彼にしても、そのことに気づいていないわけはなかった。

「それをやったのが自分じゃないなら誰かってことだ。静池に運ぶのは一人じゃ難しいし、俺は希一とカズがやったんじゃないかって思うわ。カズは樫村に自分のことがばれたんじゃないかって、うろたえとったしな」

八真人は洋輔の言葉を重く受け止めるような間を置いてから、〈なるほどな〉と口を開いた。〈でもな、希一は希一で、あれをやったのは洋輔なんじゃないかって疑っとるみたいだぞ。カズなんか、次は俺らが口封じに殺られるんじゃないかとか、けっこう本気で言っとるくらいだからな〉

「俺が？」口封じに彼らを殺すというのか……あまりに非現実的な話で、洋輔は思わず失笑する。「馬鹿な」そう切り捨てて、すぐに笑いを収めた。「でも、あいつらが俺を疑っとるような素振りを見せとるのは確かだからな……俺は八真人、あいつらがもしものときに、俺に罪を被《かず》けるために今からそういう流れを作ろうとしとるんじゃないかって思っとるんだ」

〈警察が俺らに目をつけたときにってことか〉

「ああ」

〈それはでも、考えすぎなんじゃないかと思うけどな〉八真人は言う。

「考えすぎとは？」

〈いや、あいつらはあいつらで、どう考えたらいいか分からんくなってきとるだけなんじゃないかってことだ〉

「じゃあ八真人は、真相はどうだと思っとるんだ？」

〈それは俺にも分からん〉

「分からんで済む話じゃないぞ。現実に樫村は死んどるんだ」

〈それはもちろん分かっとるけど、まだ警察に目をつけられると決まったわけじゃないだろ。大島工業と静池は近いと言っても、それなりには離れとる。それに、俺らが樫村の身体に残したのはガムテープくらいだ。あれは、最初から最後まで軍手嵌めて使っとったから、指紋なんかの変な証拠は残しとらん。こう言っちゃ何だが、俺は樫村が死んだことで、俺らが捕まる可能性は逆に低くなったんじゃないかって気がしとるんだ。その、樫村を静池に運んだやつがうまくやっとればな……そんで、ほかのやつがとりあえず尻尾を出さんように気をつけとればだ〉

「つまり、八真人は、樫村を実際殺ったのが誰かってことは、とりあえずどうでもいいっていうのか？」

〈極端に言えば、そういうことだ。それを俺らの中で詮索《せんさく》し合っても、いいことなんかないに決まっとる。それこそカズじゃないが、追い詰められたやつが口封じに動くようなことにならんとも限らん。今は嵐がすぎ去るのを待つのが第一だ〉

こうなってしまうと、誰の考えが一番まともかという問題に答えは出ない。八真人が言っていることも、洋輔にはどこかゆがんだものに思えて仕方がない。樫村を殺したのは希一と和康だとしか考えられないのに、それに目をつぶって、彼らと何もなかったかのような付き合いをすることができるのか……洋輔にはそんな自信はなかった。

＊

樫村の通夜は、葬儀会館に入ったあたりからもう、しめやかという言葉とは微妙にずれた空気に包まれていた。それは縁日などによくある高揚感の一種に近く、俺にとってはずいぶん居心地のいいものだった。

受付で記帳して斎場に入り、最後列の空いている席に適当に座る。先日の同窓会でも目にした狐狸高OBや狐狸高で教鞭をとった教師たちの顔がちらほらとある。間もなく読経《どきょう》が始まったが、その間もそれぞれの顔が動き、ひそひそとした会話がそこかしこで交わされ続ける。

前方、祭壇の上には今よりは少し若い、教員時代と思《おぼ》しき頃の樫村の写真が菊の花に囲まれて、参列者に相対していた。狐狸高勤務時代にもお馴染みの、薄いブラウンの色付き眼鏡をしたいかつい顔で、ニヤリと不敵に笑っている。

百はありそうな席はすべて埋まり、ちらりと後ろを見ると、いつの間にか壁際にも立ったままの弔問客が人垣を作っていた。そんなに人望があった教師ではないはずだ。お前ら絶対に興味半分だろう……俺は思わず笑ってしまいそうになりながら、そんなことを思う。

読経が進み、参列者の焼香が始まった。前の列から順番に席を立ち、三つ並んだ焼香台で焼香を済ませて戻っていく。やがて最後列にも順番が回り、俺は恭しく焼香をした。

ふと祭壇を見ると、前に進み出た分、樫村の写真がぐっと迫って見え、しかも薄いサングラスの奥にある目がしっかり俺を見返しているようにも見えたため、それが妙におかしく、俺はここでも笑ってしまいそうになった。懸命に笑いをこらえ、顔をひどくゆがめたまま、挨拶に立っている樫村夫人らしき女性と一礼を交わした。嘆き悲しんでいる表情に見えたのか、夫人は一際深くお辞儀してくれた。

長い弔問の列が途切れるのとほとんど時を同じくして、僧侶の読経が終わった。葬儀社の人間が、通夜の儀が滞りなく終了したことをマイクで告げた。

参列者たちはぞろぞろとホールを出ていくが、そのまま葬儀会館を去ろうとする者は多くなかった。誰もがロビーで立ち止まり、知り合いを見つけてはざわざわひそひそと言葉を交わしている。

ざっと見渡す限り、美郷は来ていないようだった。来たそうなことを言っていたが、結局時間が合わなかったか。

事件に関わっている人物が参列していないかと目を光らせている刑事がこの中にいるだろうか……ふと気になって、それらしき人間を見つけてやろうかと思ったものの、声をかけるべき相手を見つけてしまい、俺はそちらに意識を向けた。

「よう、希一！」

手を上げて呼ぶと、希一はぎょっとしたように目を見開いて俺を見た。その隣には八真人も立っている。

「八真人も来とったか！」俺はにこやかに彼らに近づく。「カズはどうした？　来とらんのか？」

「声がでかいわ」希一は困惑したように眉をひそめて言う。「カズは来とらん」

臆病な男だけに、何食わぬ顔をしてここに乗りこんでくる度胸はなかったか。

「そうかそうか」俺は希一の顔を見ただけでも愉快な気分になっていたので、彼の肩を軽やかにたたいた。「でも希一、お前みたいなかつてのやんちゃ坊主がこうやって、厳しい指導で鳴らした樫村大先生の通夜に駆けつけるなんてのは、はたから見ると、何でまたって感じになるよな……え？」

「馬鹿、何言っとるんだ」希一は視線を左右に飛ばしながら、慌て気味に言った。「お前だって人のこと言えるか」

「悪い悪い。冗談だわ」俺はからからと笑って言う。「樫村大先生の厳しい教えがあればこそ、多少なりともまっとうに生きられとる今の自分があるわけで、その感謝の気持ちを身をもって表すために、通夜にもこうやって駆けつけたんだと、わざわざお前が言わんくとも、みんな分かってくれとるわさ」

希一は苦虫を嚙みつぶしたような顔で適当に相槌を打ち、「俺らはもう帰るわ」と八真人に目配せしながら言った。

「冗談だろ」俺はおどけ気味にのけ反ってみせる。「大先生の奥さんあたりの話でも聞いていかんと、わざわざ通夜に出た甲斐がないってもんだぞ」

俺は希一の肩に手を回し、「さあさあ、遠慮せず挨拶してこうぜ」とホールに歩を向けた。

樫村夫人は祭壇近くの遺族席に座ったままだった。親族の中には控え室かどこかへ向かおうとしている者たちもいたが、彼女はすぐに立ち上がる気力もないようで、ぼんやりと樫村の遺影を眺めていた。

「奥さん」

俺の声に夫人は振り返った。もちろん、希一と話しているときよりは口調を渋く落ち着けている。俺にもそれくらいの芸当はできる。

「僕ら狐狸高で樫村先生に大変お世話になった者です。このたびは本当にびっくりして駆けつけてきた次第で……」

「そうですか……」

夫人は軽く腰を浮かせ、俺の挨拶に応えようとした。

「いや、そのままでけっこうですよ」

俺が制すると、彼女はハンカチと数珠《じゅず》を握りしめた手を膝の上に重ねて、「すみません……わざわざありがとうございます」と深々としたお辞儀で応えた。

「いやあ、僕らはちょっとやんちゃなほうだったんで、先生にはよく絞られましてね、今日は残念ながら来れなかったカズも含めて、四人で先生に雷を落とされた日のこと、昨日のことのように憶えてますよ。いい思い出です」

「あらまあ、そうだったんですか」

俺がカズの名前を出したことで、隣にいる希一の肩がびくりと動いたが、夫人の顔色には何の変化も見られなかった。樫村があの夜、携帯電話などを使って、「カズ」なるメンバーが含まれている集団に襲撃されたことを夫人に伝えた形跡はないと、希一らにも分かったことだろう。

「あの生徒思いで熱血漢の先生が今はもうこの世にいないとは、まったくもって信じられない思いですよ。しかも、何かの事件に巻きこまれた様子だと聞きました。それも何だか信じられませんし、本当なら恐ろしいことだと思いました」

俺の言葉に夫人はいちいちうなずき、「私も何が何だか……信じられない気持ちなんですよ」と言って、ハンカチで目頭を押さえた。

「いったい何があったんですかね？　先生は生前、何か言っておられたんでしょうか？」

「特におかしなことは何も言ってなかったんですよ」夫人は言う。「あの人はここ一年ほど、毎日走りに出てましてね、狐狸山のハーフマラソンに出るんだって……根が頑固でこうと決めたら必ずやり通す人ですから、よっぽどの悪天候でもない限り、雨が降ってても風が強くても、私が夕飯の支度を始める頃になるとトレーニングウェアに着替えて、さっと出ていくんです。あの日も雨が降ったりやんだりしてたんですけど、小やみのときに今のうちだって出ていきましてね、でも戻ってきませんでした。夕飯の支度が済んでも全然戻ってこないから、どこかで事故に遭ったんじゃないかとか、途中で具合が悪くなって倒れたり、病院に運ばれたりしてるんじゃないかとか、いろいろ考えましてね、近くに住んでる息子を呼んで、車で近くを回ってみたり、市民病院に電話してみたりしたんですけど、何も分からずで、十時頃になってから警察にも行ってみたんですけど、やっぱり何も分からなかったんです。それが次の日になったら、警察から、もしかしたらご主人かもしれませんって、遺体が見つかったっていう連絡がありましてね……本当にどうしてこんなことになったのか、さっぱり分からないんですけど、息子なんかが言うには、走ってるときにたちの悪い暴走族か何かに絡まれて連れ回されたあげくに池に突き落とされたんじゃないかって……」

「ああ」俺は顔をしかめてみせる。「正義感の強い先生でしたから、そういう輩と行きずりでトラブルになったのかもしれませんねえ。昔はアベックが襲われて連れ回されたあげくに殺されたなんて事件もありましたし、暴走族も少なくなってきたとはいえ、まだまだこのへんにはブンブンうるさくやってる連中がいるみたいですしね」

「そうなんです。週末でしたからそういうのが走り回ってたんじゃないかって気がするんです。本当に怖い世の中ですよ」

「警察はそのあたり、何て言ってるんですか？」

「やっぱり、何人かのグループに連れ回されたあげくの犯行じゃないかって見てるみたいです。あの人が何かのトラブルに遭ったのはランニングの途中のはずなんですけど、殺されたのは翌日の未明なんですって」

「ほう、警察の調べでそう分かってるんですか？」

「解剖でそういう結果が出てるみたいです。三時とか四時とか……おそらく、車でいろいろ連れ回された末に、手足を縛られたまま池に突き落とされて溺れてしまったんじゃないかと」

「そうですか……いやあ、それにしてもまったく、ひどい話ですね。血も涙もないというか、よくそんなことができるもんだ。早くその凶悪な犯人たちが捕まるのを願わずにはおれませんよ」

　夫人は小さく頭を下げて、俺の義憤に応えてみせた。

「奥さんもおつらいと思いますけど、どうか気持ちをしっかり持ってください。樫村先生なら、やはりそうしてほしいと思われるでしょうからね。それにしても惜しい人を亡くしました。心にぽっかり穴が空いた気がしますよ。今日は家に帰ったら、天に昇られた先生と酒を酌み交わしたいと思います……うう っ」

　俺はまったくこみ上げてもこない嗚咽《おえつ》を無理に作り、口もとを押さえた。その芝居があまりにくさく、自分でやっていて吹き出しそうになる。

「お気遣いありがとうございます」

　礼を口にする夫人に向かって、俺は口を手で覆ったまま頭を下げ、希一と八真人の肩をたたいた。

＊

「そういうことだってよ。何が何だか訳が分からんな」

〈樫村が殺されたの、土曜の夜じゃないらしいぞ〉

朝起きて、寝ぼけ頭のまま、冷蔵庫から出してきた豆乳をちびちび飲んでいると、兄貴からそんな声がかかった。何を言っているのかすぐには頭に入ってこず、ようやく妙な話だと気づいてから、洋輔は「何だって？」と訊き返した。

〈死亡推定時刻は日曜に入ってからの三時から四時くらいらしい〉

「どういうことだ？」

〈新聞読んでみろ〉

洋輔は舌打ちして立ち上がり、玄関の新聞受けに雑に突っこまれていた新聞を取って戻ってきた。

「元教諭　殺害前に長時間拘束か」

それほど大きな記事ではないが、樫村殺害事件で警察の捜査により判明した事実が報道されている。司法解剖の結果などから死亡推定時刻は日曜未明の三時から四時頃とされ、土曜夕方のランニング中に行方不明になってから、犯人グループに長時間拘束され、車などで連れ回されていた可能性があると警察では見ているようだという内容だった。

「そんな時間に……？」

そう呟きながら心中に湧いたのは、戸惑いと安堵が半々だった。

希一たちはどうしてそんな時間まで樫村を拘束し、そして結局殺すに至ったのかという戸惑い。いや、こんな時間であるからには、もしかしたら希一たちの仕業とも言えないのではないか……そんな思いさえ、するりと思考に忍びこんでくる。

それと同時に、自分が警察に疑いをかけられる危険性が遠のいたという安堵感もあった。翌朝午前三時から四時頃であれば、洋輔が三人を家まで送ってアパートに戻ってきてから六時間以上が経っている。

「こんな時間、ぐっすり寝とったわ」

洋輔はほっとする思いそのままに、そう口にした。

〈本当に寝とったんか？〉兄が無理に勘繰るような言い方をした。

「お前だって知っとるだろ」

〈さあな、俺も寝とったから分からん〉兄は空とぼけたように言った。〈問題は警察に『寝とった』っていう言い方だけで通用するかどうかだ〉

確かに、その時間、家で寝ていたという証拠を求められれば困るだろうが、それを言えば、普通の人間はみんなそうだろう。そこまで不安に感じていたらきりがない。事実、いまだに警察が洋輔の周辺を嗅ぎ回っているような気配が感じられないのは、そこに警察の疑いが及ぶまでの壁があるからではないかとも思えてくる。

大丈夫だ。

とりあえず自分の中でそう結論づけて安心してみたあと、残っている戸惑いを再確認してみる。

樫村を殺したのは、自分たち四人以外の人間だという可能性があるのだろうか？

樫村が静池に沈められて殺されたのが午前三時から四時頃だとしても、犯人が樫村に接触したのは、洋輔たちがあの現場を去ってからそれほど時を置かずしてのはずだ。樫村の手足の拘束はどう手間取っても、一時間もあれば解ける程度のものだった。延々六、七時間もあの現場でガムテープを外すのに苦労していたとはさすがに思えない。

そうするとやはり、あの現場に樫村がいることを知っている四人の中に犯人がいるということになるのだが……。

例えば、希一と和康が現場に舞い戻ったとして、三時、四時まで樫村を拘束し続けたのはなぜか。

舞い戻って樫村を車に連れこむなどしたはいいが、その先の計画がなく、いろいろ考えながら連れ回したあげく、結局は静池に沈めることになったということか。

その可能性は十分ありうる気がする。

二人での犯行となると時間もかかるだろうし、もともと殺す気はなかったのにそれを決断するとなると、迷いも出てきてしかるべきだ。よくよく考えれば、一、二時間で片をつけられるものではない。

やはり、希一と和康の仕業と見ていい。

しかし、それだけ長時間、深夜の街を車でうろうろしていたとするなら、どうしても目立ってしまうだろう。警察のNシステムなどに引っかかってマークされてもおかしくない。希一は拉致するときもなるべく裏通りを使うようにルートを調べたりして、それなりに移動には気を遣っていたが、深夜でもそれが徹底されていたのだろうか。

もしこれで警察が希一たちの影を追えていないとするなら、希一は犯罪者として相当なレベルだということになる。高校時代にやんちゃだったというだけではなく、それだけの悪党だということだ。

どうなのだろうか。

〈この事件、意外と簡単には片づかんかも分からんな。何かが分かるには、もう一波乱必要なのかもな〉

「一波乱って何だ？」

〈さあな〉

どう転ぶかも含めて、それを楽しみにしているように兄は答えた。

6

日曜日、洋輔は兼一と彼の家族を名古屋のショールームに案内した。

兼一の母親も婚約者もパンフレットで目をつけていたシステムキッチンの現物に触れ、大いに気に入ったようだった。それに加えて、サイズオーダータイプの洗面化粧台も一階、二階双方に入れることが決まり、落ち着かない毎日が続く中での、貴重な充実感を持てる時間となった。

「今日はありがとな。今度、飯おごらせてくれ」

普段は建築家や工務店の社長向けにしか許されない接待費だが、これくらいの商談が決まれば課長も文句は言わないだろうと、洋輔は兼一の帰り際、彼にそっと耳打ちした。

「おう分かった。楽しみにしとるわ。事件のその後の話もあるしな」

兼一は相変わらず、狐狸高のOBである職場の先輩と、樫村の事件について、ああでもないこうでもないと噂話に花を咲かせているらしい。そんな話を聞くのは怖い気もする反面、洋輔としてもいろんな情報を得ておきたいという思いもある。

翌日の月曜日、洋輔は仕事が休みだった。前日の商談で課長から珍しくねぎらいの言葉をもらったこともあり、久しぶりにゆっくり休めそうな一日となった。

午前中、実家に顔を出し、自分宛ての郵便物などを見たあと、母から茄子《なす》や大根などのぬか漬けをはじめ、干し芋や煮豆、バナナなどの果物やパックの野菜ジュースまで、ダンボールに詰めなければ持ち帰れないほどの食料品をもらった。買い溜めたつもりでも、気づくと冷蔵庫が空っぽになっているというような毎日なので、ときどきこうやって助けてもらっている。父は定年まで勤めた部品工場の再雇用で今も平日は働きに出ている。両親ともに健康に問題がなさそうなのはありがたいことだった。

「そう言えば、狐狸高の先生だった人が殺されたらしいわね。洋輔の知ってる先生？」

味見に出してくれたぬか漬けを口にしていると、母がそんな話を持ち出した。

「知っとることは知っとるよ」洋輔は答える。「一、二年のときの体育の先生だったから」

「そうなの？　そんな人が殺されたってびっくりじゃない？」

「まあね」

事件の話を持ち出されてにわかに居心地が悪くなった洋輔は、適当に返事をして家をあとにした。

コンビニでビールを買い、レンタルＤＶＤショップに寄る。特にやることがないから、今日は映画ソフトでも借りてビールを飲みながら観ようかと考えたのだが、洋画コーナーを回っても邦画コーナーを回っても、食指が動くような作品が一向に見つからない。三十分ほど店内をぶらつき、本当は映画など観たいとは思っていないのだと、自分の気持ちにようやく気づいた。

仕事もいい結果が出て、美郷との関係も悪くないというのに、まったく前向きな気分になれない。おいしいものが目の前にあっても、口内炎がひどければ、それだけで食欲は失せてしまう。それと同じだ。

あんなことに首を突っこむんじゃなかった……車に乗りこんだところでそんな後悔が今さらのように押し寄せ、洋輔はハンドルを力任せにたたいた。

いっそ警察に事情を話しに行くか。

しかし、それはできない。

殺しには無関係だとしても、洋輔たちがやったのは、明らかな犯罪行為だからだ。拉致監禁に加え、諸々のいたずらも暴行と見られておかしくはない。実刑を食らうほど悪質かどうかは分からないが、逮捕されて裁判を受けるようなものではあるはずだ。

それに、樫村を殺した犯人が不明なままでは、あらぬ疑いをかけられるおそれもある。警察が物分かりよく、洋輔を無関係だと見てくれる保証はどこにもない。

希一と和康は警察に捕まってしかるべきだが、そうなると、洋輔の行いも警察の知るところとなるわけだから、それは困るという思いも強い。

一番いいのは、警察の捜査がうやむやになって、事件がこのまま闇に葬られることか。だが、それまでずっと、喉に骨が刺さったような気持ちで毎日をすごさなければならないとするなら、それを思うだけでうんざりする。こうして日常にぽっかり時間が空くたびに、事件のことを考え、落ち着かない気分に身もだえしなければならないのだ。

考えるのをやめ、おとなしくアパートに帰った。録り溜めした録画番組でも観るかと思いながら、ぬか漬けをつまみにビールのプルトップまで開けたが、やはり気が乗らない。じっとしていられないのだ。缶ビールを置き、つけたばかりのテレビを消す。

大きな嘆息が口から洩れる。

〈落ち着かん男だな〉

せせら笑うような兄の声が聞こえる。

「うるせえ」

言い返しながら、洋輔は脱ぎ捨てたばかりのズボンに足を通す。

〈今度はどこに行くんだ？〉

「一度、現場に行ってみる」

〈大島工業か？　静池か？〉

「両方だ」

〈ばったり警察に出くわしても知らんぞ〉

もう事件から一週間以上が経っている。事件に関係している人間が様子を見に来るかもしれないと張り続けるほど警察も暇ではないだろう。

洋輔は車の鍵を手にして、再びアパートを出た。


人生は常に目の前の問題を解く、テスト期間のようなものだ。そのテスト問題は、一度解いたら終わり、あとからやり直しはできない。目の前には新しい問題が並んでいる。それを解いていればいいのに、洋輔はついつい、過去の問題を思い出し、それを解き間違えたことをくよくよ考えてしまう。そしてその問題を引っ張り出してきては、死んだ子の年を数えるようにして、何か挽回できないかと悪あがきをしてしまう。

その結果がこれだ。

人間、過去には戻れない。

いや、戻ってはいけないのだ。

しかし、それを痛感したとしても、もう遅い。

知らんぷりを決めこむほど、心の中では警察の幻影に怯《おび》えるだけになってしまう。

大島工業の跡地は、おそらく警察もまだ事件に関係する場所としては把握していないだろう……そんな読みもあり、洋輔は静池より先にそちらへ行ってみることにした。

梅雨時期独特の曇天が広がっているが、夜ではないので、あのときの現場も、苦もなく立ち入れるだろうと思っていた。しかし、いざ大島工業の門前に着いて車を停めると、ドアを開けて外に出ることさえ、恐怖をはねのけ、勇気を振り絞らなければできなかった。

車の中で数分躊躇《ちゅうちょ》したのち、ようやく洋輔は外に出た。

人の気配はどこにもない。背後の東名高速を行き来する車の走行音が、この殺風景な場所から静寂さえも奪っている。

洋輔は慎重に入口のチェーンをまたぎ、大島工業跡の敷地に入った。それから小走りに、工場裏へと向かう。

廃工場の角で立ち止まり、そっとあのときの現場の様子をうかがうが、もちろん誰もいない。

歩を進め、トタン屋根の下まで回りこんでみる。

あの日、樫村を相手にした現場だ。しかし、あの日の行いを浮かび上がらせるような形跡は何も残っていない。希一たちが報告したように、ガムテープの切れ端なども転がってはいない。

現場を見て、何もないことに洋輔は安心する。樫村を静池に沈めた希一たちは、かなり慎重に事を運んだのかもしれない。彼らの努力を想像し、変な話、それに感心するような思いさえ湧いてきた。いくら相手が樫村だとはいえ、人を殺すなど許されることではないが、表沙汰にする選択肢が選べない以上、彼らの犯行には黙って目をつぶるしかないのだ。

洋輔はその場にひとしきり佇んでから、ボイラーの物陰やトタン塀の破れ目あたりも覗き、その向こうに不審なものはないか探した。

自分の中にあった不安や恐れのようなものが少しだけ消えていく。その分、落ち着きが戻ってくる。あの夜、樫村に一言言うためこの現場に戻ってきたときに感じた薄気味悪い気配も、今は微塵もない。

大丈夫だ。

何が大丈夫かも分からないまま、洋輔は本能的に安堵する。このまま何も起こらずに今の日常が続くという予感を得たのだと、自分で分析してみる。

戻る気になりかけ、洋輔は足を止める。コンクリートの地面には砂ぼこりが吹き溜まったような場所がところどころにあるのだが、洋輔が目を留めたそこには、タイヤの跡のような模様が刻まれていた。

バイクか？

いや、跡の付き方からしても、車をここに停めたか、ゆっくりと動かしたかというものに見える。

最近のものだろう。

トタン屋根の下だから、雨の影響は受けていない。あの夜のものであってもおかしくはない。

洋輔は門のほうへ戻った。

門はチェーンで出入りを封じられ、コーンも三つ置かれている。

コーンをどかすのはたやすい。

しかし、チェーンは門柱と南京錠でつながれ、外せないようになっている。

洋輔は門の中央にかけて垂れ下がっているチェーンを両手で持ち上げてみる。

洋輔の頭の高さくらいまでは持ち上がる。

両手を広げ、車幅を意識するようにして持ち上げてみる。

洋輔の口もとあたりまで、およそ百五十センチいくかいかないかというところまでは上がる。

強引に通り抜けようとしても、車高で百六十センチ以上ある洋輔のミニバンでは絶対引っかかってしまう。八真人のボルボも難しいだろう。

しかし、希一の車ならどうか。彼のクーペは車高百三十数センチというあたりで、さらにそれを低くするサスペンションの調整もしていたはずだ。

おそらく、雨の中、樫村を工場裏まで運んだときの大変さに辟易していた希一が、それを避けるために、車を敷地に乗り入れ、樫村を乗せて静池に運んだ……ということではないか。

つじつまは合う。

狭い後部座席に樫村を押しこめ、このチェーンをくぐって出ていったのだろう。

希一にこの推理を聞かせてやりたいくらいだ。

闇に隠れた犯行がどれだけ恐ろしいものであっても、その実態を把握することで恐怖感は半減する。

それを実感できた洋輔は、静池で何があったかをつかむために移動することにした。

高速道沿いから離れ、田畑や雑木林の合間に小さな町工場が点在するような農道を走ると、五、六分で雑木林に囲まれた溜め池が姿を見せた。

手前の空き地に車が停まっている。ワゴン車で警察車両とも思えなかったが、洋輔は注意深く、いったん静池沿いの農道をゆっくり走り抜けた。

ちらりと池に目をやると、バサーらしき釣り人が奥の岸べりに立ってロッドを振っているのが見えた。

洋輔も中学生の頃にはルアーでバスを狙いに、何度となくここに通ったことがある。遥池よりはずっと小さく、大物もいるわけではないのだが、手前の護岸されたところや奥の木々が張り出しているところなど、ポイントがバラエティーに富んでいて、岸釣りだけでも飽きない面白さがあり、地元の釣り少年たちには根強い人気があるバススポットとなっていた。

空き地に停められていた車もあの釣り人のものだろうと見当づけた洋輔は、池沿いを通りすぎたところで車をUターンさせた。

再び空き地まで戻り、そこに車を乗り入れて停めた。

車から降りると、空き地を覆う草の香りが梅雨の湿気とともに立ち上ってきた。大島工業の跡地とは違い、懐かしいような温かみを感じる。洋輔にとってはある種のホームであり、恐れるような場所ではない。

しかし、ここに樫村が沈んでいたという。

空き地の縁に立って池を見下ろす。

農道沿いから空き地近辺の水際は護岸されていて、凹凸のあるコンクリートブロックが斜面状に並んでいる。勾配は、ブロックの凹凸に足をかけて上り下りできるくらいだから、それほど急ではない。奥の護岸されていないあたりは足場もそれほどよくはないから、樫村を手っ取り早く沈めるのであれば、空き地のこのあたりから護岸斜面を転げ落とすような形になるのではないか。

池には薄茶に濁った水が湛えられている。水位は時期によって違うが、今だと深場で二メートルほどになるだろうか。小魚の魚影が水中で動くのを見ると、少年バサーだった頃の感覚がよみがえってきて、無意識に胸が躍ってしまう。

ここに樫村の死体があったとは信じられない気分だ。

しかし現実には、樫村の汗や脂や唾液や、その他諸々の体液がこの池の水に溶けこんでいるのだ。そう思うと気分は悪くなるが、それも想像次第だ。何も想像しなければ、奥にいる釣り人のように、平気で竿《さお》を出して遊べるのだろう。

そんなことを思いながら視線を移すと、池の奥にいたはずのバサーが護岸の際までこちらに戻ってきていた。

そして、その男が洋輔に向かって指を差しているのを見て、思わずぎょっとした。

「やっぱりお前か」

その男が言う。どういう意味なのか、洋輔には分からない。

分からないまま、背筋が冷えていく。

バサーはロッドを手にしたまま、護岸を上がってくる。

野球帽をかぶっていて顔がよく見えないが、確かにどこかで見た男だと、洋輔は気づく。

「お前のことはよく調べたぞ」

護岸を上がり切ったところで、男が再び顔を上げ、洋輔はようやく思い出した。

美郷を待ち伏せていたストーカーだ。

「お前のようなやつは嫌いじゃないが、ちょっといかれすぎだ」

男は訳の分からないことを洋輔に言った。

「お前は何者《なにもん》だ？」いきなり意味不明な口を利かれ、洋輔としてはそう訊くしかない。「ここで何しとる？」

「お前は何者かと問うより、自分が何者かと問え」

何が言いたいのか、さっぱり分からない。

「こんなとこで何しとるんだ？」

「俺は釣りしとっただけだ」男は鼻で笑うようにしてロッドを掲げてみせた。「お前こそ何しに来たんだ？」

「か、関係ないだろ」

たじろぐ洋輔を見て、男はまた口もとをニヤリと吊り上げた。

「関係ないことない。こんなとこに釣り道具も持たずに来るのはおかしいだろ」

「別におかしくはない。仕事が休みだったから、ぶらっとドライブしとっただけだ」

「本当にそれだけか？」男は挑発するように訊いた。

「何が言いたいんだ？」

「何か妙な事件と関係はないのかってことだ」

洋輔は息を呑み、男を見返す。

「な、何言っとるんだ……？」

彼が何を知っているのか分からないが、とりあえずはしらばっくれるしかなかった。

「ここで釣りでもしながら、用もなくやってきた人間をチェックしてみてと……俺は美郷にそう頼まれたんだ」

洋輔は耳を疑った。

「お、お前、美郷と会っとるんか⁉」

「もちろん」男は顔色も変えずに言った。「この前はちょっとした口論になって、彼女がつむじを曲げてな。まあ、そういうのも収まって、今は別に避けられてもおらん」

「う、嘘をつけ」洋輔は取り乱した。「あの子はそんなこと言っとらんぞ」

「別にお前に言う必要もないってことだろ」

「お前は美郷とどういう関係なんだ？」

「前も言っただろ。俺は彼女の救世主だ」

やはり、この男はどこかおかしい……洋輔は、頭のネジが外れたような彼の答えを聞いて確信する。こんな男を美郷が相手にするわけがない。

しかし、そう思おうとしても、外見的には目鼻立ちが整ったイケメンの部類に入る男であるだけに、美郷に気があるのをはっきりうかがわせている以上、油断はできない。

「何か分からんが、美郷は俺と付き合っとるんだ。変な横槍《よこやり》を入れるな」

「そんなのは、俺への当てつけなんだろ」彼は言う。「俺は別に気にしとらん」

「何でお前にわざわざ当てつけなかんのだ？」

「それは、美郷の本当の気持ちが俺に向いとるからだ」

どうやら本心からそう思っているらしい。ストーカーの感覚というのはこういうものかと考えると薄ら寒くなってきた。

「はっきり言っとくけど、それはないぞ」洋輔は言った。「変な期待は持たんほうがいい」

「どうしてだ？」男が訊く。

「どうしてもだ。お前は自分に自信があるようだが、もっと冷静になったほうがいい。普通の女の子なら、お前のようなタイプは避けるもんだ」

「俺のようなタイプとは何だ？」

「思いこみの激しいタイプだ」洋輔は言い、さらに付け加えた。「はたからは、ちょっとおかしな人間に見える」

「はっはっは」男は笑い飛ばした。「俺に言わせれば、新谷洋輔、お前のほうがおかしな人間だ」

売り言葉に買い言葉だろうが、こんな男に変人呼ばわりされるのは面白くなかった。

「俺はまともだ」

そう言うと、男はさらに笑った。

「新谷洋輔、お前は病んどる」男は洋輔を指差し、そう言い切った。「お前は過去のトラウマをうまく払いのけることができとらん。だから、心の中はトラウマに蝕《むしば》まれてボロボロだ」

「何が言いたい？」

「お前の兄貴が遥川に落ちて死んだ事故のことは俺もよく憶えとる。学校は違ったが、俺もお前の兄貴と同じ歳で、事故の話は周りでも話題になったからだ」

こいつは俺より二歳上なのか……洋輔はそんなことをぼんやり思う一方、なぜ兄の話を持ち出してくるのかと訝った。

「お前はその事故をずっと引きずっとる。あの事故は本当にただの事故だったのか、なんてことをうじうじ考えたりしとるわけだ」

「何だそれ？」

洋輔の反応を見て、男はおどけるように目を見開いた。

「おっと、それは深読みしすぎか？　何にも感じとらんようなら、ずいぶんおめでたい男だな」

真意が分からず、それを訊こうと口を開く前に、男は話を続けた。

「それはまあ置いとくとしてだ、問題はお前が負った喪失感と心の傷だ。お前はそれを埋められずに、心の中でこの世から消えちまった兄貴と対話することを選んだ。お前は自分の中に兄貴を飼い、その兄貴はお前とともに成長した。その結果、お前は二重人格者になった。その性格の違いはまるで天使と悪魔だ。お前の成長し切れない、自分でも歯がゆい思いがこじれた末に、それを揶揄《やゆ》するひねた人格が形成され、それが兄貴の人格の柱となったわけだ」

洋輔は呆然と男を見つめた。

「お前はいったい何を言っとるんだ？」

「ここまで言っても分からんか」男は呆れたように言う。「お前はお前の中にある兄貴を認識しとらんのか？」

「お前は何を調べてそんな話をしとるんだ？」洋輔は訊き返した。「俺の何を知っとるっていうんだ？」

男は洋輔を見つめたまま、しばらく考えを巡らすような間を置き、それから口を開いた。

「美郷から聞いた」

「う、嘘をつけ！」洋輔は声を裏返した。「そしたら何か、美郷は俺のことを二重人格の人格破綻者だと知りながら、俺と付き合おうとしとるとでもいうのか⁉」

「だからまあ、本気で付き合おうとは思っとらんのだろ」男はしれっとそんなことを言った。

「馬鹿馬鹿しい！　俺と美郷の仲を壊そうとして、そんな話をでっち上げとるだけだろうが」

「ふっ、どうにでも取ればいいわ」男は不敵に笑って言い放った。「それにしても、本当に無意識なのか、それとも必死に隠そうとしとるのかだな。お前が必死に隠そうとしとっても、周りの人間は案外気づいとるんと違うかな。そう考えると、まあ、お前も可哀想な男だよな」

美郷ばかりか八真人や希一や和康、あるいは兼一や会社の同僚たちも、人格破綻者であると知りながら自分と接しているというのか……洋輔はそんな話をまともに取り合う気など起きず、心の中で一蹴することにした。

しかし、そうしたところで気になるのは、この男が美郷に言われて、ここに誰が来るのか張りこんでいたという話だ。そればかりは作り話だと切り捨てるわけにはいかない。美郷は樫村の事件に相当な興味を示していたし、本気か冗談か、洋輔が事件に関係していないかどうかまで気にしていたからだ。

つまり、この男がここにいる理由としてのつじつまは合う。

「美郷に言われてここにいるとか言ったな……それは本当か？」洋輔は話を変えるようにしてそう訊いた。

「もちろんだ」男は言う。

「お前は呑気に釣りをして誰かが来るのを待っとったみたいだけど、美郷が何のためにそんなことを頼んだのか、つまり、ここで何があったのか、ちゃんと知ってやっとるんか？」

「当たり前だ。樫村とかいう元高校教師がここに沈められとった。俺の調べによるとこのへんだ」

男はロッドを振り、ルアーをキャストした。農道側の護岸と空き地側の護岸がぶつかるあたりは風下になっているようで、水面には木の枝や落ち葉などの漂流物が集まっている。そのあたりに樫村は沈められたらしい。沈められたと言っても、下は護岸のコンクリートが傾斜を作っているので、深さは数十センチだろう。農道を歩く人間が見れば、すぐに見つけられるはずだが、犯人側にとっても落としやすい場所ではある。

「何でまた、お前がそんなことまで調べとるんだ？」

「何でって、美郷が知りたがっとるからだ」

当然のような顔をして答えられ、洋輔は口をつぐんだ。

「その日、午前二時すぎには、ここに白いスポーツカーが停まっとったなんていう話もある」

「白？　シルバーじゃないのか？」

希一のシルバーメタリックのクーペをイメージして思わずそう口にすると、男はそれに反応した。「何だ、シルバーなら心当たりでもあるってのか？」

「いや、そういうわけじゃないが……」

「まあ、真夜中の話だから、車のヘッドライトに照らされたシルバーが白に見えたとしてもおかしくはないが……よし、来た！」

男は突然、大きな声を上げると、ロッドをしならせた。

「おお、でかいな！」

洋輔に自慢げな笑みを見せつけ、リールを巻きながら護岸を下りていく。水際まで下りて、寄せてきたブラックバスの口をつかんでランディングした。

四十センチ近い、この池では大型のバスだ。ご丁寧に、男は洋輔にも見えるように掲げてみせた。

「なかなかの引きだったな」

男は上機嫌に言いながら、カーゴパンツのポケットから折りたたみナイフを取り出し、釣ったバスを護岸のコンクリートに押さえつけて、えらのあたりにそのナイフを入れた。

「うっ、何すんだ？」

「何するって、シメるんだがや」

男はこともなげに言い、尾にもナイフを入れて、血が滴っているバスを池の水でじゃぶじゃぶと洗った。

「食うのかよ⁉」

「多少臭《にお》いはあるが、普通に食えるぞ。昨日はムニエルで食ったから、今日は塩焼きだ」

「そりゃ、食えるかもしれんけど、さっきまでしとった話を忘れたのかよ？　ここで人が沈んどったんだぞ」

「だから何だ？」男は真顔で洋輔に問いかけた。「魚に罪はない」

「魚に罪はないって……」

こいつはいかれてる。

確信までしていたことではあったが、程度も相当なものだと感じた。

もうこれ以上、関わらないほうがいい……そんな気持ちになっていると、男はポリ袋に入れたバスをロッドと一緒に車のラゲッジに放りこみ、「じゃあな」と手を上げて運転席に乗りこんだ。

「誰だよ……」

洋輔は去っていくワゴンを見送りながら呟いた。


その翌日の夜、美郷が仕事帰りに洋輔のアパートに立ち寄った。

前日、洋輔はメールでストーカーの男と会ったことを伝えていた。男の話が事実であれば、美郷は樫村の事件に対する何らかの意図を持って男に張りこみを依頼し、洋輔がその網にまんまとかかってしまったことになる。それについて、男から報告を受ける前に言い訳して、彼女の疑念をこれ以上ふくらませないようにしておきたかった。

それと同時に、あのいかれた男と美郷がつながりを持っているということについても、質しておかなければいけないとの思いもあった。

メールを受けて美郷は少なからず焦ったようだった。それはやはり、あの男とのつながりを問われてのことだろう。それで、洋輔と会って話したいとの返事が来た。

「何か誤解されてるといけないからと思って」

美郷は洋輔の部屋に上がってクッションの上に座ると、少し硬い口調でそう切り出した。

洋輔は洋輔で、ローテーブルを隔てて向かい合いながら、やはり、これまでの美郷と会っていたときとは違う距離を彼女との間に感じていた。

「黙ってたのは悪かったけど、あの人とはちょっと成り行きで話すことがあったくらいで、関係なんて、それ以上でもそれ以下でもないんだから」

「何で黙っとったんだよ？　あいつはもう、姿を見せんようになったって聞いとったから、そうとばっかり思っとったのに」

「洋輔くんにあんまり心配かけたくなかったのよ」彼女は言う。「それにあの人も、洋輔くんに追っ払ってもらってから、態度も少しおとなしくなって、そんなに怖い感じでもなくなったし」

「そんなの騙されとるだけだて。あいつは相当いかれた男だぞ」

「変な人なのは知ってるわよ」美郷はバッグから水の入ったペットボトルを出し、気を落ち着けるように一口飲んでから続けた。「でも今んとこ、そういうやり方で何事もなく済んでるんだから、変に刺激するよりいいじゃない」

「気をつけろよ。適当に合わせとると、ああいうタイプは気が合っとると思って、どんどん懐に入りこもうとしてくるんだぞ」

「分かってるよ」

洋輔としてはどうしても非難口調にならざるをえず、そうすると美郷も素直な応え方にはならない。

「だいたいあいつは何者なんだよ？」

「知らないわよ、私も」

「知らないって、どこの誰かも訊いとらんのかよ？」

「だから、そんな仲じゃないんだってば」

「名前も知らんのか？」洋輔は呆れる。「そんな人間に、静池に行ってみてとか頼んだのか？」

「名前知らなくたって、それくらいの話はできるし」美郷はそう言ったあと、少し肩をすくめた。「まあ、仕方ないから、私は勝手に〝ジョージ〟って呼んでるけど」

「ジョージ？」洋輔は眉をひそめる。「何で？」

「〝串刺しジョージ〟って知らない？」美郷はわずかにいたずらっぽい目つきになって、そう問いかけてきた。「小学生の頃、私の周りではけっこう話題になったけど」

その呼び名を聞き、洋輔の胸にノスタルジックな懐かしさと恐怖心がない交ぜとなって去来した。

　洋輔が中学校に上がる前、狐狸山で起きた事件だ。何とかジョージという中学生が父親と浮気相手が重なっているところをバーベキューに使う串か何かで文字通り串刺しにして重傷を負わせたということがあった。

　新聞などを読んでその事件を知ったわけではない。テレビニュースで観た記憶もない。けれど、ある日、どこからともなく噂が流れてきて、しばらくは洋輔の周りもその話題で持ち切りになったのだ。

　自分がこれから上がろうとしている中学の世界で、しかも狐狸山で、そんな恐ろしい事件が起きているという事実は、洋輔にとってもショッキングだった。父親と浮気相手が重なっているところを串刺しにするというのも、今ならシチュエーションが思い浮かぶが、当時は、ホラー映画の怪物のような中学生がいるものだと、ただただ恐怖心が煽られる話として聞いていた。

　〝串刺しジョージ〟がどこの中学にいるのかという噂も、洋輔たちの間を飛び交った。洋輔たちが行く予定になっている狐狸岡中の番長らしい。いや、西狐狸中の生徒だが不登校で誰も顔を見たことがないらしいなどなど……〝ジョージ〟という名前ははっきりしているのに、どこの学校の生徒なのかは分からない。噂というもののいびつさがなせる業であり、その話がある種の都市伝説にまで化していたことの表れでもある。

「懐かしすぎる名前だな」洋輔は畏怖にも似た昔の感覚を思い出しながら、苦笑気味にそう洩らした。

「でも、あの事件はインパクトあったから、妙に記憶に焼きついてるんだよね」美郷は言う。

「その〝串刺しジョージ〟のイメージが、私的にはあのストーカーくんなのよ」

「うーん、まあ、あのいかれとる感じからすると、分からんでもないけど」

異常性という意味でイメージを重ねているのであれば、それにけちをつける気はないが、美郷のたとえ方には、そういうキャラクターを必ずしも毛嫌いしていないとも取れる遊び心が見え隠れしていて、洋輔はそれが気になる。

ストーカーの男は黙って立っていれば、メンズ雑誌のモデルでも務まりそうな見てくれではあるのだ。そこが洋輔としては唯一引っかかりを覚える点であり、美郷が慣れとともに彼を見る目を少しでも変えたなら、その隙に付け入るようにしてあの男は美郷の心を奪うのではないかという不安を抱いてしまう。

「何にしても、とにかく、あいつは危ない男だから気をつけたほうがいいぞ」

洋輔が釘を刺すと、美郷は「分かってるよ」と殊勝に応えたあと、「けど」と洋輔を上目遣いに見た。

「何で洋輔くん、静池に行ったの？」

「え、それはその……」

　その質問一つであっさりと攻守が逆転し、洋輔は軽くうろたえた。

「暇だったし、最初は行くつもりじゃなかったけど、車でぶらぶらしとるうちにあっちのほうを通りかかってさ、それにほら、高三のときのクラスメートだった祖父江兼一が二世帯住宅建てるとかでキッチンの注文なんかもあったりして、同窓会からこっち、何度か会ったりしとるんだけど、その兼一も樫村の事件の話をしてくるんだわ。美郷もしてくるし、兼一もしてくるしで、そうなると俺も何となく気になってくるっていうか、話の種にちょっと見てみようかなって感じで……」

「ふーん」

　美郷は納得したのかしていないのか分からない相槌を打って洋輔を見ている。

「八真人くんたちとは事件の話はしてないの？」

　無意識のうちに八真人たちのことを話題から遠ざけようとしていて、少しばかり不自然な言い方になっていたと気づいた。

「いや、しとらんわけじゃないけど、そんな、特別食いついとる感じでもなかったかな。兼一はあれ、狐狸高の先輩が職場におるみたいで、それでああでもないこうでもないって盛り上がっとるらしいから」

「ふーん……兼一くんって、私、同じ中学だったけど、あんまり話したことはないんだよねえ」美郷は気のない返事をしてから訊いてきた。「その兼一くんは何て言ってるの？」

「いや、特に大したことは言っとらんよ。俺にも何か知っとることないか訊いてくるくらいだし」洋輔はごまかし気味に言い、ふと思い出して話を変えた。「そうだ、そう言えば、あのストーカーが変なこと言っとったな」

「ジョージ？」

「……そう、ジョージ」洋輔は仕方なく彼女に付き合って言う。

「ジョージが何て？」

「いや、樫村が池で発見された日、夜中の二時すぎだかに、あの池の前に白いスポーツカーが停まっとったのが目撃されとるらしい」

「え？　それ、犯人のってこと？」

「時間的にはその可能性が高いんじゃないか。あの日の未明に死んだって言われとるからな」

「そうなんだ」美郷は言い、それからはっとしたように洋輔を見た。「でも、洋輔くんの車って、あれ、スポーツカー？」

「全然違うわ」洋輔はわざと笑い飛ばした。「だから、俺は関係ないって言っとるだろ」

「あ、そうか」美郷は天然ぼけをごまかすかのように笑ってみせた。「違うって思ってたのに、洋輔くんが池になんて行くから、頭がこんがらがっちゃったんだよ」

「勘弁してくれよ」

「そっか」美郷は笑いを収めて、ふっと息をついた。「でも、それが本当なら、洋輔くんは全然関係ないってことだもんね」

「あいつは、頭はいかれとる感じだったけど、その話だけは信じてもよさそうな気がしたわ」

「そっかぁ」美郷は洋輔の虫のいい言い方にも疑いを向けることなく、素直に相槌を打ったものの、また何か頭をよぎったように洋輔を見た。「洋輔くんの周りにそういう車乗ってる人はいないの？」

「え、何で？」

「何でってことないけど」

直感だけでそんな問いを向けてくる彼女に対して、洋輔は内心たじろぎながら、何とかかわそうとした。

「いや、思い当たらんな」

っけ？」

「皆川くん、前に〔ヨネダ〕で見たことあったけど、ちょっと格好いい車に乗ってなかった
「あいつの車はでも、白じゃないからな」

「何色だったっけ？」

「……シルバーかな」

「ふーん」

美郷の相槌にはどこか含みがあるようにも思えたが、洋輔としては、それで納得してくれることを願うしかなかった。一番恐れるのは、彼女が洋輔を本気で疑い、面と向かって、正直に話してほしいと訴えかけてくることだ。そこまでされたとき、洋輔はごまかし続ける自信がない。

「ま、いいや」

洋輔が黙っていると、美郷はそう言ってあっさり話を終わらせた。

「池で張ってたのがジョージでよかったね。それが警察だったら、勘繰られるどころじゃ済まなくなりそうだし」

「何で無関係なことで勘繰られないかんのだ」洋輔は乾いた笑い声を立てて言った。

「まあ、そうなんだけどさ」

彼女は曖昧に言って肩をすくめ、かたわらのバッグを手に取った。

「送ってくよ」

「ううん、いい……コンビニに寄りたいし」

「そう」

無理にでもとは言う気になれず、洋輔は彼女の言葉に従った。

「何か悪かったな……その、ジョージとのことでいろいろ言ったりして」洋輔は玄関まで見送りに出たところで軽く詫びておいた。「それだけ心配だからってことで、悪意は何もないんだて」

「うん、分かってるよ。私も黙っててごめんね」美郷は小さく笑ってそう応えた。

「また時間が合うときにゆっくり会おまい」洋輔は喉を鳴らし、若干唐突なのを自覚しながらも言葉を足してみた。「そのうち連休でも合わせて、どっか旅行でも行けたらいいな」

こうやってお互いの時間を縫ってアパートに招き入れていても、日常の些事が邪魔をして、二人の仲は深まっていかない。日常から離れた場所と時間が必要だとの思いから、そんな希望を口にしてみた。

美郷は一瞬の間を置いたあと、「そうだね、そのうち」と応えて、口もとに小さな笑みを刻んだ。

「じゃあ」と手を振って、美郷を送り出した。

今日はいつかのようなお別れのキスもなかった。美郷がいなくなった部屋には図らずも呼びこんでしまった微妙な空気が残っていて、洋輔は小さく吐息をついた。

〈疑われとるな〉

兄の愉快そうな一言が洋輔を苛立たせた。

「馬鹿言え。俺はちゃんと否定して、美郷も納得しとっただろ」

〈いや、あれはますます疑いが深まったっていう反応だったぞ。それを何とかお前に見せんように気を遣っとったくらいだ〉

洋輔にもそんな感覚はあったが、「そんなことあるか」と反射的に否定していた。「希一の車がスポーツカーってだけのことで、どうして俺がそこまで疑われないかんのだ」

〈お前はわざわざ池まで様子を見に行ったじゃないか〉

「それは何とか言い逃れたつもりだ」

〈自分ではそのつもりかもしれんが、お前はこういうときはいつも自信なげで言い方が下手だから、本当は違うんじゃないかって相手に思わせちまうんだ〉

「うるせえ、偉そうに分析すんな！」

兄の遠慮ない指摘に洋輔が腹立ちまぎれの声を上げたところに、突然、入口のドアががちやりと開いた。

美郷がぬっと顔を突き出し、洋輔を見ている。

「え……何？　忘れ物？」

洋輔がぎょっとしながらもそう声をかけると、彼女は部屋を見回すように視線を左右に動かしたあと、「ううん、何でもない」そう言ってドアを閉めた。

7

美郷と会った翌日の新聞に、樫村の事件の続報として、事件当日の未明に静池の前に不審車両が停まっているのが付近を通行した一般市民によって目撃されており、警察が重大な関心を寄せている模様だとの記事が出ていた。どんな車種だったかということまでは書かれていないが、目撃者は当然、それを含めて警察に伝えているだろうし、ストーカーの男〝ジョージ〟が口にした「白いスポーツカー」がそれである可能性は十分高いと思えた。

その後、二日ほどは何事もなくすぎていき、週末を迎えると、洋輔は名古屋の居酒屋で兼一と会った。契約のお礼にと、洋輔が誘ったものである。

「今回は本当にありがとう。いろいろ助かったわ」

ビールでの乾杯のあと、改めて契約の礼を口にした洋輔に対し、兼一は「いいって」と軽く受け流して、すぐに話を変えた。

「それより、俺が前話しとった狐狸高ＯＢの先輩のとこにさぁ、警察が聞きこみに来たらしいわ」

「え？　マジで？」

洋輔はぎゅっと喉が締まるような感覚に陥り、グラスをテーブルに置いた。

「あの人、カッシーの通夜に行ったんだわ。俺も行こうかどうしようか迷ったけど、結婚式のことで彼女と打ち合わせしないかんことなんかもあったりして、行けんかったんだて」

「樫村の通夜に行ったから、警察に目をつけられたってことか？」

「目をつけられたって言うと、不審人物に見られたような言い方になっちまうけど、実際には、何か知っとることはないかっていう情報収集が目的だったみたいだな。通夜に来たくらいだから、カッシーと親しいんじゃないかって思われたんだろ」

「ああ、なるほど」

「でも、一応アリバイとかも訊かれて焦ったって言っとったわ」

「マジか」

「洋輔はやっぱり、行かんかったんか？」

「ん……ああ、行っとらん」

「じゃあいいな。野次馬根性出してのこのこ出かけとったら、変に巻きこまれるとこだった。通夜自体、あっさりしたもんで、行った意味なかったなんて、その先輩も言っとるくらいだしな」

「ふーん」洋輔は適当に相槌を打ってから、さりげなく訊いてみた。「警察は犯人の目星は何にもついとらんのかな？」

「先輩もそれが気になって、警察にいろいろ訊いたらしい。でも、そんなんで教えてくれるほど向こうも甘くないわな」

「車がどうのって、新聞に載っとったの見たけど」

洋輔がそう水を向けると、兼一がうなずいた。「白のスポーツカーな」

やはり……。

「同級生でその手の車に乗っとるやつは知らんかって、刑事に訊かれたらしい。86とかZとか8とかな。特に86にはこだわっとったみたいだから、犯人の車は86かもしれんって言っとったわ」

洋輔は再び、喉が詰まるような息苦しさを覚えた。

希一の車はスバルのBRZである。これはトヨタの86とは姉妹車であり、形もよく似ているのだ。

警察の足音が聞こえてくるような気がした。

そこまで警察の視野に入っているなら、希一の存在が捜査線上に浮上するのも時間の問題ではないか。白とシルバーの違いなど、何の目眩《めくら》ましにもならない。

「そんだけ絞りこめるなら、市内のオーナーをしらみつぶしにしていけばいい気もするがな」

「ああ……」洋輔は生返事しかできない。

「でも、８６とか、走り屋が乗る車でもあるからな、狐狸山周辺の人間じゃなくて、岐阜とか名古屋とか三河のほうとか、遠くから遠征してきた人間の犯行じゃないかって可能性もある。実際、そんな見方も通夜の席では上がっとったみたいだわ」

「樫村とは面識のない人間ってことか？」

「週末あたりは、あのへん、まだ族ぽいのが出るでよ。遥池あたりの峠道にはドリフトも出るって話だ。狐狸山の人間だけじゃなくて遠くからもけっこう来るらしい。あいつらはナンバープレートにカバーかけたりして、Ｎシステムなんかもすり抜けてくからな。警察も連中の動きをつかむにはちょっと時間がかかるだろ。人海戦術でやるしかないわな。たぶん今夜あたりも取り締まりをやっとるんじゃないかな」

昔のような特攻服を着た暴走族はさすがに見かけなくなったが、ちょうど今時分のように暖かくなってくると、爆音を立てて蛇行運転するようなバイク集団が街に出没する。遥池周辺には走り屋が集まるとは昔聞いたことだが、今でも事情はそれほど変わらないらしい。

その手の連中が樫村を連れ去り、静池に沈めたということなら、ありうるのだろうか？

「カッシーもやんちゃな連中には一言言わんと気が済まんタイプだろ。昔から休みの日はゲーセンやボウリング場回っては俺らの遊びにまで目を光らせとったくらいの男だからな。今でもそういう連中を見かけると、遠慮なく小言をぶつけちまうんじゃないか。それでトラブってあっさり殺られちまったみたいな……案外その線が強そうだぜ」

しかし、それはありえないと洋輔は知っている。樫村はすでに手足を縛られていたのだ。不埒《ふらち》な輩が車やバイクに乗って現れたとしても、彼らを一喝できるような状況下にはない。

「しかし、狐狸山も治安が悪くなったっていうか、物騒な街になったもんだよな」兼一は運ばれてきた刺身に箸をつけながら言う。「駅前のコンビニとか、深夜行くと、やばそうな輩がうようよいて、無法地帯みたいな光景になっとるからな。ジュース買うだけであんな緊張する店ないわ。だいたい、俺らが小さかった頃は狐狸山で殺人事件なんて聞いたことなかったしな」

「どうだろうな。狐狸山も広いし、子どもの頃なんて新聞なんか見んから、あっても分からんかったかもしれんが」

「まあそうかもしれんけどよ」兼一は洋輔の言葉に同調しながら、言い足した。「でも、洋輔の兄さんの事故の記事は、俺、見たの憶えとるもんな。高校でお前と一緒のクラスになって兄さんの話を聞いて、あのときの事故のことかって思い出したくらいだったから」

「まあ、あれは、ほかに何もなかったからか知らんけど、けっこう大きく取り上げられたからな」

「うちのお袋が可哀想にって言いながら読んどったのは、よう憶えとるわ」

「兼一のお袋さんは優しいな。今回も本当、ありがたかったわ」

その言葉に小さく肩をすくめるだけで応えた兼一は、そちらに話題を引き寄せようとはせず、洋輔を気遣うように問いかけてきた。

「ああいう事故は忘れようとしても忘れられるもんじゃないよな。洋輔のお袋さんとか、だいたい洋輔自身、気持ち的に引きずるようなことはないんか？」

洋輔は短く笑ってみせる。「当時はともかく、もう十四年経っとるんだから、全然大丈夫だ」

「死んだ兄さんの上にも一人いるんだよな？」

「ああ、でも上の兄貴とは十も歳が離れとって話が合わんし、もう何年も顔を見とらん」

「そっか……そんなふうだとやっぱり、下の兄さん亡くしたのは痛いよな」

「まあな……下の兄貴とはよく遊んだし、面倒も見てもらったし、今生きとったらと思わんこともないかな」洋輔は正直に言った。

「二つ上だっけ？　狐狸高ＯＢの職場の先輩も二つ上だけど、あれくらいの兄貴がおるといいだろうな。俺は一人っ子だから、昔からそういう憧れはあったんだ。一人っ子だと何でもかんでも期待や責任がかかるからかなわんわ」

「まあ、それは俺も似たようなもんだわ」洋輔は軽く笑って言い、ふと思い出して彼に訊いた。「二つ上っていや、その先輩、〝串刺しジョージ〟は知っとるんかな？」

「〝串刺しジョージ〟！　懐かしいな！」兼一は少年時代のヒーローの名を思い出したように弾んだ声を上げた。

「あれって、西狐狸中だったんか？」彼の反応を見て、洋輔は訊く。

「いや、〝串刺しジョージ〟は西中じゃないいて。岡中じゃないかって聞いたけどな」

「いや、うちじゃないことは確かだ」洋輔は応える。「岡中に上がっても、そんな話は聞かんかったし」

「そうなんか……いろんな説があるってのは知っとるけど」兼一は愉快そうに笑い声を立てた。「ジョージって名前だけは知られとるのに、どこの学校か分からんていうのも面白いよな。中学生のやったことだから、噂が派手だった割には、案外そんな大した処罰も受けとらんのじゃないか。その後を知っとるやつがおってもよさそうなもんだけどな。うちの先輩はどこの中学だろうな……一度、訊いてみないかんな」

それから食事が進み、酒も何杯かお代わりしながら、高校時代の思い出から仕事のことまで話は弾んだ。結婚の予定はないのかと訊かれて、美郷と付き合い始めていることを打ち明けると、兼一にひとしきりはやし立てられ、そして羨ましがられた。

兼一と美郷は中学と高校が同じなのにもかかわらず一緒のクラスになったことがないらしく、美郷も兼一とはあまり話したことがないと言っていたが、一方で兼一は当然のことのように美郷をよく憶えていた。それだけ彼女が女子生徒の中で目立つ存在だったということなのかもしれない。

「いや、実際、俺らの学年だと竹中が一番だったんじゃないか」兼一は酔いの回った冗談口調で妬みを口にしてきた。「よくそんなのつかまえたな」

「学年一番は言いすぎだろ」洋輔は照れ隠しに笑い飛ばした。「正直、あの頃から意識はしとったけど、それは性格も含めてのことで、もっと可愛い子はほかにもいたぞ」

「いやいや、そんな変なごまかしはいらんぞ」兼一がからかい気味に言う。「客観的に見て、彼女が一番だった」

「いやいや、そんなことないて」馬鹿馬鹿しく思いながらも、洋輔は悪くない気分で兼一とのやり取りに付き合った。「ほら、一年のときに美郷とよくつるんどった日比野真理なんか、どう見ても美郷より可愛かっただろ。二人並ぶとはっきりしとったわ」

「ああ、日比野な」兼一は納得の声を上げた。「あの子は別格だ。中一のときに西中に転校してきて、隣のクラスに入ったんだけど、うちのクラスの男子たちがこぞって見に行っとったもんな」

「そうだったんか」

「ああ、何でも母子家庭で、それまでも転々とした生活だったらしいぞ。だからか知らんが、あの子は人を選ぶな。近寄りがたい雰囲気があって、住む世界が違うって感じるやつもおれば、そんなことない、案外、寂しがり屋で守りたくなるタイプだなんて言うやつもおる。俺は前者のほうだったけど、嵌まるやつは嵌まる子だ」

「俺も正直言うと同じだ」洋輔は言う。「でもまあ、美郷と一緒におるときは、あの子もけっこう屈託ない笑顔を見せとったし、近くで接すれば、守りたくなるようなタイプだったんかな。転々とした生活だったんなら、寂しがり屋だっていうのも当たっとったのかもしれんし」

「まあ、何となく謎めいとったよな。そんで、謎めいて死んでった」

兼一は不意に感傷的な口調になり、ロックの焼酎をあおるとかすかに息を洩らした。そしてぼんやりした目で何度か瞬きする。

「そんで今度はカッシーか……皮肉と言えば皮肉だけど……でも、まさかな」

彼の声はだんだんと小さくなり、それゆえ洋輔の耳に引っかかった。

「まさかって、何が？」

「いや……」兼一は言葉を濁す。

その反応で洋輔は思い出した。

「そう言えば兼一、同窓会のとき、樫村のことで何か言おうとしとったよな。俺が八真人と仲いいからどうのって……もしかして日比野が関係しとるんか？」

「まあ、そういうことだ」彼は軽く頬をゆがめて答えた。

「何があったんだ？」

兼一は言おうか言うまいか考えるようにしてしばらくうなっていたが、酔いも手伝ってのことだろう、「八真人には言うなよ」と口を開いた。

八真人は途中からほとんど幽霊部員でしかなかったが、兼一と同じ体操部に入っていたため、二人の間には面識がある。

「いや、俺も日比野が自殺しただいぶあとになってから噂で聞いたんだがな……何かっていうと、カッシーが日比野をレイプまがいに無理やりどうにかしちまって、それにショックを受けたのが、あの子の自殺の原因じゃないかっていう話があったんだわ」

「何だそれ？」突拍子もない話が飛び出してきて、洋輔はただ驚いた。「どっからそんな話が出てきたんだ？」

「知らん。あの子は病気で留年しとったし、下の学年でも学校生活に馴染めずに、いろいろ悩み事を抱えとったんじゃないか。そんでまあ、生活指導のカッシーとも関わりがあったんだろ。三年の春頃だったかな、部活のことで体育教官室を訪ねたんだて。体操部の桜井も体育教師だろ、だからなんだけど……そしたら、教官室で日比野とカッシーが向かい合って話をしとったんだ。日比野は一年棒に振ってまた二年生だわな、そんでカッシーに、お前、今辞めたら必ずあとで後悔するぞなんてことを言われとったわ。学校辞めたいみたいなことを相談しとったみたいだった。日比野にしたら、カッシーみたいなお節介な先生は意外と頼れる存在だったのかもしれんな」

　それが信頼する樫村に裏切られ、真理は失意の底に沈み……ということか。真理と樫村にそれだけの接点があったとは知らなかったが、それを知ってもやはり、噂の信憑性には首をかしげたくなる。

「まあ、生徒の全員が樫村を嫌っとったとは思わんし、彼女が樫村を慕っていろいろ相談しとったことも、そんなもんかとは思うけど……でも、そこで樫村が一線を越えて彼女に手を出すってのは、どうもぴんとこんな」

「カッシーみたいな厳格な先生がそんなことするはずないってか？」

「思いこみかもしれんが、まあ、そういうことだ」

「洋輔はカッシーに散々痛い目に遭わされて、逆にあいつを手ごわい、すごい存在みたいに見すぎちまっとるんじゃないか？」

そんなつもりはないが、嫌な人間なりに、その人間像というのは洋輔の中に出来上がっている。それと兼一の中のそれは同じではないということだ。

「カッシーだって普通の人間だ」兼一は意味ありげに眉を動かして言う。「あの頃、カッシーは五十の半ばに差しかかろうってくらいか。いい歳はいい歳だけど、俺らが思う五十代半ばと本人の感覚はだいぶ違うぞ。俺の親父も五年くらい前、それくらいの歳でお袋に浮気がばれた。別れるの別れんのでえらい騒ぎだったわ」

「へえ」商談のときにおとなしかったあの人がと思うと、洋輔は苦笑を禁じえなかった。

「そんでお袋に頭が上がらんくなった」

「そんなもんか」洋輔は笑う。

「そんなもんだ。カッシーなんて体力があり余っとる。生徒たちを自分の思うままに従わせることに生きがいを感じとるような教師生活だけど、あと何年かで定年だと思うと先も見えとる。生活指導以上の役職も望めんだろ。そんな中で、校内随一の美少女が自分を頼っていろいろ悩みを相談してくるようになった。親身に相手になってやっとるうちに、この子は自分に気があるんじゃないかと思うようになる。絶対そうだと思えてくる。そうなると今まで自分が積み上げてきたものなんか、大したもんじゃないように思えてくる。この子をものにするのが何よりの価値だと思えてくる……そんなもんだて」

語られるのを聞けば、そういう思考や感情が樫村の中にあってもおかしくはないという気もしてくる。それと同時に、そんな話を常識のごとく話す兼一に、自分とは違う成熟したものを感じた。

自分はある種、少年時代を引きずりすぎていて、成熟できていないのだ。もう大人なのだから当然なのだが、同じ高校時代の話をしていても、兼一は大人の目線が備わっている。ただ過去を愚痴ってくよくよしているだけの自分とは違う。

洋輔自身も、どこかでそんな自分と決別しなければという気持ちがあった。そのきっかけをあの「仮面同窓会計画」に求めていたとも言える。

それがこんなことになってしまっているのだから皮肉だ。

「ただ、よく分からんのは八真人のことだ」兼一が言う。「カッシーが本当にそんな真似をしたんなら、あいつもさすがに黙っとらんだろ。でも、あいつとカッシーの間で何かがあったっていう話は聞かんし、この話自体、単なる噂以上のものにはなっとらん。そうなると、どこまで事実かは何とも言えんとこだよな」

八真人がその噂を知っている可能性はあるのだろうか……そう考えて、洋輔はあっと思った。

希一が言っていた。

こっちはあいつの弱みを握っとる……と。

そしてあの場で樫村に釘を刺したのだ。

お前の秘密もちゃんと知っとるでな、ハレンチ教師……と。

希一は間違いなく知っている。

ということは、八真人も知っていると思ってもいい。

だがそこで、洋輔の頭は混乱する。

八真人がそれを知っているなら、あれほど冷静でいるのは逆におかしくはないだろうか。あの計画に参加したとはいえ、八真人は終始、理性を失っていなかった。噂が本当なら、誰より凶暴になっていても不思議ではない因縁があるにもかかわらずだ。

あるいは、噂は事実ではないと、八真人は知っているということか。

しかし、そうなら、希一があのとき口にした言葉の説得力がなくなってしまう。あれは噂について、事実、それに近いことが行われたと知っている言い方だ。樫村が教師にあるまじき行為に及び、被害を受けた真理が自殺するきっかけとなったと確信しているからこそ、あそこで武器として使ったのだ。

希一の言葉を脇で黙って聞いていた八真人の心情とは、どんなものだったのだろう。親友のつもりだが、そこは考えてもよく分からなかった。

「でも、八真人は、彼女が自殺した頃は、もう別れとったって話だからな……」洋輔はほとんど独り言のように言う。

そこに、八真人の冷静さの理由を見つけるしかないのかもしれない。

真理と付き合う前は、美郷に気があったのだというようなことまで彼は洋輔に話していた。その口ぶりは、真理について引きずっているものは何もなく、気持ちにすっかり区切りがついていることを示しているものだった。

「だから、カッシーのことを知っとったとしても、八真人が怒りに駆られるような状況ではないってことか」兼一は思案気味に言って、洋輔に問いかけてきた。「ちなみに、八真人はカッシーの事件のこと、何て言っとるんだ？」

「いや……特には聞いとらんけど」洋輔は口ごもりながら答える。

「何だ、あれだけの事件を話題にしとらんのか？　それとも、同窓会以来、連絡取っとらんてことか？」

「いや、同窓会のあとも会ったたし、事件の話も出たけど、どういうことなんだっていう情報交換的なやり取りだけだったわ」

「あいつの様子は？　事件の日前後とか会っとらんか？」兼一は畳みかけるように訊いてきた。

「あのときは、土曜にちょっと会ったかな……」

「土曜っていうと、事件が日曜の未明だから、当日って言ってもいいよな」兼一はにわかに興奮を隠さない口ぶりになった。「あいつ、どんな様子だった？」

ここまで執拗に八真人の様子を問われると、兼一の頭をよぎっているはずのことに気づかないわけにもいかなかった。彼は、樫村と無関係の走り屋や不良グループの仕業ではないかと踏んでいるのとは別に、八真人の仕業である可能性も疑っているのだ。

「特に変わりはなかったけど」そう答えてから、あえて笑いながら冗談っぽく問い返してみた。「何でそんなこと訊くんだ？」

その一方で、彼に触発されて湧いた疑念を意識して、洋輔はかすかに緊張する。希一と和康ばかりを疑っていたが、八真人の犯行だという可能性もあるのか……？

「いやいや、特に意味はないけど」兼一も冗談口調で応じる。

その答え方には、洋輔が意図に気づいたのを察し、二人の間に共通認識が出来上がったことを追認するニュアンスが含まれている。

「ありえんだろ」

洋輔はそれを踏まえて、そう否定しておいた。しかし、頭の中はまだ混乱したままで、言葉にした以上の確信的な何かがあるわけではなかった。

「でも、もしもだ……俺が知っとる中にあの事件を起こしたやつがいるとするなら、八真人じゃないかっていうふうには思うんだ。何しろ動機がある。それに、あの噂に対して、沈黙を保っとる。まるでその恨みをじっと抱えこんで機が熟すのを待つかのようにな」

「まず、噂が本当かどうかが分からん」洋輔は言う。「それに、八真人はもう、日比野に対しては冷めとった……ていうか、あのカップルは日比野から告《こく》ってそうなったけど、八真人からすれば成り行きで付き合っとったようなもんらしいぞ」

「本当か？　あんな美人に告られたら、普通は舞い上がるぞ。俺だってお前だって、苦手意識があるのは近寄りがたいイメージがあるからで、向こうから寄ってくるんなら、印象も百八十度変わるだろ」

「知らんて。八真人がそう言っとったんだ」

本当は彼も美郷に気があったなどという話をしても、いっそうややこしくなるだけであり、洋輔はそんな言い方で収めようとした。

「煙幕を張ったって可能性もあるぞ」兼一は洋輔を見据えたまま自分の酒を注ぎ足し、それを一口舐めて続けた。「そんなに冷めとったんなら、何で八真人は高三をダブったんだ？」

言われて洋輔ははっとする。忘れていたとまでは言わないが、彼らは同窓会にも出てきたくらいだから、洋輔の意識からは離れてしまっていた。しかし、兼一の言う通り、八真人たちは数学などの単位が取れず、高三を二回やっている。

「俺は、八真人が留年したって聞いたとき、下に彼女がおるからだなって思ったんだ。あの子、学校生活のことでカッシーにいろいろ相談しとったし、悩んどったみたいだから、八真人は身を捨てて彼女を支えようと決めたんだなって……クールに見えてそういう道を選んだりするとこが女にモテる秘密なんだろうとすら思って、ちょっと感心させられたのを憶えとるわ」

「いや、でもそれは違う」洋輔は言った。「ダブったのはあいつの遊び仲間の希一やカズも一緒だ。あいつらは大学の現役受験をはなから捨てとって、学校をサボりすぎた。数学が赤点で補講も出んかった。体育もサボって落とされた。だからまあ、簡単に言えば、遊びすぎて留年しただけだ」

一年、二年と、希一らとつるんで遊び、樫村に目をつけられ辟易させられた洋輔は、三年になると、彼らとクラスが離れたことも手伝って、希一らの遊びにもあまり付き合わなくなった。それが幸いして、彼らと一緒に留年する羽目に陥ることはなかったが、行きたい大学には受からず、一浪を余儀なくされた。一方彼らは、二度の高三生活を送ったあと、そのまそれぞれの学力に応じた大学に進んだので、結局は洋輔と一緒に大学生活のスタートを切ったことになる。その感覚からも、彼らが自分とは違う回り道をしていたという意識が薄れていた。

「遊びすぎ？　本当にそれだけか？」兼一は解《げ》せないと言いたげに、そんな疑問を呈してみせた。「八真人だったら、それぐらいの節度はちゃんとわきまえとるだろ。担任だって、これ以上サボったら、卒業できんぞって警告しとるはずだ。それでも留年したってことは、警告を無視してサボり続けたわけで、ある意味、確信犯みたいなもんだわ。日比野が関係しとるとしか思えんけどな」

「深読みしすぎだ」洋輔は一笑に付した。「警告を無視したのは確かだけど、そこはもうチキンレースみたいになっとったらしい。樫村から体育の出席が足りずに、単位落とすぞって脅されて、希一が落とせるもんなら落としてみろってキレたもんだから、収拾がつかんくなったんだって、卒業前に八真人から聞いたわ」

「何でそんなのに八真人まで付き合うんだ？」

「そこは俺もそう思うけど、昔からあいつと希一は相性がいいみたいで、よくつるんどったんだわ。俺は自分の都合で誘いを断ったりするけど、八真人は案外付き合いがよくて断らんし、そうだから希一も誘いやすいんだろうな」

「皆川希一は、いかにもたちが悪そうだったよな」兼一が顔をしかめて言う。「俺はちょっと、ああいうタイプは苦手だわ」

「まあ、そうなんだけど、昔から知っとると、そんなに気にはならんもんだて」

八真人に向けた疑いの目に希一まで絡められては困ると思い、洋輔は軽くフォローしておいた。

「しかし、珍しいよな」兼一がかすかに皮肉の混じった口調になった。「普通は小学校、中学校、高校とツレなんて変わってくのに、小学生のときからずっと付き合いが続いとるなんてさ」

「珍しいか？」

「珍しいだろ。中学時代からの付き合いなら分かるけどさ、小学校んときのツレで今も仲がいいやつなんて、俺は一人もおらんぞ。高校時代に顔を合わせても喋らんかったしな。別に喧嘩したわけでもないけど、罪のない子どもだったのがお互い妙に大人びた野郎になって、昔のように話すのは何となく違和感があるんだよな」

そんなものだろうか……分かるようで分からない感覚に思えた。

「腐れ縁っつうやつかもしれんけど」

「それだ、それ」

考えても答えなど出るわけはないので、兼一が口にした言葉に乗っかっておいた。

「腐れ縁か」兼一は呟く。「でも、洋輔は一人、その腐れ縁からはみ出しとるようにも見えるよな。同窓会のときも、二次会はクラス会を優先しただろ」

「そのあと、八真人たちの集まりにも顔を出したって」

「でも、微妙に距離がある……連中と頭から尻までつるむわけじゃないからな。ダブったときもそうだし、同窓会でもそうだ」

「何が言いたいんだ？」

頭の中がもやもやとしてきて、洋輔は軽く声を尖らせた。

「連中には連中の、洋輔には分からん絆があるんじゃないかってことだ」兼一は腕を組んで、洋輔を見据えた。「あるいは秘密と言ってもいいかもしれん。それか、共通の恨みなのかも……」

「恨み？」

「例えば、カッシーに対するな」

洋輔は息を呑んで兼一を見返し、それから無理に笑みを作って頬を引きつらせた。

「そこに持ってくんか」

「だって、生活指導で散々痛めつけられて、その上、留年の件でも一悶着あったんだろ」兼一は意味ありげに眉を動かし、問いかけてきた。「どう思う?」

「馬鹿なことを……そんなことお前、ほかの人間に軽々しく言うなよ」

首を振り、にらみつけるようにして釘を刺すと、今度は兼一のほうが引きつった笑顔を作ってみせた。

「言うわけないだろ。ちょっと思いついて、言ってみただけだ。お前こそ、こんなこと言っとるやつがおるとか、八真人や皆川希一なんかに報告するのはやめろよ。俺が静池に浮かんだら、洋輔のせいになるぞ」

兼一はおどけながら、どこまで冗談か分からないようなことを言う。

洋輔はざわざわと落ち着かない感覚を意識の外に追いやり、彼と一緒に乾いた笑い声を立てた。

子どもの頃、クラスには必ず二人や三人、見るからに利発そうで、こいつはその他大勢の連中とは違うと思わせられる子がいた。姿勢がよく、目つきが定まっていて、口がぽかんと開いているような隙もない。喋り方もしっかりしているから、自然と学級委員に推薦され、彼らは当たり前のようにそれをこなしていく。

八真人はちょうど、そんな子どもだった。洋輔とは小学三、四、六年生で一緒のクラスだったが、三、四年生のときには級長を任されていた。

運動神経もよく、遊びのほうでも活発だった。ドッヂボールで八真人が投げる球は途中でホップする。三、四年生でそういうボールを投げる子どもは、ほかにはあまりいなかった。希一の投げるボールも速くて怖かったが、コントロールが適当だから、背中を向けて逃げているど意外と当たらない。八真人の場合は観念するしかないのだが、コントロールもいいので、痛くない足に当ててくれた。

小学校高学年から中学へと成長するにつれ、八真人は次第に優等生という枠からは外れるようになった。あえてその殻を取っ払ったようにも見えた。穏やかな人当たりにそれほどの変化はなかったものの、希一とつるむことで、ときには授業をサボったり、あるいはやんちゃな遊びに手を出したりと、不良っぽさをスパイスのように身につけた。

だから、中学時代は女子生徒にモテた。名古屋などの私立はいざ知らず、狐狸山のような郊外の公立中学となると、ただの優等生に待っているのは臥薪嘗胆《がしんしょうたん》の日々でしかない。大人に歯向かい、何をしでかすか分からない不良こそが周りの注目を集め、それが粗野でなく洗練されているなら、ある種の憧憬《しょうけい》の的にさえなっていくのだ。

　洋輔もその頃は八真人に誘われて、グループ交際的な遊びに加わり、名古屋に出ていったりした。八真人は「悪いな」と下手に出て頼んできたが、洋輔には嬉しい誘いだった。ただ、実際に遊びに加わってみると、それは八真人を囲む会であり、洋輔は刺身のつまでしかない。今思い出しても、楽しかったという実感はおぼろげだ。男子だけで遥池や静池に行って、バスを釣っていたときのほうが楽しかった気がする。

　高校生になると、八真人はそれほど目立つ生徒ではなくなった。狐狸岡中の出身者がマイナーな存在だったということもあるが、彼自身が進んで凡人の衣を身にまとったようにも思えた。狐狸山高校は歴史のある名門校というわけではなく、難関のレベルにはない。管理教育で名を馳せた愛知の新設進学校の一校であり、管理教育が廃《すた》れたあとは特徴を失い、凡庸な郊外公立校として今に至っている。中学時代に蛍雪の功を積んだ連中は名古屋の名門校に流れていき、残りが地元の数校に散らばるのだが、そんな高校の中でも八真人の成績は埋もれ、ほとんど洋輔とも変わらなくなっていた。

　希一が夜遊びを教えたのが大きかった。狐狸山の街中にあるゲームセンターやパチスロ店といったところだけでなく、名古屋のクラブなどにも毎週のように出かけていき、八真人も一緒になって夜通し遊んでいたようだった。洋輔は金が続かないから、そこまではとても付き合えなかったが、そういう生活を続けていれば、いずれは留年のような結末を迎えるのも仕方ないことだと思えた。

そんなふうに、学校内では存在感が薄れていた八真人の高校生活だったが、そう思うのも、子どもの頃からを知る洋輔だからのことで、女子の目で見れば、光る原石が埋もれているのを自分だけが見つけたような感覚になるのかもしれない。中学時代ほどではなかったが、何人かの好意の目が彼に注がれ、その中に日比野真理もいたのだった。

美郷が仲を取り持ったという話はあとで知った。一年の夏休み明けのあるときから八真人と真理は休み時間や放課後に廊下や校庭で肩を並べるように寄り添っている姿を見せるようになった。似合いの二人であったし、洋輔は羨ましくそれを見ていた。

ただ、洋輔の脳裏に残っている二人というのは、そうやって寄り添いながらも、お互い何も喋らず、ただ休み時間が終わるまでそうしているのが自分たちの務めだと考えているかのような姿であったりもする。緊張で喋れないだとか、一緒にいるだけで幸せだとか、高校生カップルらしい甘い理由をそこに見つけることもできたのかもしれないが、それよりは、どこか空疎で何かが嚙み合わない光景のような気もした。真理も美郷と一緒にいるときには屈託のない笑顔も見せていたはずなのに、八真人の隣にいるときはアンニュイな表情でいることが多かった。だからだろうか、日比野真理のことを思い出すと、そんな表情の彼女ばかりが脳裏によみがえり、無責任には触れがたい複雑な人間性を抱えている少女というイメージが付いて回るのだ。

そんな彼女の物憂さは、あるいはその頃から体調の悪化があってのことだったのかもしれないが、おそらくは、念願かなって付き合うことになった八真人との関係がしっくりこないことがその根底にあったのではないだろうかと、今になれば思う。彼女には酷だが、八真人はそれほど彼女を愛してやることができなかった。結果、二人は人知れず別れてしまうのだ……。

洋輔はざっくり言えば、八真人と真理の関係をそう捉えていた。

しかし、そうではない可能性もあるのだ。

かつての恋人が自殺したことについて、八真人の反応が薄すぎる……よくよく考えれば、違和感があってしかるべきことなのかもしれない。

洋輔が真理の死を知ったのは、一浪した年の秋だった。十月だったか。聞いたときには、彼女の死から一月ほど経っていたので、彼女が自殺したのは九月だろう。

その九月に洋輔は一度、八真人と会っている。浪人生活のかたわら免許を取ったので、親の車を借りて八真人を乗せた。田舎道を適当にドライブした。そのときの八真人の様子は、以前と別段変わった様子は見られなかった。二度目の高三生活を送っていた八真人は、夏休みいっぱいまで相変わらず希一らと遊んですごしていたが、ようやく受験勉強に本腰を入れ始めたのだと話していた。

そのときには真理はもう自殺していて、しかもそれほど日も経っていなかったはずなのに、彼女の話は出なかった。のちに誰かから真理の話を聞いたとき、洋輔はそれを思い出して腑に落ちない気分になったのを憶えている。八真人は留年して真理と同じ学年になったのだから、たとえ別れていたとしても、自殺の報はほとんどリアルタイムで耳に入れていたはずだ。

洋輔のように、一月も経ってからようやく知ったという立場ではありえない。

あの八真人の、何もなかったかのような立ち居振る舞いの裏には何があるのだろうか。

別れてしまえば他人だという見方もできるが、まだ十代の、大人になり切ってもいない人間にそこまでの割り切り方ができるものだろうか。

八真人という男は、確かに冷静な一面を持っている。率先して馬鹿騒ぎをするタイプではないし、クールという形容が似合う人間だ。

しかし一方で、それほど気が強くない男だとも洋輔は感じている。小学生の頃は、何をして遊ぶか、どこへ行くかなど、洋輔の意見を聞いてそのまま従うようなことも珍しくなかったし、意外なほど人の口を気にするところがあった。希一の誘いを断らないのも、楽しいからという以上に、どこか希一の気の強さに流されてしまう部分が彼にあるからではないかと、漠然とながら思ってもいたものだった。

だからこそ、真理の自殺という報に接して、彼が無感情でいられたとは、洋輔には思えないのだ。

彼は自分の感情を殺しているのではないか。

複雑な思いを殻で覆い、自分の中に溜めこんでいるのではないか。

そうだとすれば、それはなぜか？

樫村が真理の自殺に関係していると知ったから……。

希一がそれを「ハレンチ教師」と樫村にほのめかしたことからして、八真人もその話を知っている可能性は高い。

けれど、「仮面同窓会計画」を実行したあの場で、八真人が溜めこんでいた復讐心を爆発させたようには見えなかった。あの場での彼は、計画の流れに乗りながらも、やはり抑制が利いていて、樫村に意趣返しすることよりも、計画が無難に遂行されることそのものに意識が向いているようだった。

あの場ですら、八真人は復讐心を溜め続けていたのだろうか。

そうなら、いつそれを爆発させたのか。

誰かの犯行によって、樫村は死んだ。

その事実があの計画のあとにくっついているだけに、兼一が示唆した可能性は、洋輔としても無視できなくなっている。

条件はそろっているのだ。

思い返してみても、洋輔が浪人ながら新しい生活を始めた一年は、高校での窮屈な日々から解き放たれた喜びに浸るばかりで、高校に残った八真人たちがどうしていたのかには、ほとんど意識を向けていなかったように思う。そこには洋輔の知らない八真人たちの一年があり、それが今回の事件につながっていても不思議ではない。


日曜日、仕事から帰ってきた洋輔は、週が明けたらまたお互い時間を作って夕食でもどうかと美郷にメールを打った。デートをしたいという思い以上に、真理に関する話を彼女から聞いてみたいという意識があった。八真人には訊きづらい。美郷は真理とは中学からの付き合いで、言わば洋輔と八真人のような親友関係だ。自殺の件についても、何か知っているかもしれない。

間もなく美郷から、火曜の夜なら都合がつきそうだという返事が来た。

それに了解の返事をして携帯電話をローテーブルに置き、風呂に入ろうかと立ち上がったところに、玄関のドアがノックされた。

力強いノックで、無遠慮はなはだしい音だった。何事かと無意識のうちに身構える。

「はい？」

洋輔は解錠しないまま、ドアの前で返事をした。

「新谷さん、夜分恐れ入ります。警察ですが、少しお時間よろしいでしょうか」

警察という言葉を聞き、ぎょっとする。まだ、相手との距離はかなりあると思いながら逃げていたのに、振り返るとすぐ後ろまで追いつかれていた……そう気づかされたような感覚だった。

「は、はあ……」

かすれた声で返事をし、ドアを解錠する。背広を着た中年太りの男が立っていた。後ろにも同じ年格好の少し背の高い男が控えている。

「新谷洋輔さん？」

中年太りの男がじっと洋輔を見据えながら訊いた。声も太く、威圧感がある。

「そうですが……」

男は身分証を提示し、その間に、洋輔の顔から足もと、あるいはその後ろの部屋の様子などに忙《せわ》しなく視線を動かしてみせた。

「実は樫村貞茂さんの事件のことで、いろいろ調べとりましてね」

「はあ」

当然そのことだろうと覚悟していた思いと、やはりそのことかというショックがない交ぜになり、早くも気持ちが動揺し始めている。何を訊かれるのか分からないが、彼が繰り出してくるどんな質問も怖くて仕方がなかった。

「まあちょっと、捜査の手がかりになるような話はないかってことで、樫村さんの通夜や葬儀に出席された方々をこうして訪ねておるところなんですわ」

「えっ？」

洋輔は耳を疑い、思わず声を出した。

「何か？」刑事が洋輔の反応に眉をひそめて問い返す。

その様子を見て、洋輔は安易な返事をしてはいけないという警戒心が働いた。

「いえ、その……出席したっていうのは誰から？」

「ご遺族の協力を得ましてね、弔問客が記帳された芳名帳を見せていただいたんですよ」

そんな馬鹿な。行ってもいないのに、自分の名前が記帳されているというのか……洋輔は訳が分からなかった。

それでも、声に出して異を唱えることは、すんでのところで思いとどまった。ここで弔問になど行っていないと訴えれば、それはどういうことかと警察に妙な引っかかりを与えてしまう気がした。

「そうですか……それで？」

大きな賭けだったが、洋輔は半ば是認して、話の先を促した。

「ええ、ちょっとお訊きしたいんですが、新谷さんと樫村さんのご関係というのは？」

「狐狸山高校でお世話になりました」

「担任だった？」

「樫村先生は保健体育の教科担任と生活指導をやっておられました」

「なるほど」

刑事は洋輔の卒業年次を確かめ、メモに記した。

「樫村さんのお通夜に出られたのは、それだけの結びつきがあるからかと思いますが、具体的にそのへんを教えていただけますか？」

「いえ、その……高校に通っていたときには、顔を見るたび何かと声をかけていただいて、気遣ってもらっていたものですから」

「ほう……例えば、どんなふうに？」

「まあ、『元気か？』とか、そんなようなことですが」

「それは、あなただけ特別に声をかけられとったんですか？」

「いえ、いろんな生徒に目を向けてらっしゃったんで、僕だけということではないですけど」

「そうですか……あなたはそれに恩義を感じとったと」

「恩義というか、まあ、熱血漢で親しみが持てる先生だったんで」

「なるほど」刑事はうなずき、軽く目を細めて言う。「いい先生だったと」

「ええ」

「けっこう厳しい先生だったみたいですが、しかられたことなどは？」

「なくはないですけど、愛の鞭だったと思ってます」

無理にごまかした洋輔の言い方に、刑事は軽く首をかしげてみせた。

「愛の鞭というのは、体罰があったってことですか？」

「いえ」洋輔は慌てて首を振る。「そうじゃありません。しかられたことのたとえです」

「五月に高校の同窓会があったようですが、新谷さんは出られましたか？」

「ええ」

「樫村さんとはお話しになりましたか？」

「ええ、挨拶程度でしたけど、『元気か？』って声をかけていただいたもので」

樫村と良好な関係を築いていたということをアピールするために、出任せもためらわなくなっていた。

「そのとき何か、樫村さんの近況など聞かれませんでしたかね？」

「いえ、本当に挨拶的なことで」

「樫村さんはスピーチなどもされたようですが、何を言っておられたか憶えてらっしゃいますか？」

「確か、狐狸山のハーフマラソンに出るために、毎日ランニングをがんばってるとかおっしゃってましたね。相変わらず元気そうだなと、そのときは思ったんですがね」

この話は変に避けるべきではないと判断して、さらりと口にした。アドレナリンが出ているのか、刑事と伍《ご》してしっかり受け答えできている感覚がある。頭がよく回るようになってきている。

刑事は洋輔の話にうなずいている。

「同窓会のほかに、樫村さんにここ最近会われたことは？」

「いえ、同窓会だけです」

「同窓会のときに、また会おうとか、そういう約束もありませんでした？」

「そこまでは話す機会もなかったもので」

刑事はメモを取る手を止め、考えをまとめるような間を置いてから、また質問を繰り出してきた。

「本人からじゃなくてもいいんですがね、樫村さんのことで何か気になるような話を聞いたとか、そういうことはありませんか？」

洋輔は考えこむような仕草をしてから、「さあ」と首をひねった。

「何もない？」

「はい」

刑事の納得したような顔を見て、自分の素知らぬふりに自信を深めていると、相手の質問が不意に飛んだ。

「ところで、こちらはおたく一人で住んどられるの？」

「え、ええ……」

洋輔はどぎまぎしながら答え、質問の方向がどちらに向こうとしているのか分からなくなり、構える気持ちになった。

刑事は露骨に部屋の中の様子をうかがうような視線を飛ばし、さらに質問を重ねた。

「失礼ですが、お仕事は何をされとられるんですか？」

「普通の会社員です」

「具体的には？」

「システムキッチンメーカーの営業をやってます」

「ほうほう」

　刑事は勤務地などを細かく訊いて続ける。

「キッチンの営業なんかだと、例えば、かつての恩師なんかに近況報告がてら、買い替えの予定はないかなんてことを、それとなく訊いて回ったりはしませんかね？」

「さあ……ほかの人はどうか知りませんけど、僕はやったことありませんね。キッチンなんてのは、新築や改築のタイミングでもない限り、営業をかけたからといって、なかなか買い替えてもらえるものでもないですから」

「ははあ、まあ、そうでしょうね」刑事は納得したように言い、次の質問に進んだ。「休みは土日ですか？」

「いえ、基本的に水曜が営業所の休日で、そのほか月に三日、シフトで休みを取ってます」

「なるほど、住宅展示場なんか私も興味があって最近よく行くんですが、土日は賑わっとりますからね。メーカー側は休んどる暇はありませんわな」

「マイホームを考えてらっしゃるなら、ぜひお声をかけてください」

　洋輔は無理に余裕を作り、軽口まで繰り出してみせた。

「ははは、そのときはよろしくお願いしますわ」刑事は太い声で笑ってそう受け流し、「ちなみに」と不意に「仮面同窓会計画」を決行した日を口にした。「あの土曜も新谷さんはお仕事で？」

「いえ、あの日は休みでした」

「休み？」刑事はわずかに目を見開いた。「土曜日に休むこともあるんですか？」

「そんなに珍しくはないですよ」洋輔は平静を装って言う。「月に一度は土日休みが回ってくる感じですから」

「ふうん」刑事は鼻息とともに相槌を打つ。「それで、その日は何をなさってたんですか？」

「その日は確か……」洋輔は顎に手を当て、考える素振りをする。「友達と集まって、ここで軽く食べたり飲んだりしてましたね」

「それは夜の話ですか？」刑事は手帳と洋輔の顔に視線を行き来させながら訊いた。

「そうです。最初はカラオケでも行こうかなんて言ってて車で出かけたんですが、カラオケ屋がいっぱいだったんで帰ってきて、ここでだべってました」

　刑事は細かく時間の流れなども訊いてきたが、そのあたりも希一らと打ち合わせ済みだったので、洋輔はその通りに答えた。カラオケ店は街中から見れば静池と同じ方角にあるので、店の名を出したときには何か言われるかと思ったが、特に刑事の表情に変化はなかった。

「で、九時前にはお開きになって、友達を家まで送っていったと……」

「ええ」

酒を飲んで運転したのかどうかということも訊かれなかった。洋輔はノンアルコールのビールを飲んでいた設定になっているが、訊かれもしないのにそれを言うのも不自然な気もして、そのままにしておいた。

「友達というのはどういうご関係の？」

刑事の興味はそちらに向いているようだった。

「まあ、幼馴染みですね。小学校からの」

あえて高校を外すようにして言ってみたが、刑事は「高校も？」と、質問を重ねてきた。

「ええ、そうですね」

「参考までに、お名前を教えてもらえませんかね」

そう言われて仕方なく、洋輔は三人の名前を口にした。

刑事はそれを手帳に書き留めていく。何か疑いの兆しのようなものを感じ取りながらそうしているのか、あるいは何も感じていないのか、その様子からはまったく分からない。

「片岡さんと皆川さんも、確かお通夜に出ておられますよね。一緒に行こうという話をされたんですか？」

「まあ、都合がついて行けたら行こうという感じで」

「大見さんが行かれなかったのは？」

「さあ……ちゃんと約束したわけじゃないんで、単に都合がつかなかったんじゃないかと」

「なるほど」刑事はうなずき、質問を進めた。「片岡さんらとは、事件のことでどんな話をされました？」

「それはやっぱり、同窓会で久しぶりに先生の顔を見たばかりだったから驚いたっていうことですよね。それからまあ、事件の詳しい話や噂みたいなこととか」

「具体的には？」

「日曜の未明に殺されたらしいとか、あの先生は若者の素行に厳しい人だったから、狐狸山に遠征してきた走り屋や暴走族みたいな連中とトラブルになって連れ去られたんじゃないかとか、白いスポーツカーが静池で目撃されてるらしいとか、そういうことです」

　実際には八真人らとは善後策しか話していないので、兼一や美郷と交わした話をそれらしく加えておいた。

「なるほど、そういう話が飛び交ってるわけね」刑事は否定も肯定もせず、ただそう口にした。「ほかに何か、樫村さんに関することで気になるような話は聞いとりませんか？　誰かが恨みを持っとったとか、そういう噂的なことでもけっこうなんですが」

「さあ……」洋輔はしばらく考えこむふりをしてから答えた。「そういうのはちょっと思い当たらないですね」

「そうですか」

質問も尽きたらしく、刑事たちは簡単に礼を言って引き上げていった。

やり取りの中で、特別彼らが洋輔のことを怪しんでいるような素振りは見られなかった。

もちろん、樫村の殺害には無関係なのだから怪しまれないのが当然なのだが、「仮面同窓会計画」に関しても、何とか尻尾を出すことなくかわし切ることができたようだった。

〈危ないとこだったな〉沈黙を保っていた兄がスリルを楽しんだように言った。

「見たか。俺は意外とこういうときの度胸はあるんだ」無難に立ち回れた自分に満足して洋輔は言う。「しかし、俺の名前が記帳されとったって、どういうことだ？　全然意味が分からんわ」

〈行った憶えはないんか？〉兄がからかうように言う。

「あるわけないだろ」

ただ、不意打ちを受けた割には、警察に妙な引っかかりを与えることなく、その場をしのぐことができたのは幸いだった。

八真人や希一のところにも早晩、刑事たちが聞きこみに訪れるだろう。

彼らに一言報告しておくべきか。

彼らの場合、実際、殺しの犯行に手を染めている可能性があるだけに、距離の取り方を考えなければならないが、警察を前にしてボロを出してもらっても困る。参考情報は知らせておいたほうがいいかもしれない。

洋輔は携帯電話を手にして、八真人に連絡を取った。

「八真人か？」

〈おう、洋輔……どうした？〉

八真人はいつもの落ち着いた口調ながら、洋輔の低い声音に何かを感じ取ったような反応を見せた。

「お前んとこは警察来たか？」

〈いや……〉

「俺んとこにはさっき来たぞ。樫村の通夜や葬式に出席した人間の名簿見て回っとるらしい。その名簿に何で俺が入っとるか分からんけど、刑事が二人、来やがった」

〈そうか〉八真人は洋輔の釈然としない思いをさらりと受け流して尋ねてきた。〈何を訊かれた？〉

「樫村との関係とかアリバイとか、一通り訊かれたわ。アリバイは前に打ち合わせた通り答えたった」

〈向こうの反応は？〉

「特にこっちを怪しんどるような感じはなかったな。落ち着いて答えれば問題ないと思う」

〈そうか〉

「向こうも犯人探しっていうより、樫村に関する情報を集めとる感じだ。樫村のことで何か気になる話を聞いとらんかとかな」

　洋輔の話に、八真人は沈黙する。

　洋輔はその沈黙の意味を考えてみたくなる。

〈それは何て答えたんだ？〉八真人はようやくそう訊いてきた。

「いや、狐狸山に遠征してきた走り屋とか暴走族あたりとトラブルになって連れ去られたんじゃないかって……ほら、祖父江兼一知っとるだろ、あいつと会う機会があって、そんな話をしとったから、そう言っといた」

〈そうか……〉

　八真人は短く相槌を打って洋輔の話に応えたあと、重そうな吐息を挿んで続けた。

〈じゃあ、もうすぐ俺のとこにも来るかもしれんな〉

「ああ、でも、変に慌てんかったら大丈夫だ。希一にも一応、知らせといたほうがいいかもな」

〈ああ、分かった〉

「兼一から聞いたんだけどな、事件前の静池で白の８６が停まっとるのが目撃されとったらしいぞ」

〈ああ、それは俺も希一から聞いた〉

八真人があっさりした口調で言ったので、洋輔は事態の深刻さが伝わらなかったのかと訝った。

「８６と希一のＢＲＺは姉妹車だし、色も白とシルバーは似たようなもんだ。警察が来たら、たぶん目をつけられるぞ」

〈希一もそれは迷惑そうに言っとったわ〉八真人が言う。〈でもあいつはあの日、サスペンションなんかの改造で、車屋に車を預けとったらしい。それはちゃんと証拠もあるから大丈夫だって言っとった〉

「えっ、そうなのか」

〈そんな驚いたように言うなよ〉八真人は軽い笑いを口調に含ませた。〈まるで希一がやったと思いこんどるみたいだぞ〉

「いや、そういうわけじゃないけど……」

〈希一は希一で、洋輔が俺に罪を着せるためにどっかから86を調達してきたんじゃないかとか、車屋に預けとって助かったわなんてことを言っとる。お互いあいつがやったみたいに決めつけ合っとっても、得することはないだろ。そうやっとるうち、警察に尻尾をつかまれることにもなりかねんぞ〉

「いや、別にそんな、疑っとるわけじゃないて」洋輔は取り繕い気味にそう言うしかなかった。「とにかく俺は、八真人たちにも無難に警察の聞きこみをかわしてほしいだけだ」

〈ああ、分かった。ありがとな〉

電話を切って、洋輔はしばらく呆然とした。

希一の仕業ではないのか。

だったら誰が？

本当に、遠方から来た走り屋がやったとでもいうのか。

しかしあれは、樫村がランニング中に、トラブルに巻きこまれたという前提で成り立つ仮説だ。

雨の中、偶然大島工業の廃工場裏に乗りこんで、手足を縛られた樫村を静池に運ぶような人間がいるとは思えない。

何回も繰り返した思考結果である。

やはり、「仮面同窓会計画」を実行したメンバーの中に犯人がいると考えるのが自然だ。

ただ、思ったほどには単純な犯行ではない可能性はある。

証拠隠滅や偽装工作などが案外綿密に練られているのかもしれない。計画のメンバーに加わっていたから、その中に犯人がいると感づくものの、外からはなかなか察し切れないような煙幕が張られている。

樫村を静池に沈めた犯行は、希一ではなく、八真人が主導したのではないか……。

電話での何か含みを持っているような彼の話しぶりを思い出し、洋輔はふとそんなことを考える。

やり切れない気分になるが、理屈には合う。

8

白の86の謎は、二日後の火曜日の朝にあっけなく解けた。

〈新聞を見ろ。続報だ〉

例によって寝起きのぼんやりした頭に響く兄の声に急かされ朝刊を開いてみると、樫村の事件の続報が出ていた。

「盗難車両、元高校教諭の事件に関係か」

狐狸山市郊外の山中に乗用車が放置されているのが発見されたが、それを調べたところ、隣の市で事件があった日に盗まれた車であることが判明したほか、当日静池で目撃されていた車種とも同じであることが分かり、警察では事件と何らかの関係があるものと見て捜査を進めているということだった。

盗難車両では、警察も犯人の尻尾をつかまえるのに苦労するわけだ。遥池を囲む山間部はそれなりに奥行きがあり、人が滅多に通らないような林道を探すのにもそれほど苦労しない。盗難車両はそんな林道脇にひっそりと放置されていたらしい。犯人はかなりうまく立ち回っているとも言える。

これで警察は、犯人像をどう読んでくるだろうか。

盗難車両を乗り回して遊ぶ不良たちがランニング中の樫村とトラブルを起こし、彼を拉致して連れ回し、最後は静池に沈めるという凶行に至った……そんな見方もできなくはないだろう。しかし、山の中に盗難車を放置するというのは、車の発見を遅らせ、犯人たちの足取りを消す意図が強く見え隠れする。計画的な色合いを帯びたやり方だ。

やはり、怨恨が背景にある顔見知りの犯行ではないか……警察もそんなふうに読んでくるかもしれない。

８６を盗んで犯行に使ったのは、希一が乗り慣れた車と姉妹車であるそれの取り回しのしやすさを優先したためだろうか。そこに隙と甘さを感じなくもないが、そこそこ注意深く犯行をやり遂げたことは確かだろう。「仮面同窓会計画」でも希一の立案は綿密だった。八真人も噛んでいて、あの日、洋輔らが解散した八時頃から静池で犯行があったとされる翌未明の三時、四時まで時間もたっぷりあったとなれば、これくらい手が行き届いた犯行にはなるのだろう。

洋輔としては、彼らの犯行を非難する気持ちは、実のところ、それほどない。やりすぎだとは思うが、樫村が可哀想だという思いはほとんど湧かないのだ。もし、まるで自分とは関わりがないところで樫村がこのような事件の被害者になったとしたら、ニュースでそれを知ったとき、高校時代のことを思い出して、因果応報だと冷ややかに思うだけだろう。兼一が話していたように、樫村の過去に日比野真理の自殺につながるような行為があったとするなら、八真人がひそかに抱えてきた怒りには共感するし、その復讐も支持する。

ただ問題なのは、その犯行の前座とも言っていいあの「仮面同窓会計画」に洋輔が絡んでしまっていて、警察の捜査によっては危うい立場に立たされかねないこと、その一点である。

希一や和康に至っては、自らの犯行を隠すだけにとどまらず、アリバイ的に、洋輔がそれをしたかのような疑惑の目を向けることまでやっている。これを放っておけば、彼らの立場が対外的にも危うくなってきたとき、洋輔がスケープゴートにされてしまうおそれが出てくる。希一らの態度は、今からその手当てを始めていると見てもいいものだ。

それに嵌まらないためには、彼らの行為やその裏にあるものを、なるべく把握しておく必要がある。

樫村と日比野真理との間にあったことなどもその一つだ。

洋輔はこの日、仕事を終えたあと、日曜日からの約束通り、名古屋の久屋大通で美郷と落ち合い、テレビ塔のレストランで夕食をともにした。

「わあ、きれい」

窓際のテーブルに案内された美郷は、外に広がる街の夜景に目を見張り、すっかりデート気分に浸っているような声を上げてみせたが、洋輔はそこまで浸り切ることはできていなかった。

「何？　何か元気ないね」

ひとしきりはしゃぎ終えた美郷が顔を寄せてきて、洋輔の表情を上目遣いに見た。

「いや、そんなことないけど」

「そう言えばさぁ、私の知ってる子のとこ、警察が聞きこみに来たらしいよ」

いきなりそんなことを切り出されて内心どきりとするが、美郷はそんな洋輔の顔色を気にする前に、注文を取りに来たボーイの存在に気がついて、いたずらっぽく口を押さえてみせた。

注文を終えるまで澄まし顔を作っていた美郷は、ボーイがテーブルから離れると、話の続きに戻った。

「一年のとき一緒のクラスだった亮子って憶えてる？　あの子、今、結婚して主婦やってるんだけど、事件のことが気になってカッシーのお通夜に出てみたんだって。そしたら昨日、刑事が訪ねてきたらしいよ。お通夜に出席した人の名簿見て回ってるんだって。私も興味本位で行かなくてよかった」彼女はそう言って笑った。「洋輔くんの周りで通夜とかお葬式に出た人いる？　たぶん、警察に目つけられてるよ」

自分のことを言うべきかどうか迷った。別に隠すこともないのだが、美郷は本気か冗談か洋輔が犯行に加わっているのではと疑っている節がある。通夜や葬儀にも出ていないのに警察が来たとなると、またどんな勘繰りを受けるか分からない。

「兼一の職場の先輩が狐狸高ＯＢで、通夜にも顔を出したらしいよ。そんでやっぱり警察が来たって」

「へえ、そうなんだ」美郷はどこか楽しげに反応した。「皆川くんとかは行ったんかなぁ？

あの人も亮子みたいに興味本位で行きそうだけど」

「さあ、どうだろうな」

洋輔の実のない反応にもかかわらず、美郷はふふと小さな笑い声を立てた。

「でも、白いスポーツカーって聞いて、皆川くんの車が頭に浮かんだけど、違ったみたいだね。盗難車が発見されたって」

「ああ、新聞に出とったな」洋輔は話を合わせる。「希一の車は白じゃないし、スポーツカーってだけで疑ったら駄目だろ」

「そうだよねえ」美郷は軽い口調で応え、洋輔に意味ありげな視線を向けた。「でも、亮子のとこに来た刑事、洋輔くんのこと、訊いてったらしいよ」

「えっ？」

「新谷洋輔ってのは、どんな人間なのかって、訊いてきたんだって」

洋輔はすっと血の気が引き、絶句した。

「亮子ちゃんのとこ、刑事が来たのいつだって？」やっとのことで声を絞り出して訊く。

「昨日だって」

洋輔のところに刑事が来たのは一昨日の日曜だ。とすると、そのあとに、洋輔への聞きこみで何らかの疑いを抱いて……ということになるのか。

まずいことになりそうだ……危機感が一気に迫ってきてパニックになりかけていると、美郷がぷっと吹き出した。

「冗談だって……そんな青い顔しなくてもいいじゃん」

「え？」

「洋輔くんのことなんて、訊かれてないって」

「何だそれ……」

洋輔は大きく息をついた。美郷のトラップにいともたやすくかかってしまった気まずさが湧いたが、怒ることも体裁を取り繕うこともできなかった。

「大丈夫？　あんまり顔色変わっちゃったから、冗談で言ったこっちがびっくりしたよ」

「急に変なこと言うからだ」洋輔は大きく息を吐きながら言う。

「軽い冗談で言っただけなのに」

そう言う美郷に悪びれた様子は見られなかった。反対に洋輔のダメージは大きかった。

「俺んとこにも刑事が来たんだわ」

言わずにおこうと考えていたにもかかわらず、揺さぶられた反動から、思わずそう口に出していた。

「えっ、洋輔くんもお通夜に行ったの？」美郷は目を丸くして声を上げた。「行かないようなこと言ってたのに」

「いや、行っとらん」

「行ってないのに何で？」

「知らんけど、名簿に名前があったらしい」

こんな説明では胡散《うさん》くさく思われるだけだが、ほかに言いようがない。ビールが運ばれてきたものの、美郷は乾杯することなく一人でさっさと口をつけ、洋輔を怪しむように見ていた。

「いや、もしかしたら八真人あたりが香典を連名で出したのかも……」

一応、ありうる可能性を口にしてみたのだが、美郷は怪訝《けげん》な目つきを解かなかった。

「それか、洋輔くんの別人格が行ったとかね」

真顔で言われたが、冗談として聞き流すしかなく、洋輔は肩をすくめた。

「八真人くんはお通夜に行ったんだ？」

「あいつは行ったはずだよ……希一も」

「ふーん」美郷は含みのある相槌を打った。「でも、あの人たち、どう考えてもカッシーのこと好きじゃないでしょ」

「いや、それはだから、美郷がさっき言ったみたいに興味本位なんだろ」

「皆川くんは行きそうだけど、八真人くんはそんな野次馬みたいなこと好きじゃないでしょ」

「たぶん希一が誘ったんだろ。八真人は希一の誘いは断らんから」

「そういうもんなの？」

「ああ」

それに関しては一応納得したらしく、美郷は話を戻してきた。

「で、警察には何訊かれたの？」

「何って、樫村に関して何か知っとることはないかってこととか」

「アリバイとか？」

美郷は運ばれてきたスープに目を向けることなく、身を乗り出して訊く。

「まあ、そういうのも一応な……亮子ちゃんもそうだったと思うけど」

「洋輔くんは何て答えたの？」

「友達とアパートで飲んどったって、普通に答えたよ」

「友達って、八真人くんたち？」

「ああ……実際、そうなんだから」

「それで警察は納得したの？」

まるで自分は納得していないという言い方だ。

「当たり前だろ。向こうも別に疑わしい人間として俺のこと見とるわけじゃないんだから」

「ふーん」美郷は曖昧な相槌を打つ。「でも、それで終わりならよかったよね」

「よかったも何も、それで終わりじゃなきゃ困るわ」洋輔は口を尖らせる。「美郷は何でだか、前々から俺を、犯行に関わって警察の影に怯えるキャラにしたがっとるとこがあるよな」

美郷は「だって」と笑う。「洋輔くん、カッシーのこと嫌いだし、皆川くんみたいに何かやりそうな人と仲いいし、静池に様子見に行ってるし……話聞いてると、この約束も、警察の聞きこみを乗り切ってほっとしたからってことなのかなとか、いろいろ考えたくなってくるんだもん」

「警察が来たのは、約束したあとだわ」

「そっか」美郷はあくまで笑っている。「冗談よ、冗談。亮子にだって言ってないしね」

「……まったく」

もう少し釘を刺しておこうかとも思ったが、冗談なのにどうしてそこまでムキになるのかと言われかねない気もして、洋輔は矛を収めることにした。

「会おうって言ったのは、ちょっと訊きたいことがあったからだて」

テーブルに並び始めた料理に手をつけながら、洋輔は言った。

「何？」

「いや、兼一と樫村のことで話しとって、ちょっと気になること聞いたもんだから」

「やっぱりカッシー絡みなんだ」

「兼一がそういう話を持ちこんでくるからだ」

洋輔が言い訳じみた言葉を口にすると、美郷は笑いを噛み殺すように口を押さえた。

「洋輔くんもあの事件に興味があるっていうの、もう認めちゃえばいいのに」

「最初はそんなことなかったのに、美郷も八真人も兼一もその話しかしんから、嫌でも気になってくるわ」

美郷はくすくす笑ったあと、「で、どんなこと？」と訊いた。

「日比野のことなんだけど」

洋輔が言うと、美郷は顔から笑みを消した。

「真理の何？」

「いや、樫村と何かあったらしいってことだけど……もしかしたら、それが自殺の原因なんじゃないかっていう」

「ああ」

「知っとる？」

「噂で聞いただけ」美郷は故意に感情を表に出さないようにしているかのようだった。「本人から直接聞いたわけじゃなくてね」

「どういう話として聞いたの？」洋輔はそう訊き、言い足した。「言いにくかったらいいけど」

「詳しくは知らないけど、カッシーに車ん中でエッチなことされたとかっていうような話よ」

「やっぱり……でも、それ、どっから噂が流れたんだろ。目撃者がおったら樫村はとっくに捕まっとるだろうし」

「さあね……遺書に書いてあったって説もあるけど、それは違うと思う。真理のお葬式行ったけど、お母さん、何も言ってなかったしね」

「俺らが卒業した年の秋だよな。あの子とはその頃もよく会っとった？」

美郷は首を振る。「真理が入院してたときは何度もお見舞いに行ったけど、よくなってからは私もほっとしたとこあったし……それに、大学入ってからはバイトも始めたりして、あの頃はたまにメールしたり電話したりってくらい」

「自殺したときは、電話とかで様子がおかしかったとか、何か変だなって思ったことはあったの？」

「元気はなかったよ」美郷は当時を思い出したのか、少しつらそうに頬をゆがめた。「あの子、根は寂しがり屋だから……私がいないの寂しいから学校辞めたいとか言うし、私しか信じられる子いないなんてことも言ったかな。でも、まさか自殺するなんて思わんもんね」

「そりゃそうだよな」

洋輔は彼女の気持ちをいたわるように言った。これ以上、この話を掘り下げるのは酷かとも思ったが、まだ訊きたいことの半分も訊いていない。慎重に考え、手探りで話を進めていくことにした。

「樫村の噂のこと、君はどう思ったの？」

「どうって言われても、真理本人から聞いたわけじゃないし、カッシーも否定してるし、難しいよ」

「樫村が否定したっていうのは何？　誰かが樫村に問い質したの？」

「真理が死んでから学校で噂が広まって、県の教育委員会とかそういうところまで話がいったかどうかは知らないけど、とにかく上のほうで問題になったらしいよ。でも、カッシーが否定して、それで終わりだって。真理が死んで証拠がない以上、どうしたってそうなっちゃうのよ」

「そんなふうなのか」

何とも灰色がかった結末の話に、洋輔も気持ちが曇った。教師のような公務員は、はっきりした証拠がなく、本人が認めていない問題ではなかなか処罰は下しにくいのだ。特に学校のような場だと、問題そのものが内部でうやむやにされ、警察が動くようなところまでいかないことになってしまう。

「真理がカッシーを慕ってたってのは事実なんだけどね。あの子、父親がいないから、ファザコンみたいなとこがあったんじゃないかな。ああいう、一見厳格な大人のほうが、自分をしっかり見ててくれる気になるのかも。カッシーの車に乗せてもらったって話も何回か聞いたことあったしね。保健室と体育教官室って隣でしょ。あの子、一年のときから体調不良で保健室の世話になること多かったし、それでカッシーと顔合わせることも多かったと思うよ。具合が悪いとき、カッシーに家まで車で送ってもらったこととかあったみたいだしね」

「じゃあ、やっぱり、噂になったような事件が起こる下地はあったってことだよな。樫村も、生徒から煙たがれるのが常なのに、そんなふうに慕われたら、勘違いしてもおかしくないってことだ」

「どうなんだろうね」

美郷はそれ以上考えるのを放棄するように言った。

「美郷は割と冷静だよな」洋輔は思わずそう口にしていた。「噂とはいえ、そういう話が出とるわけだし、樫村に対して複雑な気持ちはないの？」

美郷は気に障ったらしく、洋輔を冷ややかににらんだ。

「どうすればいいっていうの？　どうしたって真理は戻ってこないのに、噂でしかないことにどう反応すればいいの？　私がカッシーを池に沈めればよかった？　そんなの一人でできること？　頼んだら、洋輔くん、手伝ってくれた？」

「いや、ごめん、言い方が悪かった。謝るわ」洋輔はたじたじになって両手を合わせた。

「こうやって見とる分には、美郷の心境って分からんから……それに、八真人も樫村の噂は知っとるだろうに、表には何も見せんのだよな。それもどういうことなんだろって思いがあってさ」

「彼はもう、真理とは別れちゃってたからよ」美郷が素っ気なく言う。

「詳しくは聞いとらんのだけど、あいつら何で別れたの？」

洋輔がそう訊くと、美郷は小さく眉をひそめた。

「詳しくは聞いてないって、どう聞いてるの？」

「いや、彼女が自殺した頃にはもう別れとったってことくらいしか」

「それだけ？　洋輔くん、八真人くんとは仲いいはずなのに」

どこか責めるような美郷の言い方には引っかかったが、それくらいしか聞いていないから仕方がない。

「あいつはそういうこと、あんまり話したがらんのだて。今も職場で知り合って結婚を考えとる彼女がおるらしいけど、それもこの前、何かの拍子にぽろっと話してくれただけだったしな」

「彼は冷たいのよ……人間的に冷たいの」

思わぬ非難の言葉を聞き、洋輔ははっとする。

「何で？」

「何でって、あの人は真理が死んでも、お葬式にさえ来なかったんだよ。それだけでもう、どういう人か分かるでしょ」

「いや、そりゃクールなとこはあるけどさぁ、冷たいっていう言い方すると、また違ってくる気がするな。それに日比野の葬式だって、別れとったんなら行きたくても行きにくいだろ。あいつはそういうとこ、出しゃばりたがらんからな」

「もともと真理のこと、そんなに好きで付き合ってたわけでもなかったのよ。向こうから言い寄ってきたから何となくそうしたみたいな感じで……」

そのこと自体は八真人が吐露していたことでもあり、洋輔は何も言えなかった。

「一見、相手に気を遣ってるようで、結果的には相手を必要以上に苦しめるだけなのよ。本音の部分で自分のことしか考えてないから、そんなことするのよ」

「ちょっと待て。日比野の自殺した理由に八真人と別れたことも入っとるんか？」

「知らない」美郷は冷ややかに言う。「でも、あの子を絶望させたそもそものきっかけは、そこにあるんじゃないの」

「そりゃまあ、ないとは言えんだろうけど、交際がうまくいかんかったから相手が自殺するなんて普通は考えんし、そこを責めるのは八真人にも酷だろ」

「あの人は真理の見舞いで私と一緒になったとき、また今度も一緒に行こうよって誘ってきて、その次一緒に見舞いに行ったら、帰りにお茶でも行こうって誘ってきて、仕舞いには私と付き合いたいなんて言ってきたのよ。責められて当然の人じゃない」

「そんなことあったんか……」

　初めて聞く話だっただけに衝撃は少なからずあったが、それでも洋輔の中には、八真人の気持ちが分からなくもないという思いがある。

「それは確かに美郷の気持ちも分かるけど、でも、そこを責めてやってほしくないって気もあるんだよな」洋輔は言う。「俺も最近になって知ったんだけど、あいつ、もともとは美郷のことが好きだったみたいで、その美郷から日比野と付き合ってあげてほしいって言われたから複雑だったんだて。美郷と付き合える芽がなくなったってことと、好きな美郷の頼みだからってことと、いろいろ重なって悩んだ末に日比野と付き合うのを決めたんだと思うわ」

「でも、一度そう決めたんだったら、真理のこと大事にして、幸せにしてやるべきでしょ」

憤りがにじんでいる美郷の語調に困惑しながら、洋輔は話の収めどころを探す。

「八真人も最初はそうしようとしたんだと思うぞ。結果的に駄目だったってことなだけで」

美郷はふと、鼻から小さく息を抜いて、冷めたような笑みを見せた。

「洋輔くんは、八真人くんのことなら何でも分かってるような口ぶりだね」

「そういうわけじゃないけど」美郷の口調には軽い侮蔑の色も混じっていたような気がして、洋輔は少しムキになる。「あいつとは長い付き合いだから、それなりには分かっとるつもりだよ」

「私も真理とは中一んときからの付き合いだよ」美郷は張り合うようにそんなことを言った。

「友情は男だけのものじゃないんだからね」

「いや、そんなことは言われんでも分かっとるけど」

「そう？」美郷は軽く首を傾けて洋輔を見る。「女なんて、うわべでは仲よくても、その裏では張り合ったり出し抜いたりしてて、天秤《てんびん》にかけるなら男を取るのが普通だって思ってない？」

「そんなこと思っとらんて」

　そう答えてはみたものの、美郷が口にしたような感覚は、どこかに持っているような気もして、いくらかは取り繕っている自覚もあった。

「女にも友情はあるの」

　美郷は洋輔の心を見透かすような目をして、ささやいてみせた。そこには何かを言い返すような隙はなく、洋輔はただうなずくことしかできない。

「中一の二学期に、あの子がうちのクラスに転校してきてさぁ、あの頃から美人でおとなしくてお人形みたいな子だったんだけど、私はなぜだか怖いって思ったんだよね」

　美郷はテーブルにぼんやりと視線を落としながら、そんな話を始めた。

「怖い？」

「うん、性格がってことじゃなくて、自分がかなわないっていう意味でね。だから私、最初はいじめたの。クラスの女の子たちを巻きこんで、真理を一人ぼっちにさせてさぁ……そんな私のほうが怖いんだけど」

　美郷はそう言って、ふふっと思い出し笑いをしてみせた。美郷がいじめを主導するような子だったとは意外だが、友達の輪ができればその中心に立つようなタイプではあるから、やろうと思えば不可能なことではなかったのだろう。

「でも、あるときから男子が私たちのグループを注意するようになってね、うるさいってはねつけてたんだけど、そのうち気づいたらクラスの男子全員があの子の味方になってたの。そしたら私の周りの友達も寝返ってね、明奈っていうけっこう気の強い子が手のひらを返すように私を仲間外れの標的にし始めて、とうとうクラス全員対私一人みたいなことになっちゃった。真理からすれば、ざまあみろってとこだよね。あのときはつらかったなぁ。私、それまで仲のよかった子たちから〝竹中菌〟なんて呼ばれ出したんだよ。放課（休み時間）は一人でぼうっとしてさぁ、秋の遠足も仲間外れにされるのが分かってたから本当は休みたかったんだけど、私、風邪もなかなか引かない健康優良児だったから、それもできなかったんだよね」

あまり思い出したくもないだろう昔のつらい出来事を美郷はどこか楽しげに語っていた。

「それで案の定、遠足のバスは周りがわいわい盛り上がる中、私は一番前の席でずっと無言。あのときはフィールドアスレチックと化石採りに行ったんだったかな。班行動でもみんなの後ろを幽霊みたいに付いてって、でもまあ、それは曲がりなりにも居場所があるからいいんだけど、昼になると、班に関係なく仲のいい子たちが集まってお弁当広げるわけよ。私はもう、一緒に食べてくれる子なんか最初からあきらめて、クラスのかたまりから離れたとこにあるベンチに座ってお弁当広げたの。そしたら、そこに真理が来て、ちょっと困ったような顔して言ったのよ。『一緒に食べてくれない？』って」

美郷は苦い思い出も含めてすべてを笑いに変えるように、口を押さえて肩を揺すらせた。

「もう参りましたって感じ。仲間外れの標的が私に移ってからも、真理は誰かとつるむみたいな子じゃなかったんだけど、お弁当くらい一緒に食べてくれる子はいたはずだし、男子なんかみんなあの子の親衛隊みたいなもんだったのよ。とにかく、人に守ってあげたいって思わせる力っていうのかな、もうあれは本当に力だよね、それがすごいのよ。あんな私なんかにも下手に出て、弱みも覗かせて……男子を味方につけたのも無理はないし、あの力を向けられたら、そりゃ、自分が守ってあげなきゃって思っちゃうよね」

守ってあげたいと思わせる力……狙ってそうするにも限界があるだろうし、人間性がものを言うことではあるのだろう。どちらにしても、あまりそんなことを、力として深く考えたことはなかった。

確かに真理は、美人でありながらも儚《はかな》げで、楽しい毎日を幸せに送っているという顔は見せない女だった。洋輔はそれが魅力的に感じられるほど彼女の近くにいたわけではなかったのだが、近くにいた者にはそれが力として感じられたのかもしれない。また、真理自身が狙っていたにしろ天然でそうだったにしろ、弱みをさらけ出してその力を向けた相手というのは、それだけ彼女にしても近づきたい相手であったということだろう。自分はその相手ではなかったのだ。

「でも、そういう力を、近くにしても感じない人もいるのよ」美郷がかすかに頬をゆがめて言った。「人を守りたいなんて感覚がないいんだろうね。自分が一番大事で、自分を守りたいってだけで」

誰のことを言っているのかと少し考え、どうやら八真人のことらしいと思い至った。真理と付き合いながら親友である自分にも言い寄ってきた八真人への、美郷が持つ不信感には相当なものがあるようだ。

しかし……と洋輔は思う。

その八真人は、樫村の殺害に関わっているかもしれないのだ。その可能性は決して低くないと洋輔は思っている。

そして、八真人が殺害に関わっているなら、それは真理をもてあそんだことへの復讐であるはずだ。

美郷が言うように、守ってあげたいと思わせる力が真理にあったとすれば、その力を向けてはいけない人間がいた。それが樫村だ。

樫村の教員生活は、生徒に何かを教えることで成り立っていたものではない。例えば彼の保健の授業は、ただ教科書を読むだけの、恐ろしいほど退屈なものだった。そこに彼の情熱は一滴も注がれていなかった。

彼の力は、ひたすら生徒を管理し、支配することに特化されていた。その結果、狐狸山高校は体育教官室が牛耳っていると揶揄されるほど、彼の支配力は全校に行き届いていた。ほかの教師が見逃すことであっても樫村が駄目と言えばそれは問題行動となり、指導の対象となる。そうやって一千人以上の高校生たちを幾年にもわたって支配し続けたのだ。それはもう、職務などというレベルを超えている。支配欲のなせる業だと言ってもいい。彼はそのモンスターだ。

そんな男と、人に守ってあげたいと思わせる女が近づきすぎてはいけなかった。嵌まりすぎてしまうのだ。

樫村が果たして教師としての本分から大きく逸脱し、噂になったような真似を本当にしたのだろうかという疑問も、そう考えると、無理なく解けてしまう。やはり、噂になったような事実はあったと見るべきだ。

そして、その樫村に八真人が七年の時を経て復讐を遂げた。結婚を意識した相手もいるというから、前に進むためにも、やり残した過去の清算をここで果たそうとしたのかもしれない。つじつまは合う。

「その当時から彼女を守りたいって感覚がなかったんだとしたら、彼女のことなんか、もう忘れとるってことだよな」

洋輔の言葉に、美郷は小さく肩をすくめてみせた。

「そうだろうね。死んだ人間は無力よ。可哀想なくらい無力」

「でも、もしかしたら」洋輔はグラスのビールをゆっくりと飲み干してから続けた。「これまで、彼女の無念を片時も忘れとらんかったからこその結果が、今、出とるのかもしれんぞ」

「え……？」美郷は眉をひそめた。「どういうこと？」

八真人の犯行の可能性を美郷に匂わせるのがいいのか悪いのか、迷いはあった。事は殺人事件である。しかし、今の話の流れには、その犯行を是とする価値観が入る余地も生まれている。真理の復讐のために八真人が樫村を殺したとするなら、美郷もその善悪を超えたところで、八真人の人間性を見直すのでないかということだ。

「八真人がもし、今度の事件を起こしたとするなら、日比野の復讐をしたんだってことになるだろ」

美郷に聞かせたい思いが勝り、洋輔はそう口にしていた。

「今度の事件って、カッシーのあれ？　八真人くんがそれをやったとしたらってこと？」

洋輔は返事をする代わりに大真面目な顔を作って、自分の言葉がただの冗談ではないことを示した。

　しかし、彼女は一笑に付すようにして首を振る。

「そんな馬鹿な……いきなり何を言い出すの？」

「何で馬鹿なって思うんだ？」

「だって、八真人くんがそんな大それたことするわけないじゃん」

「希一か誰かの助けを借りたとしても、ありえんか？」

　美郷の笑みがかすかにゆがんだ。

「洋輔くん、何か知ってるの？」

「いや、何も」

　そこははっきりと否定しておく。

「だいたいあの日って、洋輔くんは、その八真人くんや皆川くんたちと会ってたんでしょう？」

「でも、八時すぎにはお開きになったから、それから八真人たちがどうしたかまでは分からんもんな」

「カッシーのことで、彼ら、何か話してたとか？」

「いや」そこまで認めると、のちのち自分の立場も危うくなりそうな気がして口を濁したが、美郷があからさまに冷めた目を見せたので、洋輔は慌てて言葉を足した。「けど、同窓会の日の夜、あいつらと飲んだときは樫村の話が出てきとったぞ。昔のこと思い出して、樫村むかつくみたいな話をしとったわ」

「ふーん」美郷は、それだけでは判断がつかないと言いたげな、微妙な相槌を打った。「でも、そしたら、受けるかどうかは別にして、洋輔くんにも参加しないかって声がかかるのが普通じゃない？　同窓会のあとも何度か会ってたんでしょ」

「うん……まあな」もっともな指摘に、洋輔は口ごもる。

「本当はそういう誘いがあったとか？」美郷は少し斜めから視線を飛ばすようにして、洋輔に訊いた。

「あ、あれせんて」洋輔は語調を強めて否定した。

「ふーん」美郷はしばらくじっと洋輔を見たあと、ふと視線を外し、小さな笑みを口もとに覗かせた。「まあ、でも、八真人くんの柄じゃないから、ちょっと考えらんないね」

「そうか？　ありえんことでもないだろ」洋輔はわざと軽い口調で言った。「もしそうだったとしたら、八真人の見方も変わるだろ？」

「そりゃ、カッシーの噂が本当で、真理のために復讐したっていうんなら、いいか悪いかは別にして、八真人くんを見る目は変わるよね」

彼女はそう言いながらも、「まあ、ないだろうけど」と付け加えることを忘れなかった。

美郷は八真人の性格からして、復讐などありえないと一蹴したが、洋輔には十分ありうることだと思えた。というか、様々な事実から推理すると、それが一番理屈にかなう真相であると思えるのだ。洋輔は美郷より八真人のことを分かっている、同窓会から事件に至るまでの、人には言えない行動も、それをともにしていたわけだから、当然知っている。未明の静池での犯行は洋輔のあずかり知るものではないから想像するしかないのだが、流れからしてみても、まったくつながらないとは思わない。

美郷と食事をした次の日の夜、洋輔の中では樫村殺害の犯人として、もはや確信するようになっていた八真人から電話があった。

〈昨日、俺のとこにも警察が来たわ〉

洋輔はベッドに腰かけて、八真人の声音に神経を尖らせる。しかし、彼の声はいつもと変わらないと言えば変わらないものであり、そこから感情は読み取れない。

〈まあ、アリバイは俺も打ち合わせた通りに答えといた。変に疑われとるような感じでもなかったから、無難に乗り切ったんじゃないかと思うわ〉

「深夜はどうしとったとか、そこまでは訊かれんかったか？」

な〉

警察も容疑者最有力を前にして、意外と淡泊だなと思いながら洋輔は訊いた。

〈そこまでは訊いてこんかったな。訊かれたところで、寝とったとしか答えようがないけどな〉

「まあ、そうだわな」洋輔も合わせるように言った。

〈希一のとこにも今日来たらしいけど、あいつのことだから特に問題はなかったと〉

「そうか……」

〈ただな……〉八真人の口調が少し陰りを帯びた。〈カズがちょっと神経質になっとるんだ〉

「カズがどうした？」

〈あいつは通夜に行っとらんけど、俺らのアリバイで名前を出しとるから、警察が確かめに行く可能性があるだろ。まあ、そんなのは打ち合わせたまま話せばいいだけだと思うけど、あいつはもう、警察が来る可能性があるってだけでパニックになっとるんだ。あの調子だったら、刑事を前にして、どんなボロを出すか分からん。何しろ本人が、もう終わりだ終わりだって言っとるくらいだからな〉

「やばいな、それは」

和康は希一とつるんでやんちゃな真似をしていても、一人では何もできないタイプだ。洋輔以上に小心なところがある。

「希一に何とかしてもらうしかないんじゃないか」

〈うん……でも、希一もちょっと持て余しとるんだわ〉八真人は言う。〈ああなると、カズもなかなか言うこと聞かん。あいつの中で不安がふくれ上がって自分でもコントロールできんような感じだ。今はな、洋輔を早く自首させろって言っとる〉

「は……何で俺⁉」洋輔は思わず声が裏返った。

〈あいつは、樫村を殺したのは洋輔だって思っとるんだ。そのとばっちりで自分らが警察に追われなきゃいかんのは勘弁してくれってことなんだ〉

「馬鹿な！」

希一を中心に、樫村殺害に対する疑いの目を洋輔に向ける動きがあったのは感じている。

しかしそれは、彼らが自身の容疑を逃れるためのある種の偽装ではないか。

〈あいつはあの日、深夜からコンビニの夜勤に出とるから、静池の事件にもアリバイがある。俺らよりずっと安全なのにパニクっとるんだ〉

「そうなんか……？」

いったい、どういうことだ？

和康が八真人や希一とともに、樫村を殺害するのに加担し、その罪の意識に苛《さいな》まれて、いよいよ警察が迫ってくるという中で怖気《おじけ》づいているのなら分かる。

しかし、和康はどうやら静池の犯行には加わっていないようだ。あの犯行は一人でも不可能ではないだろうが、手足を縛った相手を車に乗せて、降ろしてという手間を考えると、最低二人は関わっている可能性のほうが高い。

樫村殺害は八真人と希一の仕業か……そんな構図がここにきてはっきり見えてきた。

〈俺は考えすぎだと何度も言ったんだがな〉

ただ、自分がやったとはもちろん言えない……というところか。

どちらにしても、和康は洋輔が犯人であると、本気で思いこんでいるらしい。それは早急に何とかしなければならない。下手すれば警察に、あれは友達の新谷洋輔の仕業だなどと告げかねない。

「俺のほうからカズにちょっと話をしてみるわ」

〈そうだな。一回、そうしてみてくれ。話にならんようだったら、俺や希一がまた間に入るから〉

「分かった」

八真人との電話を切った洋輔は、すぐさま和康に電話をかけた。

〈もしもし？〉警戒気味の声が耳に届いた。

「カズか。俺だ、洋輔だ」

〈何の用だ？〉

　はなから喧嘩腰の口調だ。

「何の用だじゃないわ。八真人から聞いて電話したんだ」

〈自首するんか？〉

「馬鹿な」

〈頼むで自首してくれ。お前のせいでこっちは気が変になりそうなんだ〉

　和康の苛立った声に、洋輔は低い声で対する。

「何で、俺が自首しなかんのだ……カズ、俺は何もしとらんぞ」

〈お前じゃなかったら、誰がやるんだ？　もう、俺らを巻きこんでまでごまかすのはやめてくれ〉

「俺じゃないんだ、カズ」

〈ごまかすなて。もういい加減にしてくれ〉

「カズ、これからちょっと会えんか？」和康の興奮が静まらず、電話ではらちがあきそうにないので、洋輔は訊いてみた。「会って話そう」

〈殺すんか？〉

「は……？」

〈今度は俺を殺すつもりか？〉

　真剣に言っているらしく、洋輔は呆れる。

「そんなわけないだろ」

〈洋輔と二人で会ったら、何されるか分からん。希一らも一緒じゃないと話なんかできん〉

「カズ、俺にも俺なりに立てた推論がある。誰が樫村を殺ったか、俺なりの考えを聞いてほしいだけだ。俺がお前を殺すとかありえんから心配するな。二人で話したいんだ」

〈何でわざわざ二人で話すことにこだわるんだ？〉和康は警戒心を解かない。

「聞けば分かる。まず、カズに聞いてほしいんだ。人のおるとこで構わん。〔ヨネダ〕でどうだ。小声で話せば大丈夫だろ」

〈本当に何も企んどらんだろうな？〉

　和康はしばらくはそんなふうに疑いを口にしていたが、やがて覚悟を決めたらしく、〈分かった、〔ヨネダ〕だな〉と今から二人で会うことを承諾した。


〔ヨネダ珈琲〕に着いたのは、九時を十分ほどすぎた頃だった。カウンターを除いても十組以上のグループ客が入れる大型喫茶店だが、閉店まで一時間を切ったこの時間となると、客もそれほどは残っておらず、洋輔はそれらの客から少し離れた奥のボックス席に腰を下ろし、店員にアイスコーヒーを頼んだ。

　そのアイスコーヒーが運ばれてきた頃、和康が現れた。くつろぎに来た連中と同じように、ラックからスポーツ新聞をつかんで持ってくる。一方で、その顔は強張り、視線を左右の客に向けて、あたかも洋輔と通じた人間が隠れていないかどうか疑っているような素振りだった。

「中日、また負けたんか。知らん間に借金が増えとるがや」

　和康は洋輔の前に座り、新聞を広げて、ほとんど独り言のように口を開いた。内心はどうなのか分からないが、電話で話したときよりは落ち着いているようにも見える。

　和康は店員にコーヒーフロートを頼み、それが来るまで向かいの洋輔には一瞥もくれず、ずっとスポーツ新聞に目を落としていた。

　コーヒーフロートが運ばれてくると、和康は上に載ったアイスクリームをスプーンでつつき、二、三口味わってから、「で、何だ？」と洋輔を見た。

「俺はやっとらん」洋輔は軽く身を乗り出し、抑えた声で言った。「樫村が殺された事件には無関係なんだから、変な勘繰りはやめてくれ」

　和康は鼻から息を抜き、面白くなさそうに洋輔を見ている。

「そう言われただけで、はいそうですかって信じれると思うか？　証拠はあるんか？」

だから」

「そんなの、俺じゃなくたってないだろ。樫村が殺された時間なんて、誰だって眠っとるん

「アリバイだわ」

「証拠って何だ？」

「俺はもう、本当のことを言ってほしぃんだ」和康がスポーツ新聞を閉じて言う。「洋輔は昔っから何考えとるか分からんとこがある。やったならやったって、俺らには言えばいいんだわ。言ってくれりゃあ、もうやっちまったことだし、希一とかがどうしたらいいか考えるだろうによ。それを一人で隠して、必死にばれんようにしとるから、仕舞いには俺らを始末しようと考えとるんじゃないかって思えてくるんだ」

「だから、それが誤解だって言っとるんだ。希一が俺のことを何て言ったか知らんが、変な思いこみは捨ててくれ」

「じゃあ、誰がやったっていうんだ？」和康は挑むように洋輔を見た。「樫村は手足を縛られたままだったんだろ。あんなところに俺らとは関係ないやつが偶然やってきて、樫村を連れてくとは思えんわ。犯人は俺らの中におるんだ」

「でも、俺じゃない」

押し殺した声ながら、強い意思をこめて洋輔が言うと、和康が少し気圧《けお》されたように顎《あご》を

引いた。

「でも、お前は帰るときになって、一人樫村んとこへ戻ってってたりしとっただろ」彼はかすかに声を震わせながら、根拠にもならないことを言った。

「あの場でカズの名を呼んだのは悪かったと思っとる。だから、俺も気になって、樫村に釘を刺しに行った。俺らの仕返しはこれでお仕舞いだから、お前も今日のことは忘れろってあいつに言っただけだ。あのときもそう言ったはずだて」

和康は何やら口を動かそうとしていたが、言葉は出てこなかった。

「カズ……俺の考えを言う」洋輔は意を決して続けた。「あれはおそらく、八真人と希一の仕業だ」

「は……何を言っとる⁉」和康はぎょっとしたように目を見開いて声を上げた。

「根拠はある」洋輔は冷静に言う。「希一があの現場で樫村に『ハレンチ教師』って言ったの憶えとるか？　あれ、どういう意味か分かるか？」

「い、いや……」

和康の耳には入っていないのか、彼は緩慢に首を振った。

「樫村は、八真人が付き合っとった日比野真理が自殺する前、彼女を車に乗せてわいせつ行為を働いたって噂があったらしい。それが自殺の引き金になったんじゃないかって言われて、学校側も一時は調査に入ったらしいけど、樫村が否定して、真相は藪《やぶ》ん中なんだと」

和康は相槌を打つ代わりに、うなり気味の鼻息を洩らした。

「知らんか？」

「いや、その頃、何となく聞いた気はするな」和康がもごもごと言う。

「八真人も知っとったと思うわ。それにしては、大島工業で樫村をいたぶったときの八真人は淡泊すぎだったと思わんか？　俺らが高校時代に受けたことの仕返しなら、あれで十分だけど、元カノの復讐なら物足りんだろ。八真人はたぶん、あのあとのことまで考えとったんだと思う。ただ、相手の手足を縛ったままでも、静池まで運んで沈めるとすれば、一人じゃなかなか難しい。だから、希一の助けもあったはずだっていうのが俺の読みだ。あのとき、樫村をあそこに置いていてくって決めたのは希一だったろ。希一の頭にも、そのあとのことがあったんじゃないか」

和康は小難しい顔をして、無言のまま洋輔を見ている。頭の中は思わぬ話で混乱しているのかもしれない。

「俺の推理が当たっとるとして、俺は八真人たちの犯行を責めるつもりはない。それなりの理由があるんだし、相手は樫村だ。知らんぷりをしてもいいと思っとる。ただ、あいつらがすべてを隠しとることで、俺らがこうやって疑心暗鬼になったりして迷惑する部分もある。

そのへんをどうしたらいいんか、カズにも考えを聞きたいんだ」

和康はしばらく黙りこんでアイスクリームが溶けたコーヒーフロートをストローでかき混ぜていた。そして、険しい顔を崩さないまま、口を開いた。

「いい加減なこと言うなて」

「え……？」

「希一らがそんなことを考えとったんなら、俺にも声かけてくるはずだわ。俺は全然そんな話は聞いとらんからな」

「カズはあの夜、バイトがあったんだろ」

「バイトはほかのやつが入る予定だったのが、急に俺に声がかかったんだ。あの夜の、大島工業から帰ったあとだ」

「そうか……でも、あいつらが声をかけてくるにしても、絶対とは言い切れんだろ」洋輔は言う。「二人でできると思ったら、二人でやるかもしれん。現に俺だって声をかけられとらん」

「洋輔はまた違うわ」

「何が違うんだ？」決めつけるような言い方に引っかかって訊く。

「俺らとは違う」

違うと言われても何が違うのか分からない。そんな戸惑いを汲んだように、和康は言い足した。

「お前は昔から気分屋だからな。気が乗らんと付いてこん」

「そうか……？」

「そうだわ」

希一らの遊びに無理に付き合ったことも数え切れないという自覚があるだけに、洋輔は釈然としない。

「お前と俺らは違う。俺らには鉄の結束がある」

〝鉄の結束〟などという大仰な言葉を聞き、洋輔は返す言葉を見つけかねた。思い当たるとすれば、彼ら三人はそろって高三を留年し、洋輔は一人先に卒業したことだ。樫村に目をつけられることに辟易していたこともあったし、大学受験を控えて、現実を見なければという思いもあった。あの頃は確かに、意識して三人とも距離を取っていた。

しかし、自分たちは一緒に留年したのだから、そうしなかったお前とは結びつきが違うと言われても困惑するしかない。和康は元来気のいい人間であるし、とぼけた味でその場の空気を和ませるのも得意なのだが、ときとしてあまり理知的とは言えない調子外れな発言を真顔で口にしたりするから扱いにくいところがある。

「けど、俺にしても、『仮面同窓会』には誘われたし、ちゃんと付き合った。そこはカズと変わらん。そして、その後のことはやっぱり、何も声をかけられとらん……それも同じだ」

「当たり前だわ。希一らにしたって、そこまでの計画しか立てとらんのだから。そのあといつを殺しに行くなんて、誰も考えとらん」

「でも、実際、樫村は殺されとるんだ」

「だから、洋輔が暴走したんだろ。そんな、ごまかすようなこと言ったっていかん」

これだけ言っても、和康の疑心は頑なにこちらへと向いているのだ。

「俺が何のために樫村を殺さないかん？」

「ばれたからだろ」和康は冷ややかに言った。「樫村の目隠しが外れたときに顔を見られたから、やばいって思ったんだろ。そんで俺を道連れにしようと俺の名前呼んだり、帰ろうとしてまた樫村んとこに戻ってったり、お前はあのとき、相当パニクっとったからな」

意外なほど自分の振る舞いが冷静に観察されていて、洋輔はほのかに背筋が寒くなる。目隠しが外れた樫村と目が合ったときも、まずいとは思ったものの、声には出さなかった。それを和康はしっかり見ていたらしい。

それとも彼は希一あたりから聞いたのだろうか。希一ならそれくらいの観察眼を働かせていてもおかしくはない。洋輔が怪しいとの立場を取っていた彼がそんな話を根拠にすれば、和康もあっけなく信じてしまうだろう。

「そりゃ確かに、樫村に一瞬、顔を見られたかもしれんが、俺は正直、大して心配しとらんかった」洋輔は言う。「同窓会のときに目が合っても、あいつは何も憶えとらんような顔しとったからな。カズの名前の件はさっき言った通りだ。悪かったとは思うけど、そんなであいつを殺る理由にはならん。だいたい、みんなを送り迎えして、あの計画やり切って、それだけでも終わったときにはぐったりきとったのに、俺一人で何ができる？　樫村を運んだ車は盗難車らしいぞ。車を盗んで、樫村を池に沈めて、使った車を山ん中に乗り捨てて、徹夜のまま仕事に出たとでもいうんか。俺はスーパーマンか」

「知らんわ。助っ人でも呼んだんじゃないんか。竹中とか、お前と付き合っとるんだから、呼んだら来るだろ。日比野の噂が本当なら、竹中だって喜んで手伝うだろうし」

思考の片隅を何やらちかっと怪しく光るものが通りすぎた気がした。何かと考えてもよく分からない。それより、和康が口にしたことの馬鹿馬鹿しさのほうが頭の中を占めてしまった。美郷は喜んで手伝うどころか、洋輔の犯行ではないかと変に勘繰っているような相手だ。しかし、それをたとえ冗談にしても和康に伝えたなら、付き合っている相手にさえ疑われているいると、ますます洋輔を犯人扱いしかねないので口にするわけにはいかない。

「そんな、無理やりこじつけるような話はやめてくれ」洋輔はそうとだけ言った。

「お前が、希一たちが怪しいとか、変なこと言うからだ」和康が言い返してきた。

仲のいい希一を悪く言われて腹を立てているのか？　あるいは、希一と八真人が犯人であれば、たとえそれが凶悪犯罪であろうと、自分が仲間外れにされたことになって面白くないということなのか。

子どもの頃の感覚と変わらないな……洋輔は呆れ気味に思う。これ以上、話したところで、自分の考えは和康には理解されないのだと結論づけるしかなかった。

「カズがあくまで俺を疑うっていうなら、もう何も言わんけど、警察が来たとき、余計なこと言うのだけはやめてくれよ」

「分かっとるわ」和康は少しふて気味に返してきた。

「それだけ気をつけてくれりゃ、殺さんといたるで」

最後まで疑いを解いてくれなかった腹いせに冗談でそう口にすると、思った以上に効いたらしく、ぎょっとしたまま顔を硬直させているので、洋輔はわざわざ「冗談に決まっとるだろ」と言い足さなければならなくなった。

「お前が誘ったんだから、お前が払ってくれよ」

和康はそう言って洋輔に伝票を押しつけ、憤然と出ていってしまった。

会計を済ませて店を出ると、駐車場の端で何やら三人ほどの人影が集まっていた。和康と、希一、そして八真人もいる。和康から連絡を受けたのか、様子を見に来ていたらしい。洋輔の気配に気づいた彼らは、こちらに目を向けてきた。

　和康の口から洩れた〝鉄の結束〟という言葉を思い出す。三人対一人という構図は洋輔が意識していなかっただけで、以前からあったのだろうか。しかし、今のこの状況は、希一と八真人を和康が無分別に支持して生まれているだけのものである。

「よう」

　自分の車がそちらにあることもあって、三人に近づいていった洋輔に対し、八真人が何の他意もないような調子で挨拶の声を投げかけてきた。店の中で交わした話を和康から聞いたのか聞いていないのか、その様子からは読み取れない。

「任せっ切りじゃどうかと思って、様子見に来たわ」

　八真人は何かをごまかすように言った。

「そうか」洋輔は淡泊に応じた。

　希一が作り笑いめいたものを表情に浮かべながら、洋輔にゆっくり近づいてきた。

「まあ、カズのほうは大丈夫だから、心配せんでいいわ。洋輔もあんまり考えこまんほうがいいぞ」

　ある程度のことは和康から聞いたようだった。こういうときの希一の笑みには含みがある。

自らの後ろめたい行為を人目から隠そうとする者に相応《ふさわ》しい表情をする。

しかし、かといって洋輔も、彼らに面と向かって、お前らがやったんだろうとは言えない。仮にも友人同士であるわけで、その相手を人殺しと決めつけて面罵《めんば》することなどできるものではない。希一にしても、洋輔のことを陰では怪しいと言っているようだが、洋輔に直接言おうとはしない。そういう意味では、和康は洋輔本人にそれを言ったわけだから、感覚が振り切れてしまっているとも言える。

「あとは頼む……俺は疲れたから帰るわ」

洋輔は彼らにそう言い置いて、自分の車に乗りこんだ。

9

翌日の夜、八真人が洋輔のアパートを訪ねてきた。

「悪いな、夜に」

メールで在宅かどうか尋ねてきてすぐに訪れた八真人は、車に恋人を待たせているからすぐに帰ると断りを入れて、洋輔の部屋に上がった。

「彼女、上がってもらわんでいいのか？」

洋輔が気にすると、八真人はブラックジョークでも聞いたように、小さく笑った。

「あいつがおったら、話ができんわ」

八真人は畳にあぐらをかき、向かいに座った洋輔を見た。

「昨日はだいぶ疲れたみたいだな」

「ああ」

「顔にもそう出とった。カズは気のいいやつだけど、思いこみが激しいから、ときどき扱いに困るよな」

「ああ、そうだな」

「眠れとるか？」

「まあ、正直、あんまり眠れとらんな」

「そうか……俺もここんとこ眠りが浅くて、よく目が覚めるわ」

ふと会話が途切れて沈黙が生まれそうになると、八真人は軽く喉を鳴らし、無理に声を絞り出すようにして口を開いた。

「昨日はゆっくり話せんかったけどな、カズとの話、だいたいのことは聞いたわ」

そう言ってから、彼は軽くおどけるようにして苦笑いを見せ、肩をすくめたあと、真顔に戻った。

「洋輔はどれだけ本気で言ったのか分からんけど、俺や希一が樫村を池に沈めたなんてことはありえんからな。希一も笑っとった。洋輔もあんまり考えこまんほうがいい。一人で考えこんどると、とんでもない結論に行きがちだ」

洋輔は黙ったまま、八真人の顔を見る。その表情はいつもの彼と同じであるようにも見え、無理に作った仮面のようにも見える。

「そうだな」どちらにしても、八真人を問い詰めたり、彼と口論したりする気持ちはなかった。「俺もカズに犯人扱いされて、希一も疑っとるようなこと聞かされて、ちょっと冷静に相手ができんかったとこがあったかもしれん」

「警察に余計なこと言わんかったら殺さんどくって洋輔に言われたって……カズ、怒っとったぞ」

「あいつはいつまで根に持っとるんだ」洋輔は呆れ気味に失笑してみせる。「俺をどうしても犯人に仕立て上げようとするから、仕返しに言ったったただけのことだわ」

八真人は短くくすりと笑い、目を伏せてうなずいた。

「まあ、洋輔に任せた俺も悪かった。こんな状況だから当然かもしれんけど、みんな神経質になっとる。でも、警察が俺らに目をつけとるような気配はないから、カズがうまく乗り切れば、落ち着くと思うわ」

「嫌な予感がしんでもないけどな……カズの場合、下手なこと言いそうで」

八真人自身は静池の犯行に関わったやましさを抱えているはずであり、それを微塵も表に出さないまま、無理に丸く収めるようなことを言っている彼の姿を見ていると、つい波風の立つことを言いたくなってしまう。

「大丈夫、大丈夫」八真人は引きつり気味の笑みを作り、洋輔にうなずいてみせる。

「ああ」洋輔も仕方なく、うなずき返す。

それで八真人も満足したのか、帰ることにしたようだった。

洋輔もサンダルを履き、外まで見送りに出た。八真人の彼女を一目見てみたいという気もあった。

「じゃあな」

「おう、気をつけて」

八真人の車はアパート前の道路の路肩に寄せて停められていた。街灯の光が助手席に座っている女性の横顔をほのかに浮かび上がらせている。

それを見た瞬間、思考の片隅を何かが通りすぎていった。昨晩、和康と話をしていたときにも味わったその感覚に、洋輔は小さく動揺する。

携帯電話か何かを見ていた彼女は、八真人の気配に気づいて顔を上げ、口もとに笑みを浮かべた。くるりとした目をしている。性格的にも明るそうな女だった。切れ長の目に憂いを覗かせ、ガラスのような繊細さを見せていた日比野真理とはタイプが違う。どちらかと言えば美郷に近いだろうか。やはり、八真人はそういうタイプの女が好きだったのだなと改めて気づかされる。

ボルボに乗りこんだ八真人は洋輔に軽く手を上げ、車を発進させた。

部屋に戻り、洋輔は一人ぼんやりする。

八真人を嫌う気持ちはないし、今でも大事な友人だとの思いはあるが、何の疑念もわだかまりもないようなふりをして相手をするのは存外に神経を遣うことだった。自分の本当の気持ちがどこにあるのか分からなくなってくる。

〈カズはどうするんだ？〉

好奇心を隠そうとしない兄の声がして、洋輔は我に返る。

「何……？」

〈このままほっといたら何するか分からんから、始末したほうがいいってことじゃないのか？〉

「誰もそんなこと言っとらんわ」

〈ふふふ……〉

兄は洋輔が身を置く混乱した状況をひたすら面白がっているように、忍び笑いを洩らしている。

警察が訪ねてきたときに和康がうまく立ち回ってくれるかどうかということも心配ではあるが、今、頭に引っかかっているのはそれだけではない。

八真人を見送って思い出した。

「仮面同窓会計画」を決行したあの夜、樫村を放置し、現場から去るべく、洋輔は八真人らを乗せて雨の中、自分の車のハンドルを握った。大島工業の前から東名高速道の高架下のトンネルを通り、右折して側道に入ったところで、気持ちが焦っていたこともあって、路肩に駐車中の車に危うくぶつけそうになった。

あのときのあの車……白のクーペではなかったか？

一瞬のことだったが、中には女が座っていたようにも見えた。

さっきの八真人の彼女のように……。

錯覚でないのなら、あんな雨の夜に人家からも離れた高速沿いの道端に車を停め、女一人で何をしていたというのか。

不自然なのだ。

あの雨の中、樫村を一人きりで運んで静池に沈めるのは、不可能とまでは言わなくても、難しいことは確かだ。

最低、二人は犯行に関わっている……洋輔はそう読んだ。八真人と希一だ。

しかし、外の人間が一人入ってきていたとしたら、その二人でなくてもいいことになる。和康は、洋輔と美郷がやったのではないかなどと勘繰っていた。

女であっても、一人助けがいれば大きい。

つまり、八真人と彼の恋人の犯行であってもおかしくないのだ。

希一が加わっていると考えるから、あちこち無理が生じてしまう。和康もそんな馬鹿なと反発する。面子《メンツ》の中では、希一はそういう荒っぽい所業を好むタイプであるし、実際、「仮面同窓会計画」を引っ張ったのも彼だった。犯行に使われた車の姉妹車に乗っているということに惑わされた部分もあった。

そうではなく、希一は無関係だということであれば、意外な真相ではあるものの、構図ははっきりする。樫村の日比野真理に対する不始末の噂が事実であり、その復讐を八真人が行ったということだ。恋人にどう話をつけて手伝わせたかは分からないが、好きな男のために犯罪に手を染める女は珍しくないから、不思議なことではない。

四人の中で八真人一人だけが樫村の殺害に動いていたとすれば、ある種の盲点でもある。一番、そんなことをやりそうにない男だからだ。そう考えれば、希一や和康が洋輔を怪しむのも無理はないと思えてくる。何かの偽装ではなく、彼らは本気でそう思うしかなかったのだ。

洋輔は自分の推理が、とうとうたどり着くべきところにたどり着いた気がして、複雑な感慨とともに大きく息をついた。今まで、あちらこちらで引っかかりを残していた違和感が消えた感もあった。

八真人に対しては、いろんな気持ちが交錯している。それだけの大それた犯行をしでかしながら、洋輔の前でも素知らぬ顔を決めこんでいるわけだから、親友として裏切られた気分にならないこともない。その上、こちらは和康らに犯人扱いされ、美郷からも余計な勘繰りを受け、警察の聞きこみに肝を冷やすなど、とんだ迷惑をこうむっているのだ。

しかし、かといって、八真人から犯行を正直に打ち明けられたとしても、それはそれでどうしていいか困るだけなのかもしれない。そのシチュエーションを想像してみても、適切な対応を思いつかない。

八真人もそのあたりを見越して、こうした手を打ってきているということなのだろうか。そう考えると、迷惑料を差っ引いても、一定の共感は洋輔の中に残ることになる。

また、元恋人の復讐を遂げたという意味では、同じ男としてうならされてしまう。もし美郷が同じ目に遭ったとして、自分にはそれができるかどうか考えても分からない。そんな復讐心をクールな物腰にかけらも覗かせていないところなども憎いではないか。

　いろいろ考えた末、洋輔は、この真相を自分の胸の内に留め、表向きには何も気づいていないふりをするべきだろうという結論に達した。警察の目を逃れれば何とかなる。和康の挙動が気がかりではあるが、そこは無難に切り抜けてくれと祈るしかない。


　土曜日、仕事が休みだった洋輔は通院の予約が入っていたので、朝食をとってから狐狸山市民病院に行った。

　病院は相変わらずの混みようで、駐車場の空きを見つけるのにも苦労させられたが、やっとのことで車を停めて病院に入っても、すぐに診察の順番が来そうにはなかった。洋輔は十時半の予約組なのだが、その十時半に電光掲示板に診察中として出ていたのは九時半の組だったから、ある程度の待ちを覚悟して、売店でスポーツ新聞を買うなどして時間をつぶすことにした。

　しかし、待合のロビーで新聞を広げ、記事を隅々まで読み終わっても、診察が進んだのは十時の組までだった。洋輔は仕方なく、もう一度新聞を広げ、中日の二軍選手の打撃成績表や釣り情報の釣果表にまで目を通して、電光掲示板の表示が変わるのを待った。

「おっ、遥池で四十六センチのバスが上がったんか」

隣に誰かが座ったと思ったら、いきなり紙面を覗きこんで話しかけられ、洋輔はぎょっとした。

「あっ」

声をかけてきた隣の男を見て、また驚いた。美郷のストーカー〝ジョージ〟だ。

「おっ、新谷洋輔、お前か⁉」

ジョージは洋輔を指差しながら、今気づいたようなことをわざとらしく言い、一呼吸置いてからニヤリとしてみせた。

「冗談だ、冗談。お前の顔が見えたんでな」

そう言って、洋輔の肩を馴れ馴れしくたたく。洋輔はうっとうしい思いで彼を見た。

「お前も診察か？」彼は洋輔の視線を受け流して訊く。「やっぱり神経内科か？」

「やっぱりって何だ？」

「二重人格の治療だろ」

「耳鼻科の診察だ」

神経内科は隣にあるが、洋輔が座っているのは耳鼻科の前である。

「耳鼻科？」ジョージは怪訝な顔をして洋輔を見る。

「鼓膜が鳴ったり、自分の声が耳にこもったりするときがあるんだ」

仕方なくそう説明してやると、ジョージは同情するような目をして、ゆるゆると首を振った。

「新谷洋輔、お前のそれは単なる耳の不調じゃない。もちろん幻聴でもない。脳の病気だ」

「何を言っとるんだ？」洋輔は眉をひそめて言った。「そりゃ最初は首を動かすと耳の下が痛くなったりして神経の病気を疑ったけど、ちゃんと耳管開放症っていう診断が出とるんだ。鼓膜にテープを貼ってもらって、症状もちょっとはよくなっとる」

そう説明してもジョージは表情を変えようとしないので、洋輔は腹立たしくなってきた。

「お前こそ神経内科に行くべきだろ。ストーカー気質をちゃんと治療してもらえ」

「俺はその神経内科で診てもらったところだ」ジョージはさらりと言った。「ちょっと不眠症でな。毎日楽しくて、なかなか眠れんのだ」

「そりゃ、おめでたいな」洋輔は呆れ加減に返す。

「美郷のことを考えると、どうしてもな」

顔を寄せてきてそんなことを言うので、洋輔はきっと彼をにらみつけた。

「お前、いい加減にしろよ」

「冗談だ、冗談」

ジョージは洋輔の肩をたたいて笑っている。

「しかし、お前も気苦労が絶えんな。美郷には妙に疑われとるみたいだし」

「彼女には近づくなって言っとるだろ」洋輔は思わず声を荒らげてから、周囲を見回して咳払いした。「美郷は何て言っとったんだ？」

「あの子は、お前を疑ったことをお前自身がかなり気にしとるらしくて、とうとう自分の親友が怪しいみたいなこと言ってごまかし始めたって言っとったな」

「は？」

八真人が犯人の可能性があると言ったのは、実際そう思い始めていたことであるし、美郷が八真人のことを冷血漢のように言っていたから、そういう見方は当たらないかもしれないとの意味で言っただけであり、自分のことをごまかそうと思っていたわけではない。

しかも、美郷とその話をしたのはまだ今週のことだ。そんな話が早速この男に伝わっているのかと思うと、頭が痛くなってくる。

「だけど心配するな。俺はお前の味方だ。あいつは頭の病気だから、大目に見てやれって美郷には言い聞かせておいてやったからな」

「ふざけんな、この野郎」

洋輔が頬を引きつらせてにらみつけても、ジョージは意に介さないようにニヤニヤしている。

「俺はお前の力になってやろうと思っとるんだ、新谷洋輔」

「うるせえ、俺に関わるな」

「お前は困っとるんだろ?」ジョージは洋輔の反応に構わず、勝手に続ける。「何が悩みだ? 何か調べてほしいことがあったら調べてやる。俺は割とそういうのが得意だ」

「ストーカーが自分の性癖を自慢するな」

「お前の親友があの事件を本当にしでかしたのかどうかってことか?」

「余計なお世話だ」

「それとも、本当は自分がやったんだが、警察はどこまでつかんどるんか、美郷にはどう言ってごまかそうかってことか?」

「馬鹿言え」

「あるいは、お前の兄貴が死んだ真相は何なのかってことか?」

「何だと?」

　この男は静池で会ったときにも同じようなことを思わせぶりに言っていた。

「お前は死んだ兄貴のことを引きずりすぎだからな。大事な兄貴を亡くしたショックは分かるが、ブラザーコンプレックスもたいがいにせんといかん」

「お前が、俺や俺の兄貴の何を知っとるっていうんだ?」

「お前のことくらい、ちょっと調べたら何でも分かる」

この男は何を狙っているのか？　恋敵の弱みを握って揺さぶろうとでも考えているのか。

「いい加減にしてくれ。俺や美郷のことに関わるなって言っとるんだ」

「まあ、そう言うな。お前は親友だった男も信じられんくなっとるんだろ。つまりお前はもう、友達がいないってことだ。別人格が話し相手ってだけじゃ寂しいだろ。だったら、俺が友達になってやろうっていうんだ」

「気持ち悪いこと言うな」

「ははは、まあ考えとけよ。俺は頼りになるぞ。じゃあ、美郷によろしくな」

ジョージは上機嫌にそう言うと、洋輔の膝をぽんとたたいて立ち上がり、軽やかな足取りでその場を去っていった。


鼓膜に新しいテープを貼り直してもらい、漢方薬を処方してもらうと、一時近くになっていた。美郷もおそらく昼休み中だろうと決めつけ、洋輔は車に乗りこんだところで彼女に電話してみた。

〈もしもし、洋輔くん？　どうした？〉

美郷に当たるのは筋違いなのかもしれないが、こちらの苛立ちをまったく予感していないような彼女の声音が神経に障った。

「どうしたじゃねえよ。あのストーカーがまた俺の前に現れたぞ」

〈ジョージ？〉

そう呼ぶ美郷の声には、彼への親近感さえこめられているような気がして、洋輔はさらに腹立たしくなった。

「あいつは何なんだ？　何で君はあんなやつを相手にするんだ？」

〈何でって言われても、あの人が勝手に現れるから仕方なくない？〉

「無視すればいいだろ。あいつは、ああ言えばこう言う、口八丁の電話セールスみたいな男なんだから、相手になったらいくらでも食いついてくるんだぞ」

〈でも、話してみると、そんな怖くないっていうか、特に害はないみたいだし〉

「それで、俺のことまでペラペラ喋っとるんか。勘弁してくれ。あいつは調子に乗って、お前の友達になったるなんてふざけたこと言ってくるんだぞ」

〈だって、洋輔くん、カッシーの事件のことでいろいろ動揺してるみたいだし、誰か相談相手になってくれる人がいたほうがいいのかなって思って〉

「たわけか！」洋輔は呆れ返って、つい声を荒らげた。「何でストーカーに相談しんといかんのだ。よりによって、あんないかれた男に」

〈たわけとは何よ、たわけとは〉

美郷は美郷で、洋輔の言い方が気に食わなかったらしく、憤慨したようだった。

「君が馬鹿なことを言うからだろ」

人がいいのか天然なのか、あまりにも常識外れなことを言ってくるだけに、洋輔もさすがに一言返さずにはいられない。

〈馬鹿なことで悪かったわね。いいわよ、もう心配なんてしてあげないから〉

美郷からもつっけんどんな言葉が返ってきて、そのまま電話が切れた。

しまった、感情的に言いすぎたか……車内が沈黙に包まれてから、後悔の思いが湧いてきた洋輔は、やるせなくハンドルをたたいた。

美郷とはもう終わりなのだろうか。

慌てて折り返しの電話をかけたものの、まったくつながらず、メールを送ってもなしのつぶてだった。どうやら本気で怒らせてしまったらしいと気づいた。

まだ、付き合いとしてはスタートラインに立ったばかりだったのに……。

目の前の、諸々のわずらわしい問題がクリアされてから、楽しい日々が始まるはずだったのに……。

あのジョージが美郷をかっさらっていくのか。

まさかとは思うが、現実は楽観できる状況ではない。あのストーカーは今も頻繁に美郷の前に顔を出し、ある種の親近感を勝ちえるまでになっているのだ。そして信じがたいことに、彼女の相談相手のような立場さえ獲得しているらしい。

女が自分の彼氏とうまくいかず、悩みを相談していた相手とくっついてしまうというのは、聞き飽きるほどよく耳にするパターンである。しかもあのジョージは無駄なほどイケメンなのだ。挙動が普通ではないから並の感覚であれば敬遠してしまうが、それに慣れてしまうと、意外といい人間だという評価に振れやすくなり、やがてはこういう男のほうが個性的で楽しいと思うようになるのだ。

もし美郷との仲が終わってしまったら……洋輔は、美郷が自分の毎日の唯一の希望であったことに気づいて愕然《がくぜん》とする。彼女の存在が消えれば、和康はどうしたら自分への疑いを解いてくれるかとか、樫村殺害の犯人としか思えない八真人とこの先どう付き合っていけばいいかとか、考えるだけで気が重くなるような現実しか目の前にはないのだ。

仕事だって、今のところは何とか一息つけているが、期が変われば、また新しいノルマに苦しむ日々が始まることになる。

最悪だ。何の光も見えない。

和康はちゃんと警察を振り切れるのだろうか。

警察がまた訪ねてきたらどうしよう……。

こんな調子では、自分が先に崩れるかもしれない。

「仮面同窓会計画」を素直に吐き、八真人に自首してもらえば、仕事は首になるかもしれないが、今より少しは気分が楽になるだろうか。

分からない。

はあ。

疲れたな……。

洋輔は自分のアパートに戻ってきたところで、ぐったりとしてしまい、ベッドの上に身体を投げ出した。

＊

さて……。

俺は夕闇に包まれた公園の、大きな銀杏《いちょう》の木の下に隠れるようにして座った。

通りからはまず目につかない。犬の散歩にでも来た人間に見つかれば計画は中止だが、植えこみを越えてこない限り、見つかる可能性は低いはずだ。

座ったまま待ち伏せていた十五分ほどの間に二人ほど犬を連れた女が公園を通っていったが、俺の存在に気づいた様子はなく、犬がこちらに向かって吠えるなどということもなかった。

闇がさらに濃くなってきた頃、公園前の道に、自転車に乗った人影が現れた。

コンビニでのバイトを終えた和康だ。勤めているコンビニの駐車場がそれほど広くないので、彼は自転車通いしている。この公園は行き帰りに使う道に面しているのだ。

公園前の通りには、ほかに人影はない。

「カズ」

植えこみを飛び越え、公園を出ながら俺は声をかけた。和康は突然の呼びかけに驚いたような顔をして自転車を止めた。

「俺だ俺」

先日の樫村のようなランナーファッションに身を固めていた俺は、頭のフードをずらして顔がはっきり分かるように見せ、彼に笑顔を向けた。

「何だ……びっくりさせんなて」

和康は口を尖らせて言い、困惑気味に視線を左右に忙しなく動かした。

「悪い悪い。カズに教えたいことがあってよ、ここで待っとったんだ」

「何だ？」

和康は警戒心をあらわにした口調で訊く。

「ちょっと、こっちで話そうぜ」

俺はそんな声をかけながら、手袋を嵌めた手で彼の自転車のハンドルと荷台をつかみ、半ば強引に公園の中へと押していった。

「何だ？　何するんだ？」

戸惑う様子の和康を前にして、俺は唇に人差し指を立てる。

「樫村の事件の真犯人の話だ」

「は？」

いきなり投げかけられた話が呑みこめない様子の和康に目配せし、俺は植えこみのほうを指差した。

「あれ、誰だと思う？」

俺の言葉に釣られるようにして、和康が目を凝らす。俺は次の瞬間、彼の肩に組みついて、小太りの身体を自転車から引きずり下ろした。

「うわっ、何する!?」

短く悲鳴を上げた和康の口を片手でふさぎ、もう片方の手と足を使って彼の腕の動きを封じた。

「分かっとるだろ……樫村と同じだ。あいつを犯《や》った罰だて」

俺は和康の耳もとでそうささやき、闇の中で鈍い光が動くのを見届ける。

＊

物音を聞いて目を覚ましたとき、部屋は真っ暗で、夜であることはすぐに分かったが、何時頃なのかはまったく見当がつかなかった。

このところの疲れが一気に出たような身体の重さを抱えてアパートに戻ってきたまま、洋輔はベッドの上で眠ってしまっていた。いつ眠りについたのかも思い出せない。

手探りで明かりをつけ、目をしばたたきながら時計を見ると、七時半を回っていた。中途半端な眠りで、しかも悪夢を見ていた気がする。そのせいか頭が痛い。

〈誰か来たぞ〉

起き抜けの頭に兄の声が響く。そのままじっとしていると、ドアがノックされる音が聞こえた。どうやら先ほどはその音で目が覚めたようだった。

〈警察だ。警察〉

兄が無責任にはやし立てる一方で、洋輔はまさかと身構える。今のノックの音は、この前ほど荒々しくなかった。

「はい？」

戸口に近づいて外の反応をうかがう。

「私……美郷」

「えっ？」

洋輔は驚き、ドアを解錠した。

ドアを開けると、美郷がそこに立っていた。

「ごめん、いきなり訪ねてきて」

美郷はここまで駆けてきたかのように、息を弾ませ、肩を上下させていた。

「上がっていい？」

「もちろんいいけど……どうした？」

美郷は弱々しい笑みを浮かべただけで、その問いには答えなかった。ハンドバッグを胸に抱えるようにして、靴を脱ぎ、部屋に上がった。

約束があれば部屋を片づけているが、突然ではその暇もない。洋輔は押入れの戸をはじめ、部屋をぐるりと見回し、余計なものが出ていないか何気なくチェックした。特に問題はなさそうでほっとする。

　もちろん、焦る一方で嬉しい思いも強かった。昼間は電話で怒らせてしまっていただけに、美郷からこうして訪ねてきてくれるとは思わなかった。彼女もいろいろ悩んだ末、居ても立ってもいられなくなり、こうやって会いに来たのではないか……洋輔は自分の心情と照らし合わせて、そんなふうに考えた。

　しかし、本当にそうだろうかという疑問もあとを追うように湧いてきた。様子がどこかおかしい。洋輔とあまり目を合わせず、何か動揺しているようにも見える。

　何かあったのだろうか。もしかして、またジョージのストーキングに遭い、何かされたのだろうか。

　ローテーブルを挟んで美郷の向かいに座り、何かあったのか訊こうとしたところ、彼女は気分悪そうに顔をしかめて立ち上がった。

「ちょっと、手洗い借りるね」

「ああ、いいけど……大丈夫か？」

　美郷はやはり何も答えず、トイレのほうに向かった。やがて、洗面台の水を流す音が聞こえ、それがしばらく続いた。

吐き気でもするのだろうか。美郷がなかなか戻ってこないので気になり、洋輔は様子を見ようと腰を浮かせた。

そのとき、何か部屋の空気にいつもと違う匂いが混じっていることに気づいた。かすかに生ぐささを感じる。

洗面台を覗くと、美郷が水を流して何かを洗っているようだった。

その洗面ボウルの端々に赤い水滴が散っているのに気づいて、洋輔ははっとする。

「どうしたんだ、それ？」

洋輔の声に彼女はびくりと動きを止めて振り返った。その目にはどこか緊迫の色があった。

洋輔は近づいて洗面ボウルをまじまじと見た。

「何だこれ……血か？」赤い水滴はどう見てもそうだった。「どうした？」

「洋輔くんこそ……どうしたの？」

彼女は絞ったハンカチを口に当てながら、逆に訊いてきた。

「え？」

美郷はただ、洋輔を冷ややかに見ている。

「何があったんだ？」

洋輔は訳が分からず、問いを重ねる。彼女が怪我でもしているのかと思ったのだが、そんな様子はない。

「洋輔くんは何してたの？」

「何って、ちょっと疲れて寝とったんだが……」

「寝てた？」美郷は訝しげに口にする。「お風呂場、使ったばっかりみたいだけど……マットも濡れてるし」

洗面台の隣にあるバスルームの扉が開いており、その床が確かに濡れている。

「ああ……シャワー浴びて、それからうとうとしとったんだ」

洋輔自身は風呂に入った記憶はなく、そうだとすれば兄の仕業でしかないのだが、とりあえずそう言っておくことにした。

「それより」洋輔は話を戻す。「その血はどうしたんだ？」

「どうしたって……ここに付いてたんだけど」

美郷は洗面ボウルをぐるりと差しながら言った。

「えっ？」

洋輔は絶句し、そのまま美郷と顔を見合わせるだけの数秒間をすごした。

「ねえ」美郷が思い詰めた表情で口を開く。「ここに来る前、新町のほうにある公園の前を通ったんだけど……」

洋輔は彼女が何の話をしようとしているのか分からず、「で？」としか反応できない。

美郷はそんな洋輔の顔色を注意深く観察するように見ながら、「警察が来てて、救急車も来てて、野次馬もいて、何か事件が起こったばっかりのとこみたいで……」と口にする。

そんな光景に遭遇したから、ショックを受けて、精神的に不安定になっているということなのか……洋輔が美郷の動揺具合に一応の理解を得かけていると、彼女は頰をかすかにゆがめて続けた。

「そこにコンビニの服着た人がいて、被害に遭って倒れてるのはうちのバイトの大見和康っていう男だって……警官に説明してたの」

「えっ⁉」

洋輔は驚きのあまり、声を裏返らせた。

「何だそれ……被害って、何の？」

「誰かに刺されたみたい」

彼女はため息をつくようにしてそう言い、血の色が散っている洗面台を振り返った。

「ちょ、ちょっと待て……」頭が混乱する中、いろんなことが脳裏をよぎったが、まず何とかしなければならないのは、美郷に何やら疑われているらしいということについてだった。

「俺は何にも知らんぞ。本当に今まで寝とったんだ」

美郷は再び狭いバスルームに目をやり、何か言いたそうな目をしていたが、それは呑みこんだようだった。

「別に私は何も言ってないよ」

美郷は素っ気なく言い、洗面台のスポンジを手にした。

「それで……カズはどうなったんだ？」

気になって訊くと、美郷はそんなことを訊く資格があるのかとでもいうような一瞥を洋輔に向け、「そこまでは知らない」とだけ答えた。

「それより洗剤ある？」

「あ、ああ……」

洋輔が洗剤を渡すと、彼女は洗面台を隅々まで洗い始めた。

明らかに疑われ続けている。それでいて、彼女は証拠隠滅を手伝おうとしてくれているらしい。彼女の複雑な思いを肌に感じ、洋輔としても平静でいるのは難しかったが、もうこれ以上の弁解をする気は起きなかった。

状況が一つの事実を示している。犯人がここにいるのだ。

「洗濯物は？」美郷は洗濯機を覗いて訊く。「洗ってないのがあったら出して」

「いや、俺がやるよ」

洋輔は言い、洗濯槽に溜まっている衣類やタオルを手でかき分けてみる。血が付いているようなものは見当たらなかったが、洗剤を普段より多めに入れて洗濯機を回した。

「ちょっと待って。暑い……これも洗って」

美郷は黒のカットソーを脱ぎ、洗濯機に突っこんだ。洗面台の掃除に力が入ったらしく、Tシャツ姿の首筋に汗が浮いている。

「洋輔くんの部屋着と同じようなの、シャツでもパーカーでもいいから、私にも貸して」

着古したシャツを渡すと、彼女はそれに袖を通して腕まくりし、ラフな格好を洗面台の姿見で確かめてから、「ご飯食べに行こ」と言った。

洋輔はただ言われたままに従うだけの心理状態になっていた。昼間、喧嘩したことも手伝い、彼女が味方でいてくれるこの状況を壊したくない思いだった。

洋輔の車に美郷を乗せ、市内のファミリーレストランに行った。

「今日はちょうど私も仕事が休みだったから、五時くらいからデートしてたことにしよ。洋輔くんの部屋で音楽聞きながらお喋りして、ここに来たってことね」

「ああ、分かった」

こうしてファミレスに来たのも、美郷なりの意図があると分かる。犯行時間帯のアリバイにはならないが、こういう店には防犯カメラがある。犯行のすぐあとにこうして恋人と二人、部屋着と変わらないくつろいだ格好でファミレスに来て、のんびり夕食を楽しんでいるような姿は、犯人像からかけ離れたものであろうということだ。

「ニュースが出るまで、八真人くんたちから連絡があっても、初めて知ったってことにしといて」

「ああ、分かった」洋輔はおとなしく従い、それから「あのさ……」と、スパゲッティをフォークに絡めながら言った。「昼間はごめんな……電話で怒ったりして」

「ううん」

美郷はさらりと首を振る。本来ならば、美郷からも一言詫びの言葉を返してもらったほうが水に流しやすいのだが、そんな気配はまったくない以上、仕方がない。今は美郷の許しを得たと思うだけで生き返ったような気持ちになれる。彼女に依存しすぎだと思えなくもないが、昼間のどん底の気分に戻りたいとは思わない。

それに、昼間は、あのジョージに美郷を取られるのではないかという思いにとらわれて気持ちがやられてしまったが、こうして美郷と一緒にいると、そんなことはくだらない妄想にすぎないと思えてくる。彼女は相変わらず洋輔のことを大事に思ってくれているのだ。

食事が終わる頃、洋輔の携帯電話に兼一から着信があった。

〈親父たちが話しとったのを聞いたんだけど、新町のほうで今日、何か事件があったの知っ

とる？〉

　兼一のところにはもう事件のニュースが届いているらしい。

「いや、知らんけど……何？」美郷と打ち合わせたことでもあり、洋輔はそうとぼけて訊き返した。

〈いや、又聞きだから、どこまで本当のことか分からんけど、洋輔の遊び仲間にカズって呼ばれとったやつがおったやろ。八真人たちと一緒に留年したやつ……大見和康だっけ〉

「ああ……カズがどうした？」

〈たぶん、そいつのことだと思うんだけど、通り魔だか強盗だかに襲われて、殺されたらしいぞ〉

「えっ……!?」

　知らないふりをした以上、事件のことを聞かされたら驚かなければと気持ちを構えていたが、「殺された」という言葉は予想していなかった。

「殺されたって……カズが死んだってことかよ？」

〈いや、だから俺もびっくりして、洋輔、仲よかったし、何か話が入っとらんかなって思ったんだわ〉

「俺は何も……」

〈強盗だって見方もあるらしいけど、カッシーの件があっただろ。あれと何か関係しとらんかっていう気もするんだけどな。考えすぎかな？〉

「いや……俺には分からん」

もごもごと応対しているうちに兼一との電話は切れ、洋輔は重い吐息をついた。洋輔が電話のやり取りで「殺された」と口にした瞬間から、目の前にいる美郷の顔も強張っていた。

「誰？」

「兼一」

「殺されたって……」

洋輔は小さくうなずく。「はっきりした情報じゃないらしいけど、あいつはそう聞いたって……」

重苦しい空気が二人の間に漂った。

「でも……聞いた以上は流れ的に、八真人くんとかに連絡してみなくて大丈夫？」

事件に無関係な人間であれば、そうするのが自然な行動ではないかということだろうが、洋輔としてはショックが大きすぎて、そんな体裁を気にしている余裕はなかった。

「いいよ……八真人とは最近微妙だし」

「そう……」

気のいいやつだったのに……洋輔は死んだ和康のことを思い、胸がつぶれるような気持ちになった。一緒に遊んでいた頃は、和康がいることで仲間内の笑いが絶えなかった。ふざけたことが好きで、愛すべき存在だった。

ただ、少しだけ勘が鈍いと言おうか、見当外れの思いこみをしたり、何かを説明してもよく分かってくれないことが、ときどきあった。樫村の事件のことでも、結局はそれがあだとなって、変なしこりが生じてしまった。それが残念でならない。

いや、本当に和康の見当外れの思いこみで片づけていいのか……今となってはそれも怪しくなってきた。

和康の死は通り魔や強盗の仕業だとは思えない。八真人がそれをしたというのも苦しい読みだ。

疑われるべきは自分になってしまったのだ……洋輔はそう認めざるをえない。自分を疑っていた和康が殺されたのだ。希一も疑っている。美郷も今、疑っている。八真人も和康のニュースを知れば、疑うのだろう。

洋輔は自分に取りついている寄生虫の存在を呪った。もしかしたら、樫村の事件もあいつの仕業なのか……その可能性が決して低くないことに気づいてしまい、恐ろしくなる。これまでは人に気づかれないように何とか取り繕ってきたつもりだが、それもいよいよ限界に来ている気がした。

　食事を終えてアパートに戻ると、洗濯が終わっていた。

「私の、帰って干すから」

　美郷はそう言って、洗濯物の山から自分のカットソーを取り出し、ポリ袋に入れた。

　今日はこれで帰るようだ。もっとそばにいてほしいという思いと、とりあえず帰したほうがいいという思いの両方があり、洋輔は彼女の意思に任せることにした。

「送ってこうか」

「ううん、駅までお母さんに来てもらうからいい」

　彼女は携帯電話を取り出して、「あ、お母さん、今からいい？」と電話をかけた。

　それが終わり、彼女が携帯電話をバッグに仕舞いかけたところに、突然、ドアが荒々しくノックされた。

　洋輔はびくりと固まり、思わず美郷を見た。

「新谷さん、夜分すいません」

　男の声だった。直感が警察だと告げる。

　美郷が顔を振って、応じるよう促した。

　洋輔がドアを開けると、そこに先日もここを訪れた刑事の顔があった。

「先日もお邪魔しました狐狸山警察の者ですが」

刑事はそう名乗りながら、美郷のほうにちらりと視線を向け、ゆっくりとそれを戻した。

「今日はお仕事でしたか？」

「いえ、休みですけど」

「休み……ずっとこちらにおられたんですか？」

「昼間は市民病院に行ってました。夕方に彼女と会ってからはここにいて、さっきファミレスでご飯食べてきたところです」

「夕方というのは何時頃ですか？」

「五時くらいです」

刑事は再び美郷のほうを見て、それから納得したのかどうか分からないが、軽いうなり声を上げながらうなずいた。

「新谷さん、この間、高校時代の友人として、大見和康さんの名前を挙げておられましたよね？」

「はい……」

「今日、大見さんが事件に遭われたのはご存じですか？」

「あの、友達からさっき電話があって、今も彼女とその話をしてたんですが……殺されたって本当ですか？」

「残念ながら、その通りです」刑事は言った。

背後の美郷からあえぐような息遣いが洩れ、洋輔も釣られるように大きく息をついた。

「お金が奪われとるんで行きずりの犯行っていう可能性も高いんですが、念のためお訊きしたいと思いまして……大見さんが誰かとトラブルになってたとか、そういうことは知りませんか？」

その質問に真面目に答えるとすれば、洋輔は自分の名前を言わなくてはならなくなってしまう。

「さあ……僕は聞いてません」

「新谷さんが最後に大見さんと会ったり電話で話したりしたのはいつですか？」

「三日ほど前です」

「最近ですな」刑事はかすかに目を細めた。「電話ですか？」

「いえ、喫茶店で夜にちょっとお茶したんです」

「どんな話をしました？」

「どんなって」洋輔は口ごもる。「普通の世間話です。ドラゴンズの話とか」

「何かお金が絡むようなこととか、気になる話はありませんでしたか？」

「いえ、特には」

「大見さんは樫村さんのお通夜には出ておられなかったようですが、樫村さんの事件のことは何か言っておられましたか？」

「それは何ていうか……僕のところに刑事さんが来た話をしたら、うちにも来るのかなってことをちょっと迷惑そうに言ってたんで、通夜に行った連中のとこを回ってるらしいから、カズのとこには来んのじゃないかって、そんなようなことは話した憶えがありますけど」

「ふむ……ほかには？」

「それくらいです」洋輔は首を振る。

「なるほど」刑事は鼻から息を抜いて言い、ちらりと手帳に目を落とした。「新谷さんが知る中で、大見さんと一番仲がよかったのはどなたですかね？」

「希一だと思います。皆川希一」

「皆川希一さんね」

刑事は手帳にメモし、一つうなずいた。

「いや、夜遅くにありがとうございました。また何か教えてもらうことが出てくるかもしれませんが、そのときはよろしくお願いします」

刑事はそう言うと、美郷にも会釈を送って帰っていった。

洋輔は安堵の息をつく。何か妙な疑いを抱かれた感覚はない。金を奪われているとかで、警察は顔見知りの犯行ではなく、物取りの犯行だと踏んでいるようだ。ただ、樫村の事件があったばかりで、そこに何か見えない糸がありはしないかと気になったのだろう。

美郷がそばにいたのも大きかった。刑事は一応のアリバイを訊きながらも、明らかにそれで、洋輔を疑う対象から外したように見えた。彼女が素行の悪そうな見てくれをしていれば、また話も違ってくるだろうが、まったくそうではないだけに、刑事としても強引な疑いは向けにくいはずだった。

「とりあえず一安心ね」

美郷は洋輔が貸したシャツを脱ぎ捨て、一仕事終わったような顔をして言った。

「ああ、そうだな」

和康が殺されているのに一安心も何もないのだが、洋輔の心情も同様だったので、素直に相槌を打っておいた。「ありがとう」という礼の言葉まで口をついて出そうになったが、それを言うと自分が犯人であるのを認めるようなことになってしまいかねず、さすがに呑みこんだ。

「駅まで送るわ」

そう口にした洋輔に、美郷はどこか冷ややかな一瞥を投げかけてきた。

「どっちでもいいけど……皆川くんとかに知らせなくていいの？」

うっと洋輔は息を呑む。刑事たちは希一のところに聞きこみに行く可能性が高い。あの男はうかつなことは言わないだろうが、和康が殺されたことについてはどう考えるのか分からない。

「変なこと口にされたら、こっちの努力も水の泡だからね」

和康と洋輔が言い争っていたことなどを刑事に告げられたら、目も当てられない。美郷の言う通りだ。

「私は大丈夫だから」

「そうか」

高校時代から部活のキャプテンを務めるほどしっかりした女だったが、洋輔との間でも、気づくと、尻に敷かれていると言ってもいい関係が出来上がってしまっている。もはや、再会した頃の、ジョージのストーキングに怯えて洋輔にすがりついてきたときのようなか弱さは見出せない。

しかし、洋輔自身、それについて不満めいたことを言えるような心境ではなかった。彼女に対して精神的に依存していることは素直に認めるしかない。彼女が来てくれ、自分の味方になってくれようとしたことが本当に嬉しかったのだ。

玄関口まで出て、美郷を見送る。

「じゃあ」

「うん、気をつけて」

ドアを閉め、一つ息をつく。無性に寂しくなるのを努めて意識しないようにする。気持ちを切り替えるように頭を振る。

彼女が帰ったということは、あの悪魔と二人きりになったということだ。一刻も早く希一に電話しなければいけないことも確かだが、その前にあの男を問い詰めなければならない。

「お前だな？」

部屋に戻り、一つ大きな吐息をついてから、洋輔は問いかける。

〈何がだ？〉兄が笑いを含んだ声で問い返してくる。

「カズを殺った犯人に決まっとるだろ」

〈おいおい、変なことを言うな。濡れ衣もいいとこだ〉

「そう考えれば、つじつまは合うんだ。洗面台に血が付いとったんだぞ」

〈俺は知らん。憶えがない〉

「しらばっくれても駄目だ。お前しかおらん。樫村もお前が殺ったんだろ」

〈突拍子もないこと言うな。俺じゃないことはお前が一番よく分かっとるはずだ〉

「俺は眠っとった。その間にだ」

〈俺も寝とったわ〉兄は人を食ったように言い返す。

「嘘をつけ。さっきも俺が寝とるうちに風呂に入っただろ」

〈風呂ぐらい入らせろ〉

そんな言い争いをしているところに、突然、玄関のドアが開く音がし、洋輔はどきりとして振り返った。

いつかのときのように、美郷が戻ってきて、部屋を覗きこんでいた。

「な、何？　忘れ物？」

洋輔の問いかけには答えず、彼女は靴を脱いで部屋に上がりこんできた。

「今、誰と話してたの？」

美郷はローテーブルに置かれた洋輔の携帯電話を一瞥してから、そう訊いてきた。

「え、いや……」

洋輔が言葉を濁していると、彼女は壁際のパソコン台に置かれたノートパソコンを見つめ、部屋の片隅にあるスピーカーを見つめ、そしてついに、コンセントから押入れにコードが引きこまれているのを見つけたようだった。何か考えこむような間を置いたあと、彼女はおもむろに押入れのふすまに手をかけた。

「あっ！」

　止める間もなかった。

　美郷がふすまを開ける。

　押入れの上段には万年床の上にあぐらをかいた兄が背中を丸めて座っていた。美郷と目が合って泡を食っている。

「誰……⁉」美郷が見開いた目をそのままにして、問いを口にする。

「誰って、その……」

「ドラえもん……？」

　洋輔もその姿を二年ぶりくらいに見る兄は、運動不足のせいか丸々と太っていた。

　兄は慌ててふすまを閉めようとしたが、美郷に「閉めるな！」と一喝された。

「あんた誰⁉」

　美郷が詰問すると、兄はかたわらのマイクをおどおどと手にした。

〈僕、洋輔の兄貴〉

「ボク、ドラえもん」のような調子で、部屋のスピーカーから兄の声が聞こえた。

「何こいつ……」美郷は呆然として呟き、洋輔をきっとにらんだ。「あなたのお兄さん、死んだんじゃなかった？」

「いや、死んだのは下の兄貴で、これは上の兄貴」

「上の？」美郷は押入れの兄と洋輔とを交互に見やりながら訊く。「何でこんなとこにいるの？」

「こいつは下の兄貴が死んだときにショックで引きこもってから、一度も働きにも出ずに、ずっとこんな生活をしとるんだ。俺が実家を出て、アパート暮らしを始めたら付いてきやがった。普段は押入れに閉じこもって顔も見せようとしん。俺が眠っとるときに冷蔵庫を漁ってシャワーを浴びて、そそくさとそこに戻ってくんだ」

洋輔は兄が三十をすぎても辛気くさく引きこもっている実家の空気が嫌で一人暮らしを始めようとしたのだが、洋輔の両親は、稔彦はナイーブな子だから、弟のお前と一緒なら精神的にも安定して自立できるかもしれないし、そばで優しく見守ってやってくれと押しつけてきた。最初は洋輔も彼を早く自立させるべく、コミュニケーションを図ろうとしたのだが、押入れのふすまを開けたら幼児のようにヒステリーを起こし、今度勝手に開けたら憤死するとまで言われて、馬鹿らしくなった。

今では、この押入れはすっかり彼の要塞と化し、彼はその中でネット三昧《ざんまい》の日々を送りながら、時折CCDカメラで洋輔の部屋の様子をチェックし、部屋のスピーカーを通して言いたいことを言ってくる。八真人らを部屋に上げても、押入れの前に座ってこの男の気配を消すように気を遣わなければならないし、何より、美郷を部屋に呼んでも、押入れに好色の目があるだけに、彼女との仲を発展させられない。何の利を生むこともなく、まさにお邪魔虫として洋輔に寄生していたのがこの男である。

〈逆だ、洋輔。お前が雅之の死のショックから立ち直れないから、俺がこうして見守ってやっとるんだ〉

兄の呆れた言いぐさに、洋輔は「ふざけんな」と言い返す。

「何でいちいちマイク使って喋るの？　頭おかしいの？」美郷が素朴な疑問を洋輔にぶつけてきた。

「いや、俺も地声が小さいほうなんだけど、こいつはそれに輪をかけて、ぼそぼそとしか喋らんのだ。下の兄貴が死んでからそれがさらにひどくなって、喋るたびに何度も訊き返しとったら、それが気に障ったらしく、あるときからいきなりこんなスタイルになりやがった」

〈洋輔もマイクを使えばいいんだ。人生変わるぞ〉

「人生変わってこれかよ！」

「何これ……」

美郷は呆れ返ったように顔をゆがめていた。こんな変人には今まで出会ったこともないだろう。無理もない。

「てっきり二重人格かと思ったのに」

彼女はそうも言った。

10

和康が殺されてから二週間が経った。

その間、警察が一度だけ訪ねてきたが、和康が抱えていたトラブルで、何かその後思い出したことはないかという質問が中心だった。洋輔の答えに収穫がないのを悟るとあっさり帰っていった。警察は行きずりの強盗犯の仕業との見方を強めているようだったが、それさえ捜査は行き詰まっていて、現状を打開するために何でもいいから情報を集めているといった様子だった。

八真人や希一とは和康の通夜で顔を合わせたが、ほとんど何も話らしい話をしなかった。彼らには和康が殺された日にも結局電話はかけなかったのだが、警察の聞きこみで洋輔の名前を出すことはしなかったようだ。それは八真人が和康の通夜・葬儀の日取りを伝えてきた短い電話のやり取りだけでも分かった。

ただ、言葉には出さなくても、通夜の席で洋輔と微妙に距離を取っているような態度から、希一の心中は何となく察せられた。一方で、八真人の洋輔と接する態度はいつもと変わらず、その様子からは彼が何を考えているのか推し量ることはできなかった。

通夜から数日後、希一から、一度三人で集まってじっくり話をするべきだという提案が持ちこまれた。それも実際には、希一がこう言ってるんだがという形で、八真人が電話してきたものだった。

八真人が何の後ろめたさもない口調でそんな話を持ちかけてきたことには引っかからないでもなかったが、これ以上真相をうやむやにしていてもいいほうには転ばないと思っていた洋輔は、その話に了解の返事をした。そして、彼ら二人と会うことにしたのが、この金曜の夜だった。

前日、洋輔は美郷に電話をして、八真人たちに会う予定であることを話した。

「ちゃんと話して希一が持っとる俺への疑いを晴らしてくるわ。その上で八真人には、やったことはやったと認めさせる。こっちにも疑いが向けられとるんだから、もう、はっきりさせんわけにはいかん。八真人が認めたら、美郷にも教えるからな」

洋輔からの話を聞いて一連のいきさつを知っている兄・稔彦が血迷った末の犯行でないとすれば、犯人はもう八真人とその恋人しかいない。美郷や希一から自分が疑われている現状は何とかしなければならないから、そこははっきりさせる必要がある。

「だけど、もし八真人が犯行を素直に認めたら、それ以上のことには口出ししんことにしようと思っとる。美郷には言うけど、ほかの人間には秘密にする。もちろん警察にもな。どうするかはあいつに任せたいんだ。あいつの犯行には理由がある。とんでもないことをしたのは確かだし、カズにまで手をかけるのは許せんと思うけど、それもきっとあいつなりの理由があるはず。日比野のことが裏にあるんだわ。日比野と仲がよかった美郷なら、その気持ちが分かると思う。だから、美郷だけには教えるけど、美郷もそのつもりで聞いてほしいんだ」

思い詰めた末の考えをそう打ち明けると、美郷は〈ふーん〉とどこか冷ややかな相槌を打ってみせた。

〈まあ、真相がその程度のことだったら、それでいいかもしれないけどね〉

どんな可能性を考えているのか、美郷はそんな気味の悪いことを言った。樫村殺し、和康殺しの犯人が八真人であるということが、「その程度の真相」であるとするのは、いくら何でも現実にそぐわないように思えてならなかったが、その真意をあえて問い質すことまではしなかった。樫村殺しの疑いを向けられてから、妙に彼女との力関係が洋輔の不利な方向に傾いてしまっている。さらには兄の件が追い打ちをかけた形となり、彼女に対して何かを強く迫るような態度が取りにくくなってしまった。

どちらにしろ、洋輔としては、自分の身の潔白をきっちり証明して、彼女に対して失いつつある沽券《こけん》を取り戻さなければならなかった。

金曜の夜八時すぎ、慌しく仕事を切り上げて帰ってきた洋輔は、車に乗りこんで、希一が指定したジンギスカン屋に出向いた。しかし、八真人と希一の車は停まっているものの、店自体の明かりがついていなかった。

「よう」

車の脇に二人が立っており、洋輔が車を降りたところで八真人が声をかけてきた。

「ここ、休みみたいだ」

相変わらず、口調は穏やかで、感情は読み取れない。

「俺らが来んくなったから、つぶれたんじゃねえか」と希一。「それとも、あのじいさんがくたばったかだな」

希一は小さな笑みを顔に貼りつけている。彼は険悪な関係になった相手に話しかけるときや、あるいは悪だくみをしているときなど、ことさら作り笑いを振りまく癖がある。ただ、目は笑っていないから、洋輔は緊張を解くことはできない。

「じゃあ、どうするんだ？」

「どっか、話せる店、知らんか？」

八真人にそう問い返されたが、周りの耳を気にせず話せる場所というのは思いつかない。〔ヨネダ珈琲〕も金曜の今時分はまだ混んでいるだろうし、和康との話し合いが決裂した記憶も新しく、進んで使いたい気分にはなれない。

「あそこ行くか？」希一が言う。

「あそこって？」

「大島工業」

「は？」洋輔は耳を疑う。「マジで言っとんのか？」

「あそこなら誰も来ん。警察もまだつかんどらんだろ」

「〔ヨネダ〕じゃいかんか？」

今さらながら洋輔は言ってみたが、希一の失笑を買っただけだった。

「俺ら、だべりに来たわけじゃないぞ」

「そうだけど……」

「洋輔」希一は言う。「この中に犯人がおる。俺らみんながそう思っとるし、いい加減もう、それをはっきりさせるために集まったんじゃないか？　お前もそのつもりだろ？」

「……分かった」

しばらく躊躇したものの、洋輔は了解した。

それぞれ自分の車に戻り、希一を先頭にして車を出した。

ハンドルを握り、彼らの車を追いながら、洋輔はだんだん不安になってくる。人の耳がない場所でというのは分かるが、大島工業の跡地は人気がなさすぎる。大声を出しても誰にも届かないほどだ。

もし、八真人が何らかの策を弄して、すでに希一を取りこんでいたら……。

まさかとは思うが、八真人の頭の中に保身しか残っていなかったら、話の転がりようによっては実力行使に出てくるかもしれない。

和康に対してそうしたように……。

あるいは、もっと勘繰るとするなら、大島工業に移動するのは彼らの中で予定されていたことであり、洋輔は今、罠《わな》に嵌まろうとしている最中なのかもしれない。

樫村のときのように……。

どうする？

車列の最後尾を走っていた洋輔は、信号に捉まったのを機に、携帯電話を出し、美郷にかけた。美郷はすぐに出た。

〈洋輔くん？〉

「美郷か？　今いいか？」

〈いいけど……八真人くんたちとの話は終わったの？〉

「いや、今からだ。ちょっと聞いてくれ。これから東名沿いの、昔、大島工業っていう会社があった廃工場みたいなとこに行くんだ。分かるか？」

〈分かんないけど……何でそんなとこに行くの？〉

「人気のないとこだから、じっくり話ができるってことだ。だけど、逆に言えば、人の目がまったくないから、何があってもおかしくない。だからな、もし二時間経っても俺から連絡がなかったら、様子を見に来てほしいんだ。一人で来るのは危ないだろうから、誰か——兼一がいいけど——とにかく誰でも、最悪警察でもいいから、呼んで来てくれ」

〈分かった。そうなったら、兼一くんか誰か、助けを呼んで行けばいいのね〉

「兼一の番号分かるか？」

〈大丈夫、何とかする〉

「東名の狐狸山インターから三キロくらい東に行ったとこの南側だ。あとはネットか何かで調べてくれ」

〈うん、分かった。気をつけて〉

ちょうど信号が青になり、洋輔は電話を切った。短いやり取りだったが、何とかこちらの危機感は伝わったようだった。杞憂に終われば、それに越したことはないが……。

少しだけ気持ちが落ち着いたのを感じながら、アクセルを踏んだ。

そう言えば、美郷が見つけた洗面台の血は結局、何だったのだろう。兄の仕業だと思いきや、あの男は徹底的に否定していた。だからこそ、洋輔も八真人犯人説にこだわらざるをえなくなったわけだが……。

脈絡もなく思い出された疑問にそうそう都合よく答えなど出るはずはなく、まずはこれからの話し合いの答えが先だと思い直し、洋輔はアクセルを強めた。


東名高速の高架下トンネルをくぐり、大島工業跡地の前に出ると、先に着いていた希一と八真人の車が空き地に停められていた。それに並べるようにして車を停める。二人は門の前で洋輔を待っていた。

「このへんでもいいけど、蚊がおるだろうから、中に行こまい」

空き地は夏草が生い茂っており、確かに、こんなところでじっとしていたら蚊の餌食になるだけのような気がした。覚悟を決めてここまで来たからには、誰かの言うことにいちいちためらってはいられない。洋輔は希一に従い、門柱に留められたチェーンをまたいだ。

「このへんでいいか」

敷地の中には入ったものの、樫村を拉致してきたときに使った廃工場裏までは行かなかった。希一らも懐中電灯の類は持っていないらしく、そうであれば、街灯や高速道路の明かりが届く社屋の前あたりが限界だった。

希一はそこで立ち止まり、洋輔たちのほうを振り返った。

「とりあえずお互いに身体検査しようぜ。カズみたいに刃物でぶすっじゃ、たまんねえからな。俺と八真人で洋輔を、俺と洋輔で八真人を、八真人と洋輔で俺を検査する。それで文句ねえだろ」

「分かった」

洋輔はその提案にもおとなしく従い、希一と八真人にズボンのポケットや足もとを探らせた。上は薄手のプルオーバーを着ているだけなので、何かを隠すようなポケットもない。ズボンにしても、財布や携帯電話などが入っているだけだ。

「ふーん」

物騒なものは隠し持っていないことを確認した希一は、少し気が抜けたように鼻をこすって苦笑いを見せた。

「お前、油断しすぎじゃないか？　俺がナイフ持ってきとったらどうするつもりだ？」

彼は軽口をたたくように、そう言った。

八真人と希一も順番に身体検査にかけたが、結果は同じだった。

「希一こそ、俺が何か持っとったらどうするつもりだったんだ？」

洋輔がそう言い返すと、希一は、「洋輔だったら、素手でも何とかなるんじゃないかって思ったからな」といたずらっぽく答えた。

柔道で鍛え、喧嘩で鳴らした腕っぷしがあるだけに、単なる冗談として片づけられないところがあり、洋輔は笑みを引きつらせる。希一の気持ちが臨戦態勢にあることだけはうかがい知れた。

「座ろまい」

希一が言い、社屋の前にあった、何かの部品を運ぶのに使うようなプラスティックケースを持ってきて、それぞれが座った。

希一が煙草をくわえ、ライターで火をつける。彼の顔が闇の中、不気味に明るく浮かび上がり、やがて紫煙の匂いが漂ってきた。風のない、蒸し暑い夜だった。

「カズは可哀想だったな」希一がぽつりと言う。

「ああ」洋輔と八真人の声が重なった。

「あんないいやつが……許せんわ」希一はしみじみとした口調でそう言ってから、首を振った。「でも、そうなっちまったもんはしょうがないわな。誰に何言ったところで、カズが戻ってくるわけじゃない。だからな、俺はこの中にカズを殺ったやつがおったとしても、カズの仕返しをしようとか、警察に突き出そうとか、そういうことは別に考えとらん」

希一の話は洋輔に向けられたものであることは明らかだった。その証拠に、彼は洋輔をちらりと見てから続けた。

「だから刑事が来ても、俺は何も言わんかった。俺はあの日、親父と一緒に商談絡みの会食に出とったから、ちゃんとアリバイがある。カズみたいないいやつを殺す理由もない。けど、誰かにとっては、殺す理由があるわけだ。行きずりの強盗の仕業じゃなかったら……まあ、そんな寝ぼけたことを思っとるやつは、ここにはおらんだろうけどな」

「俺も、カズの事件にこの中の誰かが絡んどるって考えでは一緒だ」洋輔は希一に目を向けて言った。「だけど、その誰かっていうのは俺じゃない」

「アリバイはあるんか？」希一が低い声で問う。

「……美郷と一緒におった」

「それは警察に話した表向きの話か、それとも事実か、どっちだ？」洋輔の微妙なためらいを読んでか、希一が静かに問い詰めた。

洋輔は少し迷ってから、「表向きだ」と正直に答えた。「本当は体調が悪くて夕方前から寝とった。美郷が訪ねてきて起こされて、あの公園で何か事件が起こったみたいで警察が集まっとったっていう話を聞いたんだ」

「ふーん」

希一が鼻の奥で声をくぐもらせるようにして相槌を打ち、口もとに小さな冷笑を浮かべた。

「八真人はどうなんだ？」希一の反応を無視して、洋輔は八真人に振った。

「俺も彼女とおった」

「何だ、お前、いつの間に女作っとったんだ？」希一がからかい口調で言った。

「ちょっと前からだ。職場の同僚だ」

希一には内緒にしているというのは本当だったようだ。

「何だ、水くさいな。言えよ」

希一の反応を聞きながら、洋輔は思う……彼女と一緒だったという八真人の話はある意味、事実なのかもしれない。しかし問題は、その彼女と何をしたかだ。

「その彼女と何やっとった？」

洋輔が訊くと、希一が小さく吹き出し、八真人をニヤリと見やった。

「おい、何やっとったか言えとよ。あれの最中だったんなら体位まで言えと」

八真人は希一の茶々を受け流し、「彼女のマンションで飯食っとっただけだ」と答えた。

「だとよ」希一が洋輔の反応を見る。

「俺も人のことは言えんが、そのアリバイはないに等しいな」洋輔は首を振って言う。「樫村のときでも、あいつを運んで池に沈めるのは一人じゃ難しい。この中の誰か二人か、あるいは外の人間の助けを借りた可能性が高い。例えば、その人間の彼女とかな」

「洋輔……」八真人がいつもの冷静な口調のまま声をかけてきた。「どこまで本気かは知らんが、カズからも聞いとったし、お前が俺の名前を出しとることは知っとる。でも、はっきり言うけど俺は関係ないぞ。洋輔はさっき、自分じゃないと言ったが、俺でもない」

　希一が洋輔と八真人を交互に見やり、肩をすくめておどけたように笑った。

「自分じゃないなら、遠慮せずに言うべきだわな。相手のことを気遣っとる場合じゃない。言わなきゃ自分がやったことにされるんだ」

「一つ言っときたいのは、俺はその通り八真人を疑っとるにしても、非難するつもりはないってことだ」洋輔は言った。「希一も言ったみたいに、警察に言う気はない。自首するなら止めんけど、その気がないなら真相は墓場まで持ってくし、何なら口裏を合わせてもいい。カズを殺したのは俺も納得がいかん。でも、あいつは精神的に不安定だったし、何らかの理由はあったんだろ。許されることじゃないけど、そんなことは承知の上だろうし、これ以上、どうこう言うつもりはないわ」

「樫村のときからだと思うが、どうして俺を疑うんだ？」八真人が洋輔を見て訊いた。

「動機がある」

「どんな？」

「日比野の復讐だ。そう言えば分かるだろ」

「分からんな」何も言わない八真人に代わって、希一が言う。

「希一も、樫村と日比野の間で何があったかくらい、噂で知っとるんだろ。だから、樫村をここに連れてきたとき、『ハレンチ教師』なんてことを口にしたんだ」

「つまり、何だ」希一が煙草の吸殻を踏み消して口を開く。「樫村が日比野を犯ったことの復讐で、八真人が樫村を殺し、カズもそのことに気づくか何かして、あいつのことだからぼろっと警察に言いかねんと思って八真人が消したってことか？」

「ああ」洋輔はうなずく。

希一と八真人は何やら視線を交わし合い、今度は八真人が口を開いた。

「洋輔、お前はある意味、俺を買いかぶりすぎだ」

「え？」

「俺ももちろん、真理と樫村の噂は知っとる。それがあいつの自殺につながったんじゃないかって見方も含めてな。でも、俺はそれで、真理の無念を晴らして復讐しようなんて思う人間じゃない……残念ながらな」

八真人はあくまで無表情で、洋輔にはそれが本音なのか芝居なのかが分からなかった。

「あの子が死んだ頃には、もうとっくに、八真人は彼女と別れとったぞ」希一が言う。「それがこんな七年も経った今になるまで、いつか殺したるなんて、えぐい恨みを持ち続けとるわけないだろ」

「でも、俺らだって、あの頃の恨みで、樫村に復讐した」

「そんなのはノリでやっただけだろ」希一が切って捨てるように言う。「同窓会の延長だ。別にどうしてもやらなかんような恨みがあったわけじゃない」

希一はそういう感覚だったのかと、洋輔はちょっとした衝撃を受けた気分になった。洋輔自身はあれをやる意味を自分なりに探し、高校時代の屈託と向き合うことでそれを見つけ、やり遂げるべきだと覚悟するに至るプロセスを自分に課していた。それはある種、自分のこれまでの人生を清算し、今後を切り開くために乗り越えなければならないものだと信じることでもあった。また、そう考えないことには乗れない話だった。

しかし、希一からしてみれば、あれは単なる遊びだったのだ。

「お前はマジになりすぎたんじゃないんか」希一が冷めた目をして言う。「だから、計画が狂って、自分たちの仕業だとばれるかもしれんと考え出したら気になってしょうがなくなった……何としてでも隠蔽しなかんと思うようになった……そうと違うか？」

「そんなこと思うわけがない」洋輔は首を振った。「俺はただ、カズが不安がっとったから、念のためにと思ってフォローを入れたりしとっただけだ。樫村にも、これ以上は何もしんから今日のことは忘れろって言ったくらいだ」

「しかしそれは、樫村以外の誰かが聞いたわけでもないんだから、言い訳としては苦しいわな」

「あの夜、ここから帰るとき、あそこのトンネルをくぐった向こう側に車が停まっとったの、憶えとらんか？　俺が危うくぶつけそうになって切り返したやつだ」

「……それが？」いきなり話が飛んだことを訝るように、希一が眉をひそめた。

「あの車、確か、白の８６じゃなかったか？　警察が山ん中で乗り捨てられとったのを発見した盗難車だ。希一、８６ならお前の車と似とるから憶えとらんか？　クーペなのは確かだ。あの車には助手席に女が乗っとった。一瞬だけど、俺はそれを見たんだ。あんなところに人の乗った車が停まっとるのはおかしい」

「だから何だ？」希一が訊く。「つまり、その女は八真人の彼女だったたって言いたいんか？　顔も見たんか？」

「顔は見とらんけど、その可能性は十分あるんじゃないかってことだ」

「そんなんじゃ、何の証拠にもならんな。あれだけの雨の中だったし、俺はどんな車だったかも憶えとらん。まあいい。八真人に訊こまい。それ、お前の彼女か？」

「違う」八真人が馬鹿馬鹿しそうに答える。

「だとよ」希一が薄笑いを浮かべて洋輔を見た。「だいたい、そんなこと言うんだったら、その車の女が竹中だったっていう可能性もあるってことだがや」

「馬鹿な」洋輔は口を尖らせる。「何で美郷がそんなとこにおらないかん」

洋輔が樫村を殺したと疑っている彼らの説によるなら、その動機は、樫村に身元を感づかれたからということのはずだ。それは現場で偶発的に起こったことであり、計画的に共犯者を近くに待機させているという状況とはまったくそぐわない。

「言いがかりか?」希一が挑発するような目で問う。「でも、お前が、八真人の彼女がそこにおったなんて言うのと、根本的には同じだぞ。何も変わらん」

「違う。全然違う」

「八真人も何か言ってやれよ」

希一がそう水を向けたが、八真人は、「いや、俺はいい」と静かに拒んだ。「言い争いにはしたくない」

「聞いたか?」希一が洋輔に目を戻す。「お前にこんだけ言われても、こいつは否定するだけで、言い返そうともしんのだぞ」

「いや、希一が俺を弁護してくれる以上、俺が口を出したら、二対一になっちまうからだ。それはフェアじゃない」

親友だと言いながら、洋輔は八真人をあからさまに犯人扱いし、片や八真人は、洋輔を犯人扱いするようなことは一言も言おうとしない。自分がどれだけ汚い人間なのかを突きつけられているようで、洋輔はきりりと胸が痛んだが、こうするより仕方ないことなのだった。

「俺だって、こんなことは言いたくないわ」洋輔はため息混じりに言う。「それに、八真人を責めとるわけでもないんだ。ただ認めてくれたら、もっと八真人を理解してやれると思うし……」

「洋輔、気にするな。思ったことを言えばいい」

八真人はそう言うが、その優しさがまた洋輔の胸に突き刺さる。

「洋輔、俺らも言いたいことは一緒だぞ」希一が言った。「お前が認めさえしたら、俺らは先に進める。お前とも組める」

自分がやってもいないことを認めなければ、この現状は打開できないのか……無理難題を押しつけられているようで、洋輔は途方に暮れる気分になる。

「俺も八真人がやっとるとは思いたくないんだ」洋輔は頬をゆがめ、苦しい胸の内を吐露する。「でも、俺ら以外にやるやつはおらん。八真人じゃなきゃ、俺がやっとるってことになる。俺じゃないんだ……いや、俺には、そんなことをした憶えは全然ないんだ。希一は何で、最初から俺を疑って、八真人のことはまるで疑おうとしんのだ？　俺はお前から見て、そんなにおかしいんか？　やばいことをやりそうな人間に見えるんか？」

「お前は樫村を嫌っとった」希一が低い声で言う。「おそらく、俺らの中で一番、あいつを嫌っとった。あいつの天突き体操だの何だのっていう懲罰をまともに受けて、次第に目をつけられんようにびくびくするようになって、必死に目立たん生徒になろうとしたのがお前だった。言ってみりゃ、逃げたわけだ。ダブっても歯向かっとった俺らより、そういうお前のほうが、引きずるものがあったはず……違うか？」

「俺は確かに樫村が嫌いだった」洋輔は打ち明ける。「あいつにスポイルされたっていう思いもある。何年経っても、あの頃を思い出せば、その感覚はよみがえってくる。じゃなきゃ、あんな計画にも乗らんかった。俺は希一みたいに、ああいう教師にガミガミやられても全然応えんていう人間じゃない。まともに受けすぎて、いちいちくよくよするタイプだわ。それはもう、どうしようもない。でも、だからって、その樫村を殺すか？　たとえ、あのとき、自分の顔を見られたって思いがあってもだ。同窓会のときに目が合っても、あいつは、誰だこいつって顔しとったんだぞ。ここでだって、あんな暗い中で一瞬顔を見られたり、うっかりしてカズの名前呼んだりしたって、身元がばれたなんて本気では思わんかったわ」

「洋輔、もういいわ」八真人が哀しげに言った。「お前が自分じゃないって言うんなら、そうなんだろ」

「でも、俺しかやるやつはおらんのだろ⁉」洋輔は割り切れない思いを持て余して、そう吐き捨てる。

「もし八真人がやったんなら、俺に打ち明けるはずだ」希一が言った。「こいつはそういうやつだからな」

「何でそう言い切れるんだ？」洋輔は納得がいかず、そう食い下がった。「俺は逆に、八真人なら絶対言わんと思う。八真人は人に心配かけたりするのを嫌う男だからだ」

「洋輔に対してはそうなんだろ。俺に対しては違う」

「分からん」洋輔は首を振る。「八真人のことは俺が一番知っとるつもりでおったけど……」

「そうとも限らんてことなんだろ」希一が肩をすくめて言う。

「それがつまり、カズの言っとった〝鉄の結束〟ってやつか？」

「ほう……〝鉄の結束〟を聞いたんか？」希一が眉を動かし、洋輔を鋭く見た。

＊

洋輔が〝鉄の結束〟を持ち出してきたことで、にわかに話が核心に迫ってきたのを悟り、俺はひそかに神経を高ぶらせる。

〈お前らは樫村に逆らい続けて、そろって留年した〉洋輔が言う。〈俺はそこから逃げて、お前らとも距離を取った。その違いがお前らの〝鉄の結束〟を生んで今にまで至るわけだ〉

〈まあ、それだけの話じゃないけどな〉希一が意味深に応える。〈でも、それを聞いとるなら話は早い。結局のところ、カズがいなくなった今、俺は、洋輔を入れた新しい三人で〝鉄の結束〟を固め直すのが一番じゃないかと思っとる。お互い疑心暗鬼になって神経をすり減らすのはつまらんからな〉

この三者会談の希一の狙いはそこだろう。そうやって周りの人間を自分のコントロール下に置く。相変わらず、悪いことには頭が回る男だ。

しかし、俺は俺でこの場に期待している狙いがある。その希一が洋輔を取りこむために何をどこまで話すかということだ。

〈待てよ〉八真人が口を挿んできた。〈洋輔に言うんか？〉

その焦り気味の口調に俺は興味をそそられる。

〈全部じゃないわ〉希一が答える。〈でも、真理の件はいいだろ。今回の話に絡んどるし、実際問題、俺らより洋輔のほうがやばいことやっとるんだ。まあ、俺に任せろ〉

八真人が何も言い返さないところからすると、彼は希一の話を呑んだようだった。八真人の真意はまだ読めない。真理の件ならいいというのは、ある種の開き直りか。洋輔が樫村と和康二人を殺っているなら、それよりはましだということか。実際には洋輔ではなく俺の仕業なのだから、話はややこしいのだが、とにかく、ようやく真理の話を聞けるところまで来たわけだから、もう少しの我慢だ。

＊

「〝鉄の結束〟ってのはな洋輔、つまりは秘密の共有だ。実際、俺らはもう洋輔を含めて、〝鉄の結束〟を組む秘密を共有しとる。樫村を襲った、あの『仮面同窓会』だ」

口もとに不敵な笑みを刻んだと思った次の瞬間には険しさが取って代わっている。その不気味な表情の変化に呑まれながら、洋輔は希一の話を聞く。

「あれは実を言うとな、七年ぶりに〝鉄の結束〟を引き締めるためにやったことなんだ。俺に八真人にカズ、三人の間ではそういうことだった。ちょうど同窓会があって、樫村には高校時代、ずいぶんいじめられたし、あいつを標的にするのが面白いかなと、そんな感じで思いついた話だったわけだ。俺ら三人でやってもよかったんだが、洋輔が竹中と付き合い出したとかで幸せそうな顔をしとるもんだから、ちょっと引きずりこんでみたろうかと思ってな、まあ、そのへんは俺の悪い癖だな。けど、洋輔にも樫村への恨みがあるってことは確信しとったから、うまく誘えば乗ってくるだろうって読みもあった。計画に乗った以上、洋輔も誰かにべらべら喋ることはないだろうし、俺らは俺らで〝鉄の結束〟を確認しときゃいい。あれはそういうことだったんだ。ある種の儀式みたいなもんで、深刻に考えることじゃない。ただ楽しめばいいだけのことだった」

「七年ぶりって……七年前には何をしたんだ？」

洋輔は渇いた喉にごくりと唾を通して、そう問いかけた。洋輔が卒業する一方で、希一ら三人が留年して高校に残った年、彼らは何らかの出来事を通して〝鉄の結束〟を固めたのだ。それはおそらく、話の流れで考えれば、人に言えないような類のものなのだろうが……。

「それが、日比野真理に関係あることだってわけだ」

希一は八真人を一瞥してから、そう口にした。八真人は背中を丸め、膝に肘をついてうつむいてしまっている。

「俺らが高三の頃——最初の高三で、洋輔もいた頃だ——でも、洋輔は俺らとつるまんようになっとったときだったから、何も分からんかもしれん。日比野はその前の年の半分を入院で棒に振って二回目の二年生だった。八真人と日比野はもう、しっくりいっとらんかった。いや、八真人に聞けば、最初からしっくりいった関係じゃなかったってことだ。まあ、それはそれぞれの気持ちの問題だからしょうがないわな。それであるとき、日比野が俺に声をかけてきた。八真人との仲がうまくいっとらんことを気に病んで、どうしたらいいかと相談してきたんだ。俺も他人の女の悩みなんて興味ないし、最初は適当にあしらっとったんだが、あの子も二度、三度と俺の前に現れて、心細そうな顔をしながら相談を持ちかけてくる。最近の八真人の様子はどうだとか、自分のことをどう言ってるかとかな。そんなのを相手にしとるうちにな、俺のほうもだんだんあいつに吸い寄せられちまったんだ。あいつの心細げな態度っていうのはな、妙な色気があるんだわ。こいつ、こんなこと言いながら、俺を誘っとるんじゃないかとか思うようになってくる。あるいは、俺をその気にさせて、それを八真人に見せつけて妬ませようって考えとるんじゃないかとかな。お人形みたいな顔しとっても、そばにおりゃつまらん女なんだろうって思っとったが逆だ。征服してくれと目で訴えかけてくるような女だから、俺はそそられた。八真人があんな女に淡泊なのが不思議なくらいだ。まあ、こいつは人を征服したがる柄じゃないから、そういう欲も薄いんだろうがな。逆にあの子は、八真人のそのつれなさが新鮮だったのかもしれん」

　希一から妙な揶揄を受けても、八真人は口をつぐんだままだ。この二人の様子を見ていると、希一の話がどこに転がっていこうとしているのか、ほのかに感じ取れる気もしてくるが、それが向かう先は明らかに不穏な気配に満ちていて、洋輔はそこから目を背けるかのごとく思考を停止させた。

「ただ、だからって、簡単に俺のものになるような相手でもねえ。あれはあれで男の気持ちをなだめたりすかしたりすることに長《た》けてやがるんだ。ものにできるようでできん。そのうち俺も意地になってきてな、どうしようかと考えたが、とりあえず三年をダブることにした。担任や樫村あたりは留年させるぞって脅せば俺らがおとなしくなると思ってやがるから、そういうのに歯向かう気持ちもあった。受験勉強もまともにやっとらんかったし、浪人するのもダブるのも一緒だと思えば、別にどうってことないわ。普通に卒業したら、日比野との接点はなくなるがや。八真人はまあ、少し勉強すりゃあ、愛和や尾張くらいのそこそこの大学は受かる。日比野も勉強はできるから、八真人のあとを追って同じ大学に入るくらいはできるだろ。俺は浪人したとこでそこまでは無理だから、蚊帳《かや》の外だ。それじゃあ面白ないから、ダブって手を考えたほうがいいってのが結論だ。半分は遊びすぎ、半分はそういう確信犯的な考えだった。それに八真人やカズも付き合ってくれたわけだ」

相変わらず黙って聞いているだけの八真人の神経が洋輔にはよく分からなかった。そして、当時の八真人が何を考えていたのかも、さっぱり分からない。希一の狙いは近くで接していれば薄々分かっていただろうに、それをさえぎるでもなく、希一の留年にあっさり付き合ったというのか。

この二人の関係は何なのか。これはただの性格の違いではない……洋輔はこれまで考えもしなかった疑問に突き当たって戸惑う。

「ダブって日比野と一緒の学年になったあの年は、俺らと日比野とではクラスが違ったけど、まあ、同じフロアだから顔を見かける機会も増えた。あの子も八真人とよりを戻したい気もあっただろうから、八真人とつるんどるときに声をかけると、ひょこひょこ付いてきたわ。けど、やっぱり俺にはなびかん。無理に二人っきりになって八真人より俺と付き合えって口説いても駄目だ。そのうち樫村に呼び出されて、日比野に付きまとうなんて釘を刺された。あの頃から日比野と樫村の関係も何かいろいろあったんだろ……今思うとな。どっちにしろ、俺はそれにイラッときてな、日比野は否定したけど、俺には樫村を使って動きを牽制されたようにしか取れん。結局、それがきっかけになって、のぼせ上がっとった俺の頭も冷やされた。いろんなもんが醒めて、唯一残ったのが男の欲望ってやつだ。ふふふ、まあ、一番たちが悪いパターンか。でも、あの子も悪いわな」

恋愛感情がなくなり性欲だけが残ったという希一の当時の心の中を想像して、洋輔は戦慄《せんりつ》した。いや、それを不気味な笑いを交えて語る希一の姿に怖気《おぞけ》を震ったのかもしれなかった。

「夏休みに入ってから八真人の親が在所に帰るときがあってな、八真人には受験勉強があるからってことで残ってもらったんだわ。そんときに日比野を八真人んちに呼んでもらってな、俺とカズがあとから乗りこんでって無理やり酒盛り始めたわけだ。そんで、あの子が酔っ払ったあたりで……三人で犯った」

吸いこんだ息が途中で詰まり、きゅうと鳴った。

おぞましい……洋輔はそれが現実にあった話だとはとても信じられない気分だった。

「そんな驚いたような顔すんなよ」希一はこういうときの常である独特の笑みを洋輔に向けている。「そんな無理やりって感じじゃあねえぞ。酔っ払って、じゃれ合って、もつれ合ったのが、なし崩し的にそうなったみたいなもんだわ。あの子も最中は悦んどった……まあ、少なくとも俺にはそう思えた。カズなんかも女は初めてだからえらい興奮してよ、『酒池肉林計画』とかやる前から勝手に名前つけて、本当にあいつは面白えやつだったよな。ただ、全部終わって酔いから醒めてきたら、日比野が現実に戻ったみたいに泣き始めてよ、そこは八真人にフォローしてもらうしかなかったけどな」

「八真人も……いたのか？」洋輔は渇いた喉をひくつかせて訊く。

「八真人んちでやったんだから、いるに決まっとるだろ。三人で犯ったんだよ」

八真人はうつむいたまま、何も言わない。しかし、その姿が真実を物語っている。

＊

〈八真人も……いたのか？〉洋輔がかすれた声で訊いた。

〈八真人んちでやったんだから、いるに決まっとるだろ。三人で犯ったんだよ〉

希一の口から当時の真相が飛び出したところで、俺は詰めていた息を吐き出した。

「言いやがった……やっぱり八真人はクロ、洋輔はシロだ」

俺はイヤフォンを外すと、車をいったんバックさせて、東名の高架をくぐるトンネルにハンドルを切った。

「よし、お前ら、行くぞ」

＊

「けど、俺らの行為が直接、日比野の自殺に結びついたわけじゃねえぞ。あれはやっぱり、樫村の野郎が追い打ちをかけやがったんだ。元カレに裏切られ、その友達におもちゃにされ——ふふふ、まあそれは俺らのことだけどな——そんなこんなで気持ちが弱って泣きついてきた女子生徒に対して、あいつは、それなら俺にもやらせろと付けこんできやがったんだ。そりゃ、日比野も絶望するわな。あの子はもとから病んだとこがあったんだ。そんな、救いようがないとこまで追いこんだらいかん。俺らは八真人使って、うわべだけでもフォローしながらうまくやったってのによ」

そこまで話した希一は軽く鼻をすすり、呆然としている洋輔を上目遣いに見据えた。

「俺らの秘密ってのは、そういうことだ。これを三人で共有してきた。ちゃんと包み隠さず話したからな、今度は洋輔の番だ。お前が何をやったのか、俺らに話してくれ」

洋輔の頭は激しく混乱していた。希一から聞いた衝撃的な話も消化し切れていない。そしてその希一は、今の話で披露したもの以上の凶悪な犯罪行為を洋輔が働いていると決めつけている。

本当に自分がそんなことをやっているのか……洋輔はいくら考えても答えが見つからなかった。見たかどうかも分からない夢を無理に思い出そうとしているような気分だ。

「ちょっと待ってくれ……頭が回らん」

洋輔はあえぐように息をして、ようやくそれだけを言った。その声が耳にこもって気持ち悪い。がさがさと鼓膜が鳴る。病院で貼ったテープが取れてしまっているようだ。

希一が二本目の煙草をくわえ、それに火をつける。

「洋輔、俺らがここまで話した以上、黙ってそのまま帰れるとは思っとらんだろ……え？」

「脅すような言い方はやめろ」

八真人が顔を上げ、静かな口調で希一をたしなめる。

「馬鹿野郎、こっちはカズを殺られとるのに散々下手に出て、気を遣ってやっとるんだ。それでもこいつが腹を割って打ち明けんのなら、それは、俺らとは〝鉄の結束〟を組めんてことだろ。喧嘩別れってことだ。そうなら俺はカズの仇を討つだけだわ。洋輔、俺の言っとることは分かるよな？」

「ああ……」

低い声で凄《すご》んでくる希一に対し、洋輔は吐息混じりの声を洩らしたが、それは肯定の相槌というより、途方に暮れたゆえの嘆息だった。

そのとき、洋輔のズボンのポケットで携帯電話が震えた。重い空気が漂う空間に、場違いに軽い着信のメロディが鳴り響く。

ポケットから出してみると、液晶画面に兼一の名前が出ていた。

「何だ？」希一が水を差されたように、軽く苛立った声を上げた。

こんなときに何だという思いは洋輔にもあった。しかしすぐに、ここに来る前、美郷に電話したことを思い出した。あれで心配した美郷が兼一に相談を持ちかけたのではないか……だとすれば、とりあえず電話には出なければならない。

「高三のときのツレの兼一だ。ちょっと約束しとったから出ていいか？」

希一は小さく舌打ちをして煙草をふかし、「俺らとおることは言うなよ」と言った。洋輔はうなずいて電話に出た。

　大丈夫かと訊かれたら、何と答えるべきか……そんな迷いの一方で、美郷には時間がなく、兼一の電話番号まで伝え切れなかったが、どうやって兼一の連絡先を調べたのだろうという疑問が脈絡もなく頭をよぎる。自分の身の安否がこの電話にかかっている気がして、逆に思考がまとまらなくなっている。

〈よう、洋輔〉

　兼一の声音が意外にも明るく、洋輔は虚をつかれた。

〈今、いいか？〉

「あ、ああ……」

〈しかし、カズってやつの事件、どうなっとるんだろうな。金が盗《と》られとって強盗の疑いが高いってニュースは見たけど、その後、犯人が捕まったって聞かんだろ。洋輔、何か聞いとらん？〉

「いや、何も……」

　美郷に助けを求められて電話してきたわけではないのか。それとも、こちらの空気を読むために、演技でこんな話をしているのか……よく分からない。

〈カッシーの事件と関係ないんかな。俺はてっきりあると思ったんだけどな。でも、カッシーの事件、俺、適当に八真人が怪しいんじゃないかなんて言ったけど、さすがに今度の事件まであいつの仕業にするのは無理があるよな。あいつら、仲よかったもんな〉

「そうだな……」

どうやら、兼一は美郷の求めを受けて、電話をかけてきたわけではないらしい。彼の口ぶりから、洋輔はそう察した。

〈それより、うちの職場の先輩から面白い話聞いてさぁ、そんで洋輔に電話しようと思ったんだけど〉

兼一の話を聞きながら、洋輔は門の外でぼんやりとした明かりが動いていることに気づいた。

〈前に洋輔、〝串刺しジョージ〟の話、しとっただろ〉

「え？」

〈〝串刺しジョージ〟だて。父親と浮気相手を串刺しにしたやつ〉

「ああ……」

明かりがこちらに近づいてくる。何だろうと訝りながら、洋輔は電話のやり取りに相槌を打つ。

〈その〝串刺しジョージ〟ってよ、実は狐狸高におったらしいぞ〉

「え？」

〈事件のあと、保護観察か何かになっとったらしいけど、ちょうど俺らの一年下が入学試験で定員割れになっただろ。あれでずいぶん狐狸高のレベルが下がって……そんときのどさくさにまぎれて、〝串刺しジョージ〟も入ってきたんだと。だから、俺らの一個下におったらしいわ。宮本譲司《みやもとじょうじ》っていうやつだと。洋輔、知っとる？〉

「いや……」

〈知らんのか。大学が一緒だった一年下の後輩に訊いたらよ、ちゃんと知っとって、やっぱり見るからに危なそうなやつだったとよ。みんなあんまり関わらんようにしとったらしいけど、ほら、八真人たちがダブっただろ、そんで……〉

明かりとともに人影が現れた。じゃらんと門柱に張られたチェーンを揺らし、敷地に入ってくる。それを見て、洋輔は呆然とする。兼一の話が頭に入ってこなくなった。

「悪い、兼一……またあとで聞かせてくれ」

洋輔は短く断りを入れて電話を切る。洋輔だけでなく、希一や八真人も門のほうを見ていた。

「洋輔くん、来たよー！」

ＬＥＤのランタンを手に提げた美郷が、無邪気な声を出し、もう一方の手を振った。

確かに、様子を見に来てくれとは言ったが、まだ一時間も経っていない。

しかも……。

彼女の隣にいる小太りの男は、どう見ても洋輔の兄・稔彦のようだった。小脇に拡声器を抱えている。

そして反対隣には、ジョージが顔をにやつかせ、彼女と肩を並べて歩いてくる。

誰かを呼べとは洋輔が頼んだことだ。できれば兼一がよかった。しかし、彼女が連れてきたのは、引きこもりパラサイトと、いかれたストーカーだった。いったい何という人選……洋輔は自分が見ている光景が信じられず、めまいを起こしそうだった。

「何だ、あいつら……？」

希一が煙草を踏み消して腰を浮かせる。こちらへ近づいてくる三人をじっと見ていたかと思うと、少し泡を食ったように洋輔を見やった。

「お前が呼んだんか？」

「いや……」洋輔はしどろもどろに返す。

「何でジョージが来とるんだ？」

「え？」

希一もジョージを知っていることに驚き、そして彼を「ジョージ」と呼んだことに戸惑った。

「よう、希一、八真人、久しぶり」ジョージは洋輔たちのそばまで来たところで、にこやかに口を開いた。「同窓会と、それから俺が洋輔の名前を記帳しといた樫村の通夜以来か」

彼らの関係がまったく分からず、洋輔は固まるしかない。美郷はジョージの隣で薄笑いを浮かべている。その笑顔にいつもの品はなく、ランタンの明かりのせいか、やけにはすっぱな女に見える。

その隣に立つ兄は、無表情で澄ましている。

「誰だ、そいつは？」

希一が訝って訊くと、兄は拡声器とコイルコードでつながっている四角いマイクを口もとに持っていった。

〈僕、兄えもん〉

前回からアレンジされた兄の自己紹介が、普通の人より多少大きい声となって拡声器から流れた。美郷がそう言うようにそそのかしたのか、隣で手をたたいて笑っている。

「何だ、あいつ」

希一が眉をひそめ、洋輔に問いの目を向ける。

「雅之の上の兄貴だ」

洋輔は仕方なくそう答えたが、希一も洋輔にもう一人、兄がいたことは失念していたようで、しばらくはぽかんとした顔で洋輔と兄とを交互に見ていた。

「ははは、洋輔がこんな兄貴と一緒に住んどったとは、お前らも知らんかっただろ」ジョージが愉快そうに洋輔を指差す。「一人っきりのはずの部屋で会話しとるもんだから、俺なんか、てっきりこいつが二重人格なんだと思わされとったわ。まったく人騒がせな兄弟だて」

「本当よ」美郷が鼻で笑いながら言う。「どうりであの部屋、妙にイカくさいと思ったのよ」

〈イカくさいのは洋輔のせいです〉兄が拡声器で応える。

「そんで、何だ、お前ら……何しに来たんだ？」

希一の目は忌まわしげにジョージへと向いていて、その声は動揺を隠し切れないように上ずっていた。

「お前らの話を聞かせてもらった」ジョージが勝ち誇ったように言う。

「何だと？」

ジョージがポケットから携帯電話を取り出してみせる。

「あっ！」

洋輔は思わず声を上げ、手にしていた自分の携帯電話と見比べる。美郷にもらったストラップとまったく同じものがジョージの携帯電話にも付いている。

「美郷がやったそれには盗聴器が入っとる」

はっとしてストラップのファーを触ると、硬い芯に当たった。

「それで同窓会の会話から何から、お前らのやり取りを全部聞かせてもらった。もちろん、さっきまでの話もな」

「お、お前は何者だ⁉」洋輔は混乱がまったく解けず、誰何《すいか》する。

「何だ、美郷、俺のこと言っとらんのか？」ジョージが美郷にとぼけた調子で訊く。

「言ったよ。ジョージだって」美郷が上目遣いに彼を見て、甘えるような声で答えた。

「ジョージって……」

洋輔は呟き、絶句する。〝串刺しジョージ〟のイメージという話ではなかったか。

この男が〝串刺しジョージ〟本人なのか。

「日比野譲司だ」〝串刺しジョージ〟こと日比野譲司は洋輔にそう名乗り、二本指を額の前で振って、いたずらっぽく挨拶してみせた。

「日比野……」

すると、日比野真理とこの男は兄妹ということなのか。そう言われてみれば、端整な顔立ちなどにその面影がある気もするが……しかし、真理にそういう訳ありの兄がいるとは知らなかった。

「高校時代までは宮本譲司だったけどな。俺に浮気相手と一緒に刺されて二年間病院で苦しんだあげくに死んだ親父の名字だな。浮気した親父と別れて真理と暮らしとったお袋の姓が日比野だ」

事件があったとき、真理は小学六年生だ。そこから彼女は母親とともに住まいを転々とし、中一の二学期に、美郷のいる西狐狸中に転校することになるわけだ。

「俺は、親父もお袋も面倒見れんてことで、鑑別所から児童施設に送られてな、でもそのうち、そこの先生に勧められて狐狸高受けたら受かっちまった。二年でダブった真理とは同級生になったけど、まあ、あいつが嫌がっとったから、兄妹だってことは誰にも言わんかったし、話しかけることもしんかった。そんで、三年になったら、今度はこいつらがダブって同級生になってな、最初の頃はよくつるんで遊んだよな、希一。そんで一緒に樫村に呼び出されてな。だけど真理が自殺したあと、その葬式なんかで俺があいつの兄貴だっていうのをこいつらは知ったわけだ。まあ、俺が言わんでも、親戚連中が、父親はどう、兄貴はどうなんて話をするからな。そっからこいつら、潮が引くように俺と距離を取り始めやがった。当時はその理由が俺にも分からんかったけどな。ただ、樫村が真理を犯った疑いで学校の上層部に事情を聞かれとるって噂が立ち始めたときには、希一のやつ、わざわざそれを俺に言いに来たんだよな。そうやって、その前に自分たちが何をやったかってことを隠そうとした。だけど、希一が胡散くさい笑みを浮かべて近づいてくるときは、何か企んどる証拠だ。樫村の噂にも、何か隠された裏があるって気はしとった」

「あなたたちが何をしたかってことは、私が真理から聞いとったの」美郷が口を開いた。「希一や和康に酔った勢いでひどいことされたってね……私は警察に行くべきだって言ったんだけど、あの子はうなずかなかった。たぶん、最後まで八真人に情があったんだと思う。八真人の名前も私には言わんかったもんね。それから、樫村の話までは私も聞いとらんかったから、あの子が死んで樫村の噂が出てきたときには、何が真実なのか分からんくなっちゃった。さすがに私も、そんな相談を受けた教師がそれに刺激されて自分もその気になるなんてことが本当にあるとは思わんかったからさぁ……まあ、私も子どもだったんだろうね。それと、高一の頃には希一たちと一緒につるんどったこの洋輔が一味に加わってたのかどうかも分からんかったし……だから、私は真理が死んで誰かに復讐しなきゃと思いながら、誰にどう復讐すればいいのかも分からんかったのよ」

美郷に「この洋輔」と顎で差され、洋輔は体の芯が冷えていくような感覚を抱いた。自分が知っている美郷とは明らかに違う彼女がここにいる。

「でも、やっと譲司を見つけたのよね」美郷は一転、頬を緩め、日比野譲司を見つめる。「真理からは危ない兄貴がいるって聞かされとったけどね。けど、譲司を見つけて、やっと私は復讐できるって思ったの」

　親友を自殺に追いやられたことに対する復讐の炎は、何年経っても彼女の中で消えはしなかったのだ。しかし、女一人では手段がなかった。そこに狂気を武器にした譲司という〝手段〟と出会ったわけか。

〈そして美郷様は俺を見つけ、俺の心の岩戸は開かれたのだ〉

　調子外れに挿んできた稔彦の言葉には、誰も反応しなかった。

「はっ！」希一が片頬をゆがめて、白けたような声を発した。「譲司なんて、妹からも煙たがられとった出来損ないの兄貴だろ」

「だから何？」

　すべての理屈をはねつけるような美郷の冷たい返事を聞いて、洋輔は震え上がる。譲司は美郷の隣でニヤニヤしているだけだ。

「そんなやつが妹の復讐だ何だって、ちゃんちゃらおかしいって言うんだわ！」

「希一、残念ながら、誰なら復讐していいかなんて言う資格はお前にはない」譲司がニヤついた顔のまま口を開く。「まあ、俺が真理に避けられとったのは事実だけどな。それも、〝串刺しジョージ〟なんて都市伝説の怪物みたいな名前をつけられちまってからのことで、あいつも子どもながらに、そういう兄貴がいるっていうのが恥ずかしかったんだろ。俺が荒れとったときでも、あいつには手は上げとらん。俺に手を焼いて一時は手放したお袋も、真理がいなくなって寂しいらしく、三年くらい前に俺を呼び寄せた。そのお袋からは、毎日のように、真理は可哀想だった、可哀想だったって聞かされるんだからな、その気がなくたってその気になってくるってもんだ」

譲司に呑まれたような沈黙が続いたあと、希一がかすれた声を発した。

「お前らが樫村を殺ったんか？」

「そうだけど？」

何か文句があるのかと言いたげに、美郷が答える。

「『仮面同窓会』だっけか、最初はお前らがあんな計画を企てるとは思わんかったけどな」譲司がおかしそうに言う。「でもまあ、焚《た》きつければ何か面白い動きが出てくるんじゃないかって気もして、同窓会のときに希一をちょっと煽ってみたわけだ。そしたら案の定だ。それに俺らは便乗させてもらった」

同窓会……一瞬怪訝に思い、それからあっと気づいた。

洋輔に仕掛けた盗聴器で会話を聞くには、それなりに近くにいなければならないだろう。あの同窓会に譲司も出ていたのだ。狐狸山高校の創立二十五周年記念の同窓会は、五月の土日に各年次ごと、町のそこかしこで開かれていた。そしてあの日はおそらく、洋輔たちの一期下も、洋輔たちの同窓会があった狐狸山ホテルの別ホールで会を開いていたのだ。

会の途中、洋輔が手洗いに行って戻ってくると、希一たちの姿が会場を探しても見当たらなくなっていた。それで洋輔は兼一たちと喋っていたのだが、あのとき希一たちは、ダブったときの同級生がいる一期下の同窓会場に顔を出していたのだ。

それを一目でも見て、譲司と希一らの関係に気づいていれば、譲司の策略にまんまと嵌まることはなかったのかもしれない。

「ここで樫村をいたぶっとったのも、隠れて見学させてもらったわ」譲司が言う。「お前らがあいつを置いて帰ったとこを、俺らが後片づけしてやった。まあ、拉致った現場まで戻らんでいいのは助かったわ。お前らが殺ったように見せかけることもできたけど、警察に捕まってもらってても困るんで、わざと時間を置いたり、それなりに気は遣ったんだぞ。お前らがお互い疑心暗鬼になる程度でちょうどいい」

あのとき洋輔が感じた気配は気のせいではなかったのだ。この譲司が物陰に隠れて見ていた。そして、高速道路の側道に停まっていたクーペの女は美郷だったのだろう。あの雨の夜の一瞬では見分けることなどできなかった。

「カズもお前らか？」希一が訊く。

「ほかに誰がやるの？」美郷が訊くまでもないことのように答える。

洋輔ら三人の間でいくら犯人探しをやったところでらちはあかないわけだ。そして、洗面台に付いていた血も、美郷自身が凶器か何かを洗って付いたものだったということだ。

「カズの名前は美郷が真理から聞いとる。慎重に調べるまでもなく、あいつはクロだ。もちろん、希一、お前もな」

譲司の言葉に希一は一瞬表情を強張らせてから、それを無理に解くようにして引きつり気味の笑みを作った。

「勘違いするなて、譲司……真理ちゃんの自殺の原因は、あくまで樫村にあるんだからよ。俺らんときは、あくまで成り行きだったし、あの子もそんな、嫌がっとらんかったんだぞ。終わってから興奮が解けて、急に泣き出したのは確かだけど、それも八真人がフォローしてちゃんと収まった。俺らが帰る頃にはけろっとしとったわ。それが自殺の原因なんてありえんて」

「ありえんかどうか判断するのはお前じゃない」譲司は嗜虐的な笑みを浮かべて応える。

「俺がクロだと言えばクロだ」

希一の表情が凍りつく。

「ただ、八真人と洋輔がクロかどうかが分からんかった。まあ、美郷はごたごた言わずにまとめて殺っちゃえばいいと言うんだが、二人で五人を始末するのはそれなりに骨が折れるだろうし、俺も無駄な殺生はしたない。どちらにしろ、お前らの動きをつかむにはある程度いろいろ調べる必要があるし、だから、洋輔の携帯に盗聴器を仕掛けて、お前らの関係から探ろうとしたわけだ。最初は俺らが樫村を葬って美郷が洋輔に疑いの目を向けたりすりゃあ、洋輔が身の潔白を晴らすために八真人あたりに話を持ちかけるような流れになって、何となく見えてくるもんがあるんじゃないかくらいに考えとった。そこに、お前らが仮面何ちゃらを企てたんで、こっちもいっそうお前らの関係がつかみやすくなったってことだ。八真人はクロだ」

譲司はそう言い、八真人をゆっくりと指差した。

「〝鉄の結束〟か何か知らんが、お前は希一に逆らう勇気を持たんかったのが致命的だな。真理の気持ちを袖にするだけならともかく、その気持ちに付けこんで、自分を守るための生贄《いけ》《にえ》にしやがった。そしてその生贄がなぶりものにされる場に、お前自身も付き合っとったんだから弁解の余地はない。最悪だ」

断罪する譲司の言葉を、八真人は虚《うつ》ろな顔をして聞いていた。

「真理には悪いことをした……」八真人は首を振り、呟くように言う。「でも、付き合えば付き合うほど、あいつの、俺に支えてほしそうな目が耐えられんようになった。俺は誰かを支えていけるほど余裕のある人間じゃなかったから、あいつの気持ちにはどうしても応えてやれんかった」

洋輔は八真人の吐露を信じられない思いで聞いていた。洋輔にとって八真人は、いつでも優しく、頼りがいのある男だったからだ。そんな弱音が彼の口から出てくるのは、まったく似つかわしくなかった。

本当の彼はそれほどまでに弱く、むしろ美郷のようなしっかりした女に支えてほしがっていたとでもいうのか。希一の言いなりになっていた事実も含めて、長年親友として付き合ってきた洋輔にも分からない感覚であるとしか言いようがない。

「今の彼女と結婚する気になっとるかどうか知らんが、そんな明るい未来はないぞ。お前は今日限りでお仕舞いだ」

譲司が恐ろしいことを平然と口にする。そしてちらりと洋輔に目を向けた。

「洋輔はシロだ」

〈よかったなぁ、洋輔〉

兄が感情のこもっていない声をかけてくるが、洋輔としては安堵感など、まったくこみ上げてはこない。

「だからな、洋輔には兄えもんと一緒に、こいつらを沈めてもらう」

沈めて……？

洋輔は譲司の言葉を反芻《はんすう》し、総毛立った。

「な、何を言っとんだ⁉」

「俺は樫村を沈めたし、美郷はカズを刺したんだから、今度はお前らが殺る番だがや」譲司は当然のことのように言った。

〈かしこまりました。譲司様、美郷様のご期待に沿えるよう、我ら兄弟、力を合わせてがんばります〉

「お前は黙っとれて！」拡声器で妙な調子に口を挿んでくる兄を一喝して、洋輔は大きく首を振る。「そんなことできるわけないに決まっとるだろ」

「じゃあ、あんたもこいつらと一緒に沈められる？」

美郷に真顔で問われ、洋輔は言葉を失った。

「洋輔、〝鉄の結束〟だて」譲司がニヤリとして言う。

〝鉄の結束〟……。

「お前は俺らと新しく〝鉄の結束〟を組むんだ」

それぞれが手を汚し合い、その秘密を共有するのが希一らの〝鉄の結束〟だった。

それを今度は譲司たちと組むというのか。

「それが嫌なら、こいつらと一緒に沈むだけだぞ」

きつい〉

〈そうだ。俺も正直、お前までは沈めたくないし、一人で三人沈めるのは体力的にちょっと

「うるせえ、黙れ！」洋輔は兄をきっとにらんでから、うなりながら頭を抱えた。「もうやめてくれ！　こんなこと、やめにしてくれ！」

「洋輔、こいつはそんなこと言っても聞くようなタマじゃねえわ」

気づくと、希一はただ突っ立っているだけではなく、どうにでも動けるように臨戦態勢を取っているようだった。

「おい、洋輔、八真人、立てよ。おとなしくしとるだけじゃ、こいつらに殺られるだけだぞ」

希一が顎を振って促すが、今の洋輔は誰からの命令も受けつけず、身体が動こうとしない。八真人もまるですべてあきらめたかのように色をなくして座っている。希一はそれを見て舌打ちし、譲司に鋭く視線を移した。

「簡単に殺られてたまるかってんだ」

「待て」洋輔は声をかける。「ちゃんと話そまい。話せば分かる」

何が分かるのかは洋輔自身にも分かっていなかったが、今から凄惨な殺し合いが始まるとはどうしても信じられず、そんな言葉を投げかけずにはいられなかった。

「馬鹿野郎、こいつがどんだけ普通じゃない男か、分かっとるんか⁉」

希一に言われ、洋輔はさらに固まる。あの希一が「普通じゃない」とまで言う人間がいったいどのようなものか、洋輔にはとても想像できない。

しかし、希一は高三のときに譲司とつるみながらも、真理を襲う計画には彼を誘わなかった。それは彼らが兄妹であることを察していたからではないらしい。おそらく、この譲司という男は八真人らと違い、希一の手ではまったくコントロールできない人間であるということなのだろう。

「俺が普通じゃないと分かっとって抵抗しようってんだから泣けるな」

譲司が嬉しそうに言い、受けて立とうとするように希一をにらみながら身体を揺らし始めた。

張り詰めた空気が一瞬のうちにその場を支配する。

それを切り裂くようにして希一が先に動いた。譲司の腕を取ろうとし、それを譲司が鋭く振り払った。返す刀で繰り出された譲司の回し蹴りが希一の鼻先で空を切る。

譲司の蹴りをかわした希一の肩が沈みこみ、譲司の足に向かって一直線にぶつかっていく。

それに対して譲司は身体を開き、軽く後ろにステップして足を取られるのを防いだ。ぶつかり合えば身体に厚みがある希一のほうがパワーで勝っているようにも思えるが、譲司はリーチがあるのか懐が深く、手足を巧みに使って希一の力を殺していた。

希一の顔が上がったところに譲司の肘が動き、鼻っ柱にそれがめりこんだ。希一がよろめいて二、三歩後ずさりすると、譲司の右足が鋭く上がった。

「おらっ！」

それをフェイントにするようにして、次の瞬間、大きな跳躍とともに振り出された逆の左足が希一の顎を捉えていた。派手な二段蹴りが見事に決まり、希一はもんどりうって倒れこんだ。

「俺に歯向かうなんて百年早いわ！」

そこに美郷が駆け寄っていき、希一の脇腹にスタンガンらしきものを当てた。くぐもるような悲鳴が上がり、希一は身体を丸めたまま、はあはあと荒い息を立てるだけで動かなくなった。

「こいつは高校んときからこうだ。俺には歯が立たんくせに、変に対抗意識をむき出しにしてきやがる」

希一を見下ろしながら譲司は嘲笑気味に言い捨て、洋輔に向き直った。

「で、どうすんだ？　こんなのと一緒に沈むんか？」

武闘派の希一があっけなく伸《の》されている姿を見れば、この状況から逃れる術《すべ》はないのだと悟るしかない。

「ちょっと兄えもん、ここ持ってて」

〈はい、美郷様〉

美郷が兄にてきぱきと指示し、希一をロープで縛り始めている。

こいつらには敵わない……洋輔は思う。実際に人を葬ってきた者たちなのだ。洋輔らの
「仮面同窓会計画」の上を行き、洋輔らを翻弄しながら、樫村や和康に復讐を遂げた。その影を今のところ警察にもつかませていない。ほとんどプロのような手際と、狂気をはらんだ大胆さを兼ね備えているのだ。

洋輔は渇き切った喉を無理に動かして声を絞り出した。

「わ、分かった」

「お？」美郷が手を止めて洋輔を見る。

〈よし、洋輔、よく決心した〉兄が希一の足を抱えながら、拡声器のマイクを取って言う。

「でも、八真人は勘弁してやってくれ」洋輔は譲司にそう言った。「悪いのは希一だ。八真人は逆らえんかっただけだ」

希一を沈めるのには手を貸すということだ。希一が隠していた過去の行いと自分の助命を天秤にかけ、悪魔に魂を売る覚悟で洋輔は返事をしたつもりだった。

しかし、譲司は無情にも眉をひそめただけだった。

「何言っとるんだ。八真人を助けたらお前の仕事がなくなるだろ……お前が八真人を沈めるんだから」

「なっ……」洋輔は愕然とする。

〈俺が希一、お前が八真人の担当だ〉兄が説明する。

「そんなことできるわけないだろ！」

「じゃあ、一緒に沈む？」

美郷の感情のない問いかけに、洋輔は唇を震わせることしかできない。

「あのなあ洋輔、こいつはな……」

譲司が八真人を一瞥して何か言おうとすると、八真人がさっと顔を上げ、「もういい」と口を開いた。

「洋輔、気にするな。俺はもういい。こいつらは本気だ。言われたようにやればいい」

「馬鹿言え」洋輔は焦って言い、すがるように譲司を見た。「なあ頼む。八真人はいいやつなんだ。本当は真面目で優しいやつなんだ。悪いことをやったとしても、希一に引きずられて仕方なくやったに決まっとる。昔から、八真人は希一に弱いんだ。希一が怖くて逆らえんのだて」

「もうあきらめろ」譲司が突き放すように言った。「こいつがいいって言っとるんだからいいがや。こいつの優しさはおのれ可愛さの優しさだ。思いやりじゃない。自分を取り繕っとるだけのもんだ。お前はこいつが何で希一に逆らえんと思っとるんだ？」

「何でって……」

「何で兄えもんがここに加わっとると思っとるの？」美郷がそう訊いてくる。

「え……？」

「やめろ！　もういいだろ！」

八真人がその話の流れを堰き止めるように、膝をたたいて拒絶反応を示した。

しかし、兄がその空気をまったくすくい取ろうとせず、マイクを口に当てた。

〈美郷様と譲司様は、俺たち兄弟に仇討ちの機会を与えてくださったんだ〉

「仇討ち……？」

洋輔はその言葉の意味が分からず、反射的に八真人を見た。虚ろな顔をした八真人と目が合い、彼はそこからすっと視線を外した。

〈雅之が遥川に落ちて死んだのは事故じゃなかった〉兄が言う。〈あれは八真人に突き落とされたんだ〉

まさか……洋輔は驚いてもう一度八真人を見たが、彼はもう目を合わせようとはせず、顔を伏せたまま、肩を上下させて荒い息を吐いているだけだった。

「俺は高三のとき、こいつから聞いたんだ」膝を抱えるような丸まった形で縛り上げられた希一を足でつつきながら譲司が言う。「まだこいつが〝鉄の結束〟とやらを編み出す前の話だ。何で八真人のやつはいつもお前の言いなりなんだって訊いたら、自慢げに明かしやがった。相手が誰だとかどこでどうしたとか具体的なことは、こいつもぼかして話しとったけど、俺はその洋輔の兄貴――雅之だったか――そいつとはタメだし、俺が親父をぶっ刺した事件のちょっと前にそういう事故があったことも憶えとった。あとからいろいろ調べれば、このことだったんだなっていうのは簡単に分かったわ。

当時、お前らは小六か……まあ、中学に入りゃ、男も女も続々と色気づいてくるもんだが、こいつは小六の頃には、もうかなり悶々としたものを抱えとったわけだ」

「やめろ、もういい！　早く殺せ！」

そんな声を上げる八真人に冷笑を浴びせただけで、譲司は話をやめなかった。

「それでこいつは家から親のビデオカメラを持ち出して、バッグに忍ばせては、そのへんのスーパーや本屋なんかに行って、そこにいる女のスカートの中を盗撮することに嵌まり出した。まあ、そんなのに熱中しとったら周りが見えんようになるのかしらんが、小学生が女の周りをそんなふうにいつまでもうろちょろしとったら、誰かに怪しまれるのも直《じき》だわな。案の定、こいつはレンタルショップでそれをやったときに店員に見つかって捕まったわけだ。その頃は優等生で通っとったこいつはパニクって泣いて、まあ、ひたすら謝り倒したんだろ……小学生だし、学校に通報するのも可哀想かってことになったらしく、注意を受けただけで何とか見逃してもらった。けれど、たまたまその店に居合わせたこいつの知り合いが騒ぎの一部始終を見とった。それが雅之だ」

　小六のいつの頃の話なのか……雅之も八真人も自分の近くにいたはずなのに、まったく知らない彼らの話だった。

「こいつは雅之にとんだ弱みを握られたわけだ。そこから何があったかは俺も知らん。まあ、想像はできるけどな、ははは。小六と中二じゃ力関係で勝負にならんし、洋輔や兄えもんと違って、雅之は気も強かったんだろ。この希一も歯向かわんかったっていうくらいだからな。何にしろ、絶対服従の立場で誰にも助けを求められんというのはつらいわな。どうすればいいか、こいつなりに悩んだ。そんなときに、夏休みのあの日が来たわけだ」

　あの遥川に自転車で遠征して遊んだあの夏の日……雅之は中学の部活が休みで、久しぶりに小学生の頃のガキ大将的なノリで洋輔たちの遊びに首を突っこんできた。

「みんなが用水路でザリガニ釣りに夢中になっとったとき、雅之は八真人を引っ張って土手に上がり、堰堤の木の陰まで連れてった。そこで雅之は、自分のズボンを下ろしたわけだ」

雅之は堰堤の上から小便をしようとして足を踏み外した……そう聞いていたし、そう思っていた。

「まあ、八真人としては、そんなのをくわえたくなけりゃどうするかだよな。こいつをどうにかしなけりゃ、この先も自分の人生真っ暗だ……それくらいは考えただろ。来年、中学に上がれば、こいつと何度も顔を合わせなかん。今、何とかしなかん、とな」

それで、八真人は雅之を堰堤から突き落とした……。

堰堤から突き落としたところで相手が死ぬとは限らない。しかし、小学生の感覚で考えれば、ここから落ちれば死ぬという程度の落差はあった。小学生なりに殺意はあったということだ。

「あとは洋輔も知っての通りだ。けれど、その現場を希一がこっそり盗み見しとった。二人の様子を不審に思って、草むらの陰から見とったわけだ。そんで雅之が堰堤から突き落とされたのを見て、真っ先に駆けつけた。雅之の様子を確認して、八真人に耳打ちした……『やったな』『俺に任せとけ』と。その二言で、こいつらの力関係は確定した」

あのとき、希一に呼ばれて駆けつけた洋輔が見たのは、真っ青になって呆然と立ち尽くしている八真人だった。

あれは長く思っていたような、目の前で事故があったことのショックではなかったのだ。

そして、おそらくは、自分がしでかしたことの深刻さに気づいたためでもない。

　自分の行為の一部始終を希一に見られていた。そのことをほのめかされて絶望したのだ。雅之に握られていた過ちより遥かに重い罪を犯し、それを握る人間が雅之から希一に移っただけの結果となった。支配欲のモンスターがそこにもいたのだ。

「だから、こいつらの〝鉄の結束〟とやらは、七年前、希一が真理を犯るために編み出したもんだが、本当はそのさらに七年前の、雅之の事件から始まっとるわけだ。希一は雅之の事件から七年ごとに、〝鉄の結束〟を固める画策を施したことになる。そこに前回からカズが加わり、今回はお前も加わった」

　八真人はうつむいたままで、その口からは何の反論も出てこない。譲司が明かした真相は大筋でその通りだということだ。

〈雅之は何も悪くないぞ〉兄が拡声器で洋輔に語りかける。〈ちょっとやんちゃだっただけで、殺されるいわれはないんだ。しかも、それを隠して平然と、洋輔と友達付き合いしとったのは許せることじゃない。雅之は俺たち兄弟の精神的支柱だった。あいつが死んで俺は心の拠《よ》りどころを失い、押入れの中に安らぎを求めなきゃならなくなったんだ〉

「うるせえ、中学生の弟にどこまで頼っとったんだ。だいたいお前はあのとき大学四年で就職も決まらずに、もう半分引きこもっとっただろ。あの事件がなくても大して変わらんわ」

無理にそう言い返すものの、口調に力はこもらない。

「洋輔……悪かった」

八真人がぽつりと言う。

洋輔はどう返事をしていいのか分からない。

今まで付き合ってきた片岡八真人という男は何だったのか。

その優しさは友情ではなく、単なる罪悪感の裏返しにすぎなかったというのか。

怒ればいいのか泣けばいいのか、どんな感情を抱けばいいのか、さっぱり分からない。信じられない気持ちがあるだけだ。自分が目にしていた世界のすぐ裏にそんな事情が隠されていたとは思いもしなかった。

「分かっただろ」悪魔がささやくように譲司が言う。「お前は何もためらう必要はない。立派に八真人を沈める権利がある」

「分かるか！」洋輔は声を荒らげて言い返す。「頭の中がぐちゃぐちゃになるような話を聞かされて、それで分かっただろ、仕返ししろって言われたって……」

何が善で何が悪なのか、今まで常識として自分の中にあったものが、譲司たちに素手でかき乱され、収拾がつかない状態になってしまっている。そんなところで何かを判断しろと言われても、できるわけがない。

「ああ、面倒くさ」美郷が頭をかきながら、顔をしかめた。「もういいんじゃない？　こんだけ言っても分からんなら、しょうがないわ。こいつも一緒に沈めよ」

「あ、いや……」

その冷めた言葉に妙な実感がこもっていて、洋輔は焦る。

〈美郷様が苛立っておられるぞ〉兄が煽るように言う。

「けど、一緒に沈めたら、こいつとよく会っとった美郷んとこにも警察が来るぞ」

「そんなの何とかなるでしょ。兄えもんが適当にごまかせばいいんだし」

〈美郷様のご期待に沿えるよう、全力でごまかします〉

具体的な善後策が彼らの間で語られ始め、洋輔はさらに焦る。

「待てよ……もっとよく考えさせてくれって言っとるんだ」

「だから何を考えるの？」美郷が馬鹿馬鹿しそうに訊く。「沈めるのか沈むのかどっちにするのってことでしょ」

〈洋輔、覚悟を決めろ。美郷様におのれを委ねるんだ。そうすれば何も怖くない。美郷様の寵愛も受けられる〉

「寵愛って何だよ⁉」洋輔はこぶしを振り、兄に問い返す。「俺はこの子の同級生だぞ。さっきまで自分の彼女だとさえ思っとったんだぞ。その相手に寵愛って何だ⁉」

〈残念ながら、美郷様はお前が付き合えるような方ではない〉兄はどこか嬉しそうに言った。〈だが、従順であれば、俺と一緒に寵愛は受けられる。俺はそれで生きる希望が生まれた〉

ああっ……洋輔は叫びたくなる衝動を必死に抑える。頭がおかしくなりそうだ。

「洋輔、気にすんな」八真人が顔を上げ、洋輔を見た。「お前に殺られるんなら仕方ない」

彼はそう言い、弱々しく微笑んだ。「俺はもういい……疲れたわ」

これは本当に現実なのか……八真人の言葉を聞きながら、洋輔が呆然として思ったのはそんなことだった。


八真人も希一と同じように、膝を抱えこんだ体操座りのような丸まった体勢で縛り上げられ、彼ら自身の車のラゲッジに載せられた。洋輔や譲司の車はとりあえず大島工業の前に残しておき、さっさと八真人と希一を池に沈めて戻ってくる。それからまた二人の車を、樫村のときのように山のほうへ乗り捨てに行くのだという。

譲司や美郷はそんな計画を、まるで日帰り旅行の日程を消化するかのような軽快さでこなしていた。八真人たちを車のラゲッジに載せるときも、美郷は、「重ーい」などとはしゃぐような声を上げていた。洋輔も軍手を渡され、譲司のワゴンから、重りに使うらしいコンクリートブロックや錨《いかり》を運ぶ手伝いをさせられた。

譲司がハンドルを握った希一のＢＲＺは、樫村が葬られた静池には向かわず、遥川近くの農村部を抜けて峠道に入った。その後ろを、洋輔が運転手役を任されたボルボが追いかける。どうやら遥池に行くようだった。遥池は狐狸山の山間部の奥にある。静池のような野池レベルの池とは違い、湖と言ってもおかしくない大きな治水池だ。ほとりにはボート乗り場があり、シーズンにはワカサギ釣りやバス釣りの客で賑わう。ただ、夜釣りは禁止されているので、この時間に人がいるような場所ではない。洋輔も大学時代、夜に付近をドライブしたことがあったが、怖いほどにひっそりとしていた。大島工業の跡地以上に人の耳が届かないところだ。

そんな場所に車は向かっていく。峠道には走り屋の車も見当たらない。樫村の事件を機に警察が動いて、その手の連中も当分このあたりを敬遠しているのかもしれない。

黒闇の世界をクーペのヘッドライトが切り裂いていく。洋輔はただひたすら、その明かりに付いていく。隣の助手席では、カーオーディオのポップスに合わせて、美郷が鼻歌を口ずさんでいる。

やがて譲司が運転する車は、ほとりの峠道を外れて木々に囲まれた空き地に入り、その奥で停まった。洋輔も、八真人のボルボをその横に着けた。ボート乗り場があるあたりから見れば池の奥と言ってもいい岩場の近くだ。バス釣りをやっていたから分かるが、このあたりの岩場は切り立っていて、池の水深は岸際でも十メートル近くある。渇水期であっても、底まで沈んでいれば発見されるのは難しいだろう。

車を降りると、譲司たちが希一と八真人をラゲッジから下ろし、岩場まで運んだ。口にテープを貼られた希一と八真人からは、くぐもったうなり声が洩れるだけだ。

「兄えもん、こっち持って。洋輔くんも、これ運んでよ」

美郷に言われ、洋輔は重りとなるブロックを抱える。恐ろしいもので、彼女が先ほどまで見せていた氷のごとき冷ややかな素顔から一変し、以前の可愛げのある口調に戻っただけで、洋輔はどうしようもなく心が安らぎ、彼女の指示に諾々と従ってしまうのだった。これが寵愛というやつか。我ながら情けないと思いつつも、それをはねつけるような強さは持ち合わせていなかった。

岩場の際に丸まった大きな塊が二つ並んだ。かたわらに置かれたランタンがその奇怪な姿を浮かび上がらせている。

ランタンの明かりの周りを羽虫が飛んでいる。

近くの林が風で鳴る。

切り立った岩壁の下にあるはずの水面は漆黒の世界だが、水際あたりからは岩に打ちつける波の音がちゃぷちゃぷとリズムよく聞こえる。

それらをかき消すように、自分のはあはあという呼吸音が鼓膜に響いている。耳の調子がよくないこともあってか、現実感のようなものが乏しくなってしまっている。

八真人が縛られる間、そしてここに来るまでの間、ずっと考えていた。

いや、考えると言えるほどの思考力は働いていなかったから、ぼんやり思うことがあったという程度のものだ。

思ったのは、自分や八真人のような人間にとって、過去にとらわれず生きていこうとするのはとてつもなく難しいということだ。

つまずかずに生きていくのは不可能と言っていい。しかし、一つつまずくと、洋輔たちのような弱い人間は、つまらない傷を心に負い、なかなか癒えてくれない。前に歩こうとしても、それを引きずったままになる。歩くのを放棄するなら、真理のようにこの世から去るか、兄のように押入れの住人となるしかない。

傷を治すため、つまずいたものに無理にけりをつけようとすると、往々にして大怪我をする。そうしていつの間にか、満身創痍《そうい》になってしまう。

そこに、樫村や希一のような支配欲のモンスターが付けこんでくるのだ。

八真人は、あるいはこれで本当に楽になるのかもしれない。

自分はこれから取り返しのつかないことをして、それを引きずり続けなければならない。

現実感は薄いが、それはもう確定していることなのである。

「よし、準備はいいな」何個ものブロックや錨を希一と八真人に結んでそれぞれの横に積み終えた譲司が立ち上がって朗らかに言う。「お前ら、位置に着けよ」

譲司に促され、兄が希一の後ろに、洋輔が八真人の後ろに立つ。希一がうなりながら身体を揺らしているが、誰も気に留めない。

「よし、座れ。兄えもん、洋輔の順で落としてくぞ。落としたら、立ち上がって、『よいしょー！』だ」

譲司はこぶしを天に突き上げて見本を示した。

洋輔はそのいかれた指示にぞっとする。八真人が早々と観念したのもうなずける。こういう人間だからこそ、樫村や希一に打ち勝てるのだ。

「ははは、受けるー」

〈かしこまりましたー〉

美郷や兄は、そんな指示にもすっかり乗っている。

「よし、じゃあ、美郷の『よいしょー！』で合図だ」

譲司に言われ、美郷が嬉々として座りこんだ。

そして勢いよく立ち上がると、一面の闇に「よいしょー！」という場違いの明るい声が響いた。

「それ！」

希一のうなり声が大きくなるのもお構いなしに、兄が希一の丸まった背中をぐいっと押した。同時に譲司が積み上がったブロックを崩し、それもろとも崖の向こうへと消えていった。すぐに大きな水音が立ち、洋輔の心臓を縮ませた。

〈よいしょー！〉

兄は拡声器を突き上げ、いつもより大きな声を上げた。

「次！」

譲司の声が向けられ、洋輔は感情の回路を遮断した。

自分をためらわせるような感慨の類は一切受けつけないことにする。

ただ機械的に、親友だった男の背中を押す。

不意に重みが消え、八真人の背中があっけなく手から離れていった。

洋輔の隣で、譲司が積み上がったブロックを押し出した。

どん、どんと激しい水音が上がった。

泣きたい思いで洋輔は立ち上がり、夜空にこぶしを立てた。

「よいしょー」

自分の声が空しく漆黒の闇に吸いこまれていく。

「洋輔、声が小さい！」

譲司がすかさずそんな声を飛ばし、がははと笑った。

洋輔は本当に泣きたくなった。

解　説

西上心太

高等学校への進学率は98％を超えているので、ほとんどの人が最低十二年間学校に通うことになる。自由度の高い大学とは違い、勉学以外でも学校側が定める制約に従わなくてはならないので、これが苦痛でならない生徒もいるだろう。中学や高校になれば思春期特有の悩みも出てくるし、毎日顔を合わせなくてはならない友人や教師との関係がこじれたりすれば、たとえいじめなど切実な問題がなくても、学校に行くのが辛くなったり、嫌になったりすることが起きるものだ。とはいえ、そのほとんどは時が解決してくれる。年齢を重ねて当時を振りかえった時、なんであんなに悩んでいたのか不思議な気持ちになることは、誰もが経験しているのではないか。

しかし学生時代の嫌な記憶を、忘れることも拭《ぬぐ》うこともできず、いつまでも心の底に熾火《おきび》のように残したままの人間もいる。システムキッチンメーカーの営業職である新谷洋輔がまさにそんな若者である。

高校卒業から七年あまりがたち、二十六歳になった洋輔がいまだに忘れられないのは、高校の生活指導担当の樫村という教師から受けた仕打ちだった。当時五十歳過ぎの樫村は、ごつい身体に厳《いか》つい顔つきの保健体育教師だった。洋輔は他の三人の仲間と共に樫村に目を付けられ、頻繁に〝指導〟を受けていたのだ。樫村は管理教育一派の残党で、その指導は生徒のためを思ってのものではなく、生徒を押さえつけ屈服させることで、己の権力を誇示するのが目的とすら思える強権的なものだった。中でも、大きなかけ声を叫ばせながら、両手を高く突き上げさせる天突き体操という罰則は、洋輔にとって最大の屈辱だった。

仕事がうまくいかず、ときおり浮かび上がる過去の記憶に洋輔は苛まれていたが、ある出会いが彼の運命を変えた。洋輔は駅でストーカーに悩まされていた女性を助けたが、その女性は高校時代に洋輔が秘かに心を寄せていた、同級生の竹中美郷だった。その出来事がきっかけとなり、二人はつき合うようになった。折から高校の同窓会の案内が届く。もとより行く気のなかった洋輔だったが、参加に乗り気の美郷に引きずられるように出席し、悪友の三人――皆川希一、大見和康、片岡八真人――とも再会する。会場には退職した樫村も来ていた。しかしすっかり洋輔を忘れたような樫村の態度に、洋輔の怒りは再燃する。

　終宴後、座を移した四人は、改めて樫村に対する怒りを表明するが、グループの中心だった希一が樫村に対する復讐を口にする。数週間後、綿密な計画を練った四人は、ひとけの無い堤防下の道路でジョギング中の樫村を襲う。ガムテープで手足を縛り、車で廃工場に運んだ四人は、樫村を散々になぶって溜飲を下げた。

　しかし翌日になって状況が一変する。廃工場に残してきたはずの樫村が、現場から一、二キロ離れた溜め池から溺死体となって発見されたのだ。しかもテープは貼られたままだった。洋輔を始め四人は動揺し、自分以外の者が現場に戻って樫村を殺したのではないかと思い始め、グループの結束が揺らいでいく。そして四人の不安が高まったころ、新たな事件が起きるのだった。

　本来、同窓会は（特に共学の場合は）楽しくて、懐かしくて、なんとなく甘酸っぱい思いにかられるものだろう。ところが洋輔の場合は、樫村を見かけたことと、同じ目にあった仲間と再会したことが、トラウマにもなっている過去の記憶を増幅させ、樫村に復讐することが、「これまでの人生を清算し、今後を切り開くために乗り越えなければならないものだ」とまで思い詰めるきっかけになってしまったのだ。

　不動産屋の跡取りの希一は、グループのボス格。押しが強くがさつで、「乗り」で常識を飛び越えてしまうところがある。派遣やバイトで食いつなぐ和康は、道化役で流されるタイプ。大学職員の八真人は冷静で、もともと優等生タイプだが、不良の希一らから離れようとしない。

このような各人の性格の絡みや、幼少からの交流があるので、社会人としての地位を失うような行動にも、不自然さを感じることはないだろう。さらに事件の遠因と彼らの結びつきが、真相と分かちがたく結ばれている点も見逃せない。

しかしなによりも読者が驚くのは、物語のほんの序盤――第一章の終わりに差しかかった時だろう。それまで洋輔の三人称視点で進んできた物語に、突然闖入者《ちんにゅうしゃ》が現れるのだ。いきなり洋輔の意識に割り込む「兄」である。洋輔は突然、姿の見えない「兄」と「会話」を始めるのだ。ミステリーを読み慣れた読者は解離性同一性障害、いわゆる多重人格の可能性を疑うことだろう。さらに同窓会の場面では、洋輔の意識と切り替わるかのように、「俺」という一人称視点で語られるパートも登場する。

つまり本書は、洋輔の三人称パート、「兄」と洋輔が「会話」を交わすパート、「俺」が登場する一人称パートという、三種類の叙述によって構成されているのである。

その理由は？　その狙いは？

残念ながら物語の根幹に関わる仕掛けを、ここで記すわけにはいかない。またミステリーを読み慣れた読者であれば、この不思議な叙述に謎を解く鍵があると予測し、作者が施した仕掛けを見破ろうと手ぐすねを引くことだろう。しかしそういう心構えでいても、最後に明かされる真相には度肝を抜かれるはずだ。ぼんやり読んでいたわけでなくても、すぐ物語の冒頭に戻り、なんとなく通り過ぎてしまった道を、再び注意深く辿りたくなるに違いないのだ。

「再読必至のミステリー」という言葉は乱用されがちだが、本書こそその惹句にふさわしい傑作なのである。

本書の作者、雫井脩介は一九六八年生まれ。第四回新潮ミステリー倶楽部賞受賞作『栄光一途』で二〇〇〇年にデビューを果たした。柔道選手のドーピング問題を、海外のコーチ留学から帰国したヒロインが追っていくスポーツミステリーである。過去の事件の関係者が、受刑者の出所を機に殺されていく『虚貌』（二〇〇一年）、危険な隣人がテーマの犯罪小説『火の粉』（二〇〇三年）などで徐々に注目を集め始める。その作者のブレイクスルーとなったのが、二〇〇四年の『犯人に告ぐ』だった。連続幼児殺人事件の犯人に対して、テレビを利用した劇場型捜査を行なうという型破りな誘拐ミステリーだった。この作品は同年の週刊文春ミステリーベストテンの一位にランクされ、翌年の第七回大藪春彦賞を受賞、さらに映画化の影響もあいまってベストセラーを記録した。

一冊のノートに隠された秘密を描いた『クローズド・ノート』(二〇〇六年)、警視庁捜査一課五係をフィーチャーした『ビター・ブラッド』(二〇〇七年)、小説家と、その原作の映像化に挑む脚本家の確執が思わぬ方向に進んでいく『犯罪小説家』(二〇〇八年)、ベテラン検事の暴走と、自らのよりどころである正義の信念が揺らいでいく若手検事の対決を描いた『検察側の罪人』(二〇一三年)など、ほぼ年一作ペースという「寡作」ぶりであるが、どんなジャンルのミステリーを書いても、他に類を見ないアイデアがたっぷり詰まっているのが特徴だ。二〇一五年には『犯人に告ぐ』の続編『犯人に告ぐ2　闇の蜃気楼』が上梓されている。

『検察側の罪人』、本書『仮面同窓会』、『犯人に告ぐ2』という最近の三作品を読むと、テーマ性やミステリー度などますますパワーを増している印象がある。いまもっとも注目度が高い作家の一人であることは間違いない。

本書を読んで雫井脩介がお気に召したら——お気に召さないわけがないだろうが——他の作品も手にとってみてほしい。また別の驚きの世界に誘《いざな》ってくれるはずだ。

——書評家

この作品は二〇一四年三月小社より刊行されたものです。

幻冬舎文庫

●好評既刊
殺気！
雫井脩介

他人の「殺気」を感じ取る特殊能力が自分にあると最近分かってきた女子大生のましろ。街で女児誘拐事件が発生し、彼女は友人らと解決に立ち上がるが……。一気読み必至のミステリー。

●好評既刊
途中の一歩(上)(下)
雫井脩介

独身の漫画家・覚本は、合コンで結婚相手を見つけることに。担当編集者の綾子や不倫中の人気漫画家・優との交流を経て、恋の予感が到来。人生のパートナー探しをする六人の男女を描く群像劇。

●最新刊
平成紀
青山繁晴

昭和天皇崩御の「Xデイ」はいつ訪れるのか。その報道の最前線にいる記者・楠陽に衝撃のひと言が洩らされる。「陛下は吐血。洗面器一杯くらい」。著者自身の経験を源に紡ぎ出す傑作小説。

●最新刊
レーン ランナー3
あさのあつこ

五千メートルのレースで貢に敗れた碧李。彼の心に、勝ちたいという衝動が芽生える一方、貢の知られざる過去が明らかになる。少年たちの苦悩と葛藤、ほとばしる情熱を描いた、青春小説の金字塔。

●最新刊
妖しい関係
阿刀田　高

突然逝った、美しく年若き妻。未亡人となっていた、かつての恋人。生まれ変わりを誓い死んだ、年上の女性。男と女の関係は、妖しく不思議で、時に切ない。著者真骨頂の、洒脱でユーモラスな短篇集。

幻冬舎文庫

●最新刊
孤高のメス　死の淵よりの声
大鐘稔彦

手術不可能な腹膜癌に抗癌剤を選択する当麻。患者は劇的な回復を遂げる。一方学会では、癌と戦うなと唱える菅元樹のシンポジウムが大荒れとなっていた――。ベストセラー、シリーズ最新刊。

●最新刊
五条路地裏ジャスミン荘の伝言板
柏井　壽

居酒屋や喫茶店が軒を連ねる京都路地裏の「ジャスミン荘」では、住人の自殺や幽霊騒ぎなど、騒動ばかり。〝美人大家さん〟の摩利は、住人の静かな毎日と、美味しい晩酌のため、謎解きに挑む！

●最新刊
坊主失格
小池龍之介

いつも淋しく、多くの人を傷つけてきました。でも仏道に出会ったことで、違う自分へと生まれ変わることができたのです――自らの過去を赤裸々に告白し、「心の苦しみ」の仕組みを説き明かす。

●最新刊
廉恥　警視庁強行犯係・樋口顕
今野　敏

ストーカーによる殺人は、警察が仕立てた冤罪ではないのか？　そして組織と家庭の間で揺れ動く刑事は、その時何を思うのか。傑作警察小説「警視庁強行犯係・樋口顕」シリーズ、新章開幕!!

●最新刊
土漠の花
月村了衛

ソマリアで一人の女性を保護した時、自衛官達の命を賭けた戦闘が始まった。絶え間なく降りかかる試練、極限状況での男達の確執と友情――。一気読み必至の日本推理作家協会賞受賞作！

幻冬舎文庫

●最新刊
なくし物をお探しの方は二番線へ
鉄道員・夏目壮太の奮闘
二宮敦人

〝駅の名探偵〟と呼ばれる駅員・夏目壮太のもとに、ホームレスが駆け込んできた。深夜、駅で交流していた運転士の自殺を止めてくれというのだが、その運転士を知る駅員は誰もいない——。

●最新刊
女という生きもの
益田ミリ

「女の子は○○してはいけません」といろんな大人たちに言われて大きくなって、今考えるアレコレ。誰にだって自分の人生があり、ただひとりの「わたし」がいる。じんわり元気が出るエッセイ。

●最新刊
山女日記
湊 かなえ

真面目に、正直に、懸命に生きてきた。なのに、なぜ？ 誰にも言えない思いを抱え、山を登る女たちは、やがて自分なりの小さな光を見いだす。新しい景色が背中を押してくれる、連作長篇。

●最新刊
寄る年波には平泳ぎ
群 ようこ

読み間違いで自己嫌悪、物減らしに挑戦、エンディングノートに逡巡。……長く生きてると何かとあるけれど、控えめな気合いを入れて、淡々と暮らしていこう。人生の視界が広くなるエッセイ。

●最新刊
ギフテッド
山田宗樹

未知の臓器を持つ、ギフテッドと名付けられた子供達。彼らは進化か、異物か。無残な殺人事件を発端に、人々の心に恐怖が宿る。人間の存在価値と見識が問われる、エンターテインメント超大作。

仮《か》面《めん》同《どう》窓《そう》会《かい》

雫《しずく》井《い》脩介《しゅうすけ》

平成28年8月5日　初版発行
令和3年7月30日　6版発行

発行人——石原正康
編集人——袖山満一子
発行所——株式会社幻冬舎
〒151-0051東京都渋谷区千駄ヶ谷4-9-7
電話　03(5411)6222(営業)
　　　03(5411)6211(編集)
振替00120-8-767643

印刷・製本—中央精版印刷株式会社
装丁者——高橋雅之

幻冬舎文庫

ISBN978-4-344-42511-8　C0193　し-11-10